U0724361

中短篇小说集

寻找一只鸟

文金 著

陕西新华出版传媒集团
太白文艺出版社

图书在版编目（CIP）数据

寻找一只鸟 / 文金著. -- 2版. -- 西安：太白文艺出版社，2017.9（2022.1重印）

ISBN 978-7-5513-1218-9

I．①寻… II．①文… III．①中篇小说－小说集－中国－当代②短篇小说－小说集－中国－当代 IV．①I247.7

中国版本图书馆CIP数据核字(2017)第180126号

寻找一只鸟

XUNZHAO YIZHI NIAO

作　者	文　金
责任编辑	葛　毅
整体设计	崔文川
出版发行	陕西新华出版传媒集团
	太白文艺出版社
经　销	新华书店
印　刷	三河市华东印刷有限公司
开　本	787mm×1092mm　1/16
字　数	190千字
印　张	15
版　次	2017年9月第2版
印　次	2022年1月第2次印刷
书　号	ISBN 978-7-5513-1218-9
定　价	39.80元

文金小说集序

在陕西 70 后青年作家群中，公路交通系统的刘峰同志（笔名文金）是一位有影响的青年作家。在 2015 年农历正月十一举行的纪念《中学生文萃》创刊 20 周年集会上，他约我为他即将出版的小说集写序，我欣然应诺。

因为，我知道他是一位对文学怀有神圣感、敬畏感，且勤奋、刻苦、执著创作的青年作家。对他的创作，较之于其他人，我还是比较了解的。

他从秦岭北麓的楼观台来到古城长安，协助陕西教育学院的丁仁祖老师编辑《中学生文萃》时，我应丁仁祖老师的邀请，曾担任该杂志的特邀编委，不时到编辑部去；他早年创办西北首个纯文学网站——"接触·陕西青年文学网"，我在陕西省作协的机关刊物《陕西文学界》上介绍、宣传他们的网站，并发表了他的一组小小说作品；他们与陕西教育学院组织召开陕西 70 后青年作家创作座谈会，我代表省作协出席并讲话；我在《延河》杂志社工作时，发表了他的短篇小说处女作；他出版的第一本纪实文学集及时送给我……在与刘峰的交往中，我感受到了他的善良、真诚，看到了他在文学创作道路上行走的艰辛与努力。

刘峰，是一位写生活、写记忆、写阅读、写情感的作家。他的作品没有在形而上的层面抽象地思考艺术与生活的关系，他更多地在所观、所想、所感，在现实生活的大地上，培育自己艺术审美的艳丽之花。他的作品真实、鲜活，滚动着朝辉中晶莹的露珠。

刘峰，是一位写人性、写生活、写历史的作家。他的作品没有在形式、技法的层面上追求花里胡哨的象征和匪夷所思的超越，他更多的是在人物形象的塑造、作品故事的完整性上下功夫。

他是一个行走在传统的现实主义创作道路上的作家。这次出版的中短篇小说集《寻找一只鸟》，集中代表了他的这种艺术追求和创作水平。

刘峰擅长在讲故事中完成人物形象的塑造和作品主题的揭示。他是一个写青少年时代阅读记忆、人生历史记忆的思考型的作家。他没有经历过抗日战争，却给抗日战争的历史题材注入了自己的艺术特性。他从人性出发，表现民族的爱国主义精神。

刘峰是一个歌颂和平，表现战争对人性摧残的作家。他的《鹰》《陆姑之死》等作品都是这方面的代表作。

刘峰是一个重视生命描写，写青春、写成长的作家。《鹰》中的能五，是一个生理发育比较迟缓、性格执拗的孩子；他笔下的陆姑出污泥而自清，以身报国。他在人的社会价值和历史价值的基座上，思考生命的价值和意义。他的《性爱狂欢》在自然法则的"森林"中，表现人性对真、善、美的追求，对假、丑、恶的扬弃。他的《幻灭》《十八岁的故事》等作品，都集中反映了他的这种追求。

刘峰是一个崇拜英雄的作家，他的不少作品都流露出英雄主义精神。能五造飞机、张巡孤军守城、阿郎拼死与市侩野蛮者血战……都是在英雄崇拜思维模式下编织故事情节，塑造人物性格。刘峰英雄主义的精神表达，是建立在"英雄配美人"的模式上的。不同的是刘峰崇拜英雄，也崇拜女性，更崇拜女性英雄。他有一种女性英姿拯救、支撑、辉映男性英雄的思想。陆姑、天香等就是这样的形象。

刘峰很注意作品在表达形式上的一致性。《鹰》的作品中鸟一样的飞机、鸟一样的木匠用的墨斗，《性爱狂欢》中自然界的动植物生存的样态，人类社会中人的情感方式。作者在形象、形式的对位、应和、扣合中，寻找作品思想情感表达的艺术性、严谨性和统一性；在人类的感性和理性、灵与肉、社会法则与森林法则的对立统一中，表现人类走向文明的斑斑足迹。

刘峰在小说的语言上追求朴素、妥帖、准确，富有叠字复唱节奏的绘声感。例如他在小说《鹰》中描写能五时写道，"他像一匹受惊的马驹，扑通扑通蹚过小河，吧唧吧唧踩过田坎，刺啦刺啦蹚过灌木丛。当他吭哧吭哧爬上坡顶时，看见盘旋的大鸟在飞走前，嘟噜嘟噜下了一串带着哨音的蛋"，"大鸟下完带哨的蛋，他们就轰地一声变成了尘土。能五的爹和娘完了蛋。囡囡和她娘完了蛋。老柿子树完了蛋。蛋也完了蛋"。他在《陆姑之死》中描写，"张巡缓缓走下城墙，意外地发现已经断炊五六日的瓮城，再次支起大铁锅点燃了篝火。噼噼啪啪燃烧吱吱扭扭流油的干燥木材像进军号角一样嘹亮，唱彻全城"。正是这种语言为他的作品增色不少。

刘峰还年轻，我希望他在工作之余，坚持在文学创作这条道路上走下去，写自己身边的人和事，写感动自己的公路人，写出更新更美的作品来。

2015 年 4 月 28 日于长安大明宫遗址公园

（常智奇：陕西省著名文艺评论家，研究员。中国作家协会会员，曾任陕西省文学院院长、《延河》杂志执行主编。著有《整体论美学观纲要》《文学审美的艺术追求》《中国铜镜美学发展史》等理论著作 8 部，多次荣获国家级大奖）

目　录

成 长

飞翔

尘烟散尽，亲人和邻居都消失得无影无踪，那棵苍老的柿子树说不见就不见了——它安静地在这里站了一个多世纪，与世无争。

《鹰》

所有的人都看好这桩爱情，断定它是一桩凄美悲壮、可圈可点、值得期待的爱情际遇。

《寻找一只鸟》

妮妮在梦中已经开始怀疑这就是个梦，她故意不揭穿这以假乱真的感受，好让这个妇女轻得像羽毛一样的手，在她抬起的手臂上多停留一会儿，或者最好永远不再离开。

《苍蝇》

它日出而飞，日落而息。没有候鸟比它更辛苦，没有候鸟比它更有毅力。它是一只有信念的候鸟，信念让它的行程变得不再遥远，信念让它的飞翔变得不再空洞。

《紫翅椋》

鹰

第一次见到张着巨大阴影的铁鸟轰轰隆隆从空中掠过时，能五正在河里捉泥鳅。他听到奇怪的响声以为打雷了，抬眼一看，天晴得好好的。他又以为耳朵有小虫子捣乱，就恶狠狠地给水面吐了两口唾沫。水里的小鱼翻着细花吞食了唾沫，可是耳朵里的响声更大了。能五这才直起身，用沾满青泥的胳膊胡乱抹了抹眼，发现一只肚皮贴着膏药的怪鸟，像箭一样"嗖"地从头顶飞过，两只僵死的翅膀硬邦邦地闪着寒光，几乎将他竖着的几根头发都削掉了。

能五是村里最蠢最笨的孩子，他十二岁了，连一句话也说不浑全。如果伙伴们前一天骗去了他的鸟蛋，第二天他才会发觉；父亲上午打了他的屁股，下午他才会伤心得哇哇大哭。能五哭也哭不长久，因为他很快就忘了自己为何而哭。能五没有伙伴，如果邻家小他五岁、矮他一头的囡囡能称之为他的伙伴的话，那他的童年还不至于太孤单。

对于能五来说，人生最初的记忆正是从他十二岁见到铁鸟的这天开始的。这天发生的事实在太多太多，能五每次想起，头就像灌满了沙子的皮球，累得脖酸颈痛；对于这起事件及其细节的搜索和再现，总会让他满头大汗，像中暑虚脱一般。

掠过头顶的怪鸟鼓荡起了能五的好奇心，他像一匹受惊的马驹，扑通扑通蹚过小河，吧唧吧唧踩过田坎，刺啦刺啦蹿过灌木丛。当他吭哧吭哧爬上坡顶时，看见盘旋的大鸟在飞走前，嘟噜嘟噜下了一串带着哨音的蛋。

这些蛋蛋像长了眼睛，直扑坡腰的老柿子树。柿子树下坐着歇息的能五的爹娘，还有囡囡和她娘——他们同样好奇地看着大鸟。大鸟下完带哨的蛋，他们就轰的一声变成了尘土。能五的爹和娘完了蛋。囡囡和她娘完了蛋。老柿子树完了蛋。蛋也完了蛋。

除了那只逃走的鸟，只有能五目睹了这次令人瞠目结舌的变化。尘烟散尽，亲人和邻居都消失得无影无踪，那棵苍老的柿子树说不见就不见了——它安静地在这里站了一个多世纪，与世无争，最多用粗糙的树皮挂破过能五的裤子，划痛过他的牛牛。

能五所能记起的大概就是这些。此前，他的记忆就像空转的磨盘，什么也没有留下。这些排山倒海、汁液四溅、尘土飞扬的记忆本该刻骨铭心，一草一木、一针一线、一举手一投足都该纤毫毕现，可是我们不能对能五求全责备，毕竟他只有十二岁，而且曾经蠢得一无是处。

木匠苦苦是囡囡的爹，他在院子向天空瞄棺材板的角线时，看见了那只鸟。但他不相信能五说的鸟蛋会吃人，吃完连骨头也不吐。后来，坡腰一连串焦黄发烫的土坑和碎尸万段的柿树，才让苦苦相信了失去妻女的真实。

苦苦在坡腰找见几块碎肉几片破布，把它们分别装进四个连夜赶做的小棺材盒子，入土为安。埋完亲人，苦苦拉起跪在一旁的能五说："能五，你现在就是我的儿。你要叫我爹。"

"爹。"能五叫道，满脸呆相。

"你得跟我学手艺。"苦苦说着，将一个鸟状的墨斗塞给了能五。

"爹。"能五又叫了一声，依然满脸呆相。

苦苦开始手把手教能五木匠活，他想让能五变成和自己一样远近闻名的木匠。可是能五笨得像一根无甚用处的空心杂木，睁着牛铃大的眼，也会打偏墨线刨坏木料。苦苦只得叹着气，安排他干些力气活。

别看能五整天心不在焉、魂不守舍，可对声音却出奇地灵敏。有几次那只大鸟从很远处飞来，别人都没听到，能五听到了，还一口气跑上坡顶眺望。小伙伴得知能五没了爹娘，觉得他可怜，对他格外关心起来，常常和他没话找话：

"能五，你爹和你娘呢？"

"死了。"

"怎么死的？"

"鸟蛋吃了。"

"鸟蛋还会吃人？"他们每次都故意装出初次听到的样子。

"连骨头都不吐呢！"能五脸上露出狡狯的笑容，看到伙伴们显出惊讶不已的样子，他得意地解释道，"鸟蛋肚子小，吃那么多人，就'呼'的一下撑死啦……"

这样的问题问了无数遍，同样的回答应了无数遍，可他们乐此不疲。

一天，能五一脸严肃地走到苦苦面前说："爹，我要学手艺。"

苦苦吃了一惊，他看见能五使劲搓着手，掌心满是墨汁，就训斥道："学屎咧，连墨斗都拿不稳！"

"我要跟你学手艺。"能五继续努力地搓着手，固执地说。

"我一直在教你，可你啥时候上过心？"苦苦嘴上抱怨着。

"我要学你全部的手艺。"能五坚定地说。

"你？"苦苦用眼光上上下下地打量着能五，他觉得能五一夜之间开窍了，懂事了。他心里开心归开心，但还是讪讪地扯开话题，"我八岁就跟着师傅学，到现在有三十年了。灵醒的徒弟想学我的手艺，至少也得二十年。"

谁都没想到能五仅仅五年时间，就学会打八仙桌、太师椅、四斗橱、梳妆台、花轿、推车、犁具等等，掏空了苦苦三十年学到的所有技艺。能五还造了一只大弓，让铁匠打了一枚长丈许的铁箭。他时常练习射箭，仿佛要射天上的飞龙或者海里的怪兽。

村里人得知能五技艺高超，都请他打家具。苦苦蹲在太阳下吸着旱烟，眯着眼看能五熟练地摆弄木料，然后将它们变成精巧结实的家具。

这天，能五正在院子忙活，突然说了声"大鸟来了"，慌忙摘下挂在墙上的大弓和铁箭，破门而出。苦苦莫名其妙，以为能五犯了疯病。等能五奔上坡顶，苦苦才看见一只五年前见过的大鸟正在飞临山顶。

村里人领教过大鸟下蛋的厉害，匆忙躲进屋角跳进地窖。只有能五站在坡顶，张弓拉箭射大鸟。铁箭努力飞向天空，可是不到半途就栽下来跌成了三截。黄昏时分，能五怏怏地回来，手中的大弓已经被他折断。

"大鸟飞得太高。"苦苦终于明白了能五苦练射箭的缘由，安慰道。

"它总有飞低的时候。"能五不服气地说，"它总有窝吧。"

"窝在天边的悬崖上呢！"

能五想了想，说："屎！肯定有它害怕的东西。"

半夜，苦苦听见有人吵闹，以为有贼，起身却见能五捧着墨斗在院子大喊大叫，他激动得满脸通红："我要造鹰，啄瞎大鸟的眼！"能五的喊声让整个村子的人都失眠了。

第二天一大早，村长来到苦苦家，和蔼地对能五说："你要造鹰？"

能五点点头，没有停下手中的活。

村长东看看西瞧瞧，什么话也没说，只是当苦苦送他出门时，村长用怀疑的眼神盯着苦苦看了一会，仿佛在说："苦苦，能五真的能造出鹰来？"

苦苦读懂了村长的眼神，但他却答非所问："啄瞎大鸟的眼！"

村长乐了，同时也起哄般骂了一句："操，啄瞎大鸟的眼！"

仇恨是一枚生命力极强的种子，一旦落地生根，就注定会长得枝繁叶茂，难以彻底铲除。能五从十二岁那年起，胸口时常憋闷，他不知道有一颗致命的种子已经在那里悄悄发芽，并改变了他卑微的一生。其实在那个年代，无数中国人的胸闷症状就已经产生，时隐时现，绵延至今。

能五造鹰的事激起了村里人的极大热情。男人板着脸郑重其事地谈论着，女人则是窃窃私语，说每一句话都警惕地向四周打量，神色诡秘，她们甚至将面前觅食的母鸡和胯间乱钻的黄狗也一脚踢开，以防泄密。能五造鹰的消息甚至比流言传得更快更远，就连从百里外赶来的货郎进村后，也逢人便问："能五把鹰造好了？听说这鹰翅膀一抖就能把树连根吹倒，不吃一粒谷子也能飞个千八百里……"

一连几天，苦苦家门庭若市。五里八乡的人们将自家最好的木料一车车拉来，堆满了苦苦家的院子。就连几位风烛残年的老人，也将儿女们为他准备的寿材系上红绫送了来。凡是送来木料的人一律神情庄重，不苟言笑，好像要给谁家大办丧事。他们把送来的木料拍得啪啪响，带着无比轻蔑的表情说："操，啄瞎大鸟的眼！"

苦苦站在业已狭小不堪的院子，呼吸着由粗壮乔木尸体散发出的腐烂气息，心想：这够我打一辈子家具了……能五好福气！

村里人期待的眼神层层包裹着他，拥抱着他，温暖着他，同时也让他的心变得更成熟更坚定。能五更加沉默寡言，几乎变成了哑巴。

能五把木料移进屋，用铁钉封了门。他一个人在屋里夜以继日地大干，刨花的声音、弹墨的声音、砍削的声音震破了窗纸。苦苦将饭从一个洞口悄悄塞进屋，送下顿饭时，苦苦常常发现上顿饭一口也没动。

六个月后，能五用斧头劈开了挂满蛛网的大门。闻讯赶来的村民黑压压一片，站满了房前屋后。他们目不转睛地盯着能五将白花花的木头一件件扛出来，拼出一个双翼展开、傲视群雄的巨鹰。

这是一只人们绝对没有见过的鹰，鹰腿足有一人高，村里最高的个子也只能摸到鹰的肚皮；鹰尾高翘，几乎与房顶翘檐上的蒿草齐平；翅膀更宽，它伸进了第三家邻居的篱笆墙。

能五来到苦苦面前，哇哇乱叫，吐不出一个能辨别的音节。原来，长期沉浸在劳作中的能五已经忘了如何说话。通过手势，苦苦才明白能五让他找个香炉。香炉找来了，能五恭敬地点燃三炷香，拜了三拜。做完这些，能五把指头在墨斗蘸了一下，登上长梯，郑重地在鹰的头部点出了眼睛……

人们忘情地张着嘴，看能五上香、礼拜、点睛，再从梯子上下来，人们期待着奇迹出现。可是能五移走梯子后就一直傻站着，像被使了定身术。白云在蓝天轻盈地飘荡，小鸟在晴空自由地翱翔，牛虻在散发着汗臭的人群与鹰的间隙嗡嗡嘤嘤。而太阳下白花花晃眼的鹰，纹丝不动。

精疲力竭、备受打击的能五晕倒了，水米不进，他的眼睛死鱼般睁着，无神地盯着黑乎乎的屋顶。

第四天，人们看见形销骨立的能五摇摇晃晃地出了门。他就是那个死了爹娘爱爬柿子树的孤儿能五？他就是那个五年学艺技压一方的小木匠能五？他就是那个闭门半载嘴巴长出青苔的隐士能五？他就是那个登上长梯为巨鹰开眼的英雄能五？人们心中的疑问一个比一个难解。

能五确实变了，变得苍老木讷，变得步履蹒跚，变得失魂落魄，完全不像一个十八岁的孩子。他阴魂般游荡在村里的角角落落，凡是发现鸡的踪影，就悄悄地接近，然后出其不意地将公鸡母鸡撵得哇哇乱叫。有几只肥肥的母鸡在逃跑时卡在篱笆缝，被能五逮住吊在了槐树上。

系着围裙的小翠走进能五家院子时，一眼就瞅见高挂枝头、翅膀乱拍的自家母鸡，有个小子背对着大门，悠闲地在躺椅上欣赏着这一幕，双手还在恐吓般比比划划。小翠没有客气，一脚踹倒躺椅，解救了自家的母鸡。

能五从地上爬起来，看见对面站的竟是一个俊俏的小姑娘，虽然她怒气冲冲脸色发白，但仍然是个美人坯子。能五拍了拍身上的土，傻里傻气地站在那里。小姑娘气极败坏，指着能五的鼻子将他骂了个狗血喷头。能五被姑娘伶俐的口齿深深地折服，他一边愉快地接受了姑娘最恶毒的诅咒，一边寻思：我啥时能娶了她。

几年前，媒婆们就一拨拨地登小翠家的门。小翠想嫁一个既英俊倜傥，又有钱有势的如意郎君，只奈何这穷乡僻壤生不出这十全十美的男儿。小翠骂过能五后，媒婆们从此销声匿迹，就连以前死皮赖脸缠着她说话的老光棍汉也对她敬而远之。众叛亲离的小翠顿时成了孤家寡人，她切身品尝到了谩骂落魄英雄的苦果。

能五让媒婆和苦苦去小翠家提亲，他们的婚事就这样毫无悬念地敲定了。一个月后，双眼哭得通红的小翠被能五亲手打造的漂亮花轿接进了寒酸的洞房。

小翠养了上百只鸡，于是能五挂上枝头的鸡就变得源源不断，他还是像小翠第一次见他那样背对着门，坐在躺椅上双手比比划划。不知能五在树上挂过多少只鸡，反正挂断的树枝足够全家炊事之用，树下清扫的鸡粪足够十亩薄地的肥料。

受鸡禽振翅飞翔的启发，能五让那只巨大的、白花花的鹰最终脱离了地面，飞了起来。当然，鸡禽给予他的启发是渐进的、吝啬的，任何一点一滴的启发都来之不易。能五的四十年光阴被一只无形的手，像挤牙膏般一点点挤得精光，只是不知最后洁净了谁的牙齿。

为了让能五的故事自圆其说，作者有必要站出来啰嗦几句。其一，能五生长在一个偏僻落后的小村，这个闭塞的村子对世界文明的发展一无所知。其二，能五是个蠢货，他的执著更让他蠢到了极致。得知以上背景，读者就会对能五不惜花四十年时间试图让笨重的木鹰起飞给予充分的理解。

一次，能五将鹰拆开运上坡顶，再组装成形，他轻轻一推，鹰顺着陡峭的坡面滑下，被几块顽石颠覆翻起了斤斗，倾斜的鹰翅差点削平了坡半腰能五爹娘的坟头。能五并不气馁，他整修了坡面，清理了石块，拔光了荒草，将鹰从坡顶再次推下，鹰在坡腰试图离开地面，却未能成功，很快就冲进坡底的河沟，撞成了碎片。再后来，能五给鹰装了带脚镫的链条，可以带动翅膀扑打。这次，鹰飞了起来，短暂地离开了地面，落地时链条绷断，能五折了三条肋骨。总之，每一次试飞，鹰都会受伤，能五就用铆钉固定住骨折的部位。当鹰身上像乞丐的百衲衣裳布满锈迹斑斑的铆钉时，能五的鹰已经能自豪地飞得很高，飞得很远了。

那么多年过去了，能五的生活也发生了翻天覆地的变化：苦苦咳血死了，小翠难产死了，儿子能飞活了下来，并且如愿考上了一所飞机制造学校。能五头顶秃了，牙齿落了，弯腰驼背，老态龙钟，他为鹰殚精竭虑，耗尽了精血，熬坏了身体。

能飞从省城第一次放假归来，就仿佛变了一个人。他不但吞下了对能五雄鹰的所有热爱和赞叹，还像欣赏小丑表演一样冷眼旁观，一旦别人提起鹰的事，他都嗤之以鼻，或者干脆像个大人似的背着手离开。能五心想，你小子上了几天学，就对老子爱理不理，难道世上还有比我能五更巧的木匠，能造出飞得既高又远、灵活善斗的鹰来？

为了遮掩雄鹰身上的斑斑锈迹，能五收集了几桶鸡血，让能飞帮着刷在鹰的身上。能飞刷鸡血时轻描淡写，挨了能五一顿臭骂。能飞火了，将刷子一扔，气汹汹地骂道："能五，你是个疯子！"

能五理所当然地揍了能飞一顿。能飞也不跑，站在那儿挨揍，嘴里却口无遮拦："能五，你瞎眼了！炸死你爹娘的是倭寇的飞机，画着膏药旗；后来，你用箭射的是国民党的飞机，画的是青天白日旗；再后来，天上飞的都是民航客机……倭寇三十年前投降了，你造哪门子鹰，刷哪门子漆，啄哪门子的鸟眼！能五，你这愚蠢的猪啰！"

揍完能飞，能五垂头丧气、怅然若失地提着鸡血桶爬上了鹰背。满脸鼻血的能飞咧开了嘴大笑。能五将鹰刷得血红血红，打眼一看不像飞机，倒像一个丑陋而又畸形的怪兽。

爹娘被大鸟下的蛋吃得精光，能五从此痛恨大鸟，一见大鸟就想把它射下来。他让苦苦教他木匠活，造的硬弓打的铁箭却怎么也追不上大鸟。后来他开始造鹰，想啄瞎大鸟的眼，可是安着翅膀的鹰却飞不起来。他向鸡学习，当鹰能够飞起时，时光的尘埃已经覆盖了曾经照破天地的心镜，甚至包括能五在内所有的人都忘却了他为什么造鹰，为什么让鹰飞起来，鹰的敌人在哪里！

能五揍完能飞，吃力而又孤独地爬上梯子刷漆时，脑际突然闪现出自己年幼时发疯般冲上坡顶的情形，他心里那扇虚掩已久的大门再次豁然洞开——啊，我要啄瞎大鸟的眼！

这项伟大的复仇计划从能五为鹰刷鸡血的那刻又一次被唤醒。次日，估计一只大鸟要飞经村子上空时，能五骑着鹰的脖子飞上了天。果然，一只大鸟远远地飞来，轰隆隆像滚雷一般。能五让鹰飞到足够的高度，等待大鸟飞过时，给它致命的一啄。没想到大鸟从鹰身边像闪电般擦过，鹰还没反应过来，鸟就已经飞远了。

当天下午，一群全副武装的警察包围了停泊在坡顶等待再次起飞的鹰。他们用明晃晃的手铐铐了能五，凶巴巴地问了他许多有关鹰的问题。村里人都不约而同地给能五求情，警察听说能五是疯子才半信半疑地给他解开了手铐，也没把鹰砸烂。但是临走时对能五恶狠狠地说："如果再让这破玩意儿上天，就让你把牢底坐穿！"

能五怎么也想不通，他四十多年才让鹰学会了飞翔，尚未啄瞎一只大鸟的眼就不让鹰飞了。凶猛的鹰不在天上飞，那它连一只生病的麻雀都不如。能五不是麻雀，他的鹰自然更不是麻雀。于是，他驾着鹰又飞了起来，做了此生最长的一次飞行，甚至都要啄下一只大鸟的羽毛了。

警察在地面等着。能五双脚还未从梯子上下来，就被扑倒在地，五花大绑后被推搡着带走了。一个月后，遍体鳞伤的能五回到家，发现涂着鸡血、泛着耀目光泽的鹰已经凤凰涅槃，浴火而生，变成了一堆黑色的焦炭。

　　能五把焦炭收集在一起，纵火引燃，然后大步走了进去，点燃了生命中最后一点仇恨……

2004.12.16 ～ 2009.1.11，三稿完

寻找一只鸟

一个笼子在寻找一只鸟。

——〔奥地利〕卡夫卡

笼 子

一个笼子在寻找一只鸟——如同戒指寻找手指，木材寻找墨绳，佛陀寻找随从。笼子在寻找那只鸟，信念坚定，心若磐石。笼子尚不知鸟儿的芳名，也从未听说过她是否有才情，更遑论曾经邂逅或是有隐秘的旧情。

作者及所有能够于脑海钻燧取火碰擦出星星智慧之光的灵长类动物，都不约而同、心领神会、成竹在胸地断定——这肯定是一桩千曲百折、稀世罕见、惊天动地的爱情际遇！

笼子不以为然，他口气生硬地说，爱情到底是什么玩意儿？它无非是人类消磨生命苦挨长夜的蜜汁毒药，是生息繁衍传宗接代的浅薄花招，是沉溺爱欲不能自拔的可笑借口！岂能与笼子和鸟形而上、道而下、庸而中的超情欲之爱相提并论？岂能与笼子和鸟超哲学美学佛学儒学道学人学的素朴之心平分秋色？！

笼子说话的时候，每一根精致的笼条都在微微颤动，好似某个故弄玄虚的神灵无形无影地端坐于笼子空荡的穹顶之上，慢条斯里地拨弄着辐条般四散开来的笼条。每根笼条不同的颤动频率发出或高昂或低沉的音调，这些张弛有序的复音汇集成束，密集地敲打着耳膜回荡在耳蜗弹叩着马蹄状的耳骨，只要不聋不哑都能得以有效辨识。

很显然，这是一个貌似庸常俗见的普通笼了，实则神异奇崛、举世无双。你看那浑然一体、巧夺天工的外形，柔韧刚坚、千锤百炼的笼条，密不透风、疏可走马的间隙，银光闪亮、弯如新月的挂钩，饱满圆润、肥而不腻的笼肚，平坦如砥、接衔无痕的兜底……无处不是精美与精巧的完美融合！

说得再天花乱坠，比现实更残酷的是——再好的笼子毕竟也是笼子——没有鸟儿飞动其间的笼子算不得真正的笼子。

也并非没鸟儿欣赏这个笼子——曾经有一群叽叽喳喳的麻雀、八哥、喜鹊、乌鸦，甚至几只啁啁啾啾的鸡雏、野鸭、秃鹫给他献过大把的殷勤。可这都是些什么鸟嘛！在她们眼中，他只是一个实用实在、可触可摸的麻雀笼、八哥笼、喜鹊笼、乌鸦笼、鸡雏笼、野鸭笼和秃鹫笼。

她们注定是这个笼子生命中的过眼烟云，比一根被风坠掉的睫毛还要无足轻重。笼子深知，对生命中那只鸟儿的等待还不够、机遇还不到、缘分还未熟。为了等待那只冰清玉洁的鸟儿，笼子被造物主挂在万仞危崖的高枝，栉风沐雨雷击霜砍经暑历寒，没有蜂飞蝶舞燕语莺声，苍劲的风怒号着，黑沉的夜寂寥着，结痂的心坚硬着。

据说这是凤凰栖过的高枝，她们在短暂的驻足后便杳无踪迹，残留的余香却幽幽不绝，沁人心脾肝肺。笼子浸隐于久远的孤独与暗香之中，对空弹拨着无弦的心语，诉说着无言的衷肠。

一个没有承诺未曾谋面一厢情愿的守候，或许是一世的无功与蹉跎。信念是盲目的，希望是渺茫的，思维是颠覆理性的。笼子在高处不胜其寒，不尽唏嘘。

思念是一条条毒蛇缠绕着树梢，开叉的血红信子咝咝鸣叫，尖利的獠牙毒囊贲张，艳丽的鳞片噼噼啪啪，柔软的腰肢妖冶腥腻。寂寞像丰收的葡萄和石榴挂满枝头，每一颗都硕大无朋，每一串都籽粒饱满。高枝成了一张暗藏杀机的弯弓。

看破红尘后还是红尘，洞穿云霾后仍是云霾。鸟在哪里，她在何方？

所有的人都看好这桩爱情，断定它是一桩凄美悲壮、可圈可点、值得期待的爱情际遇。

造物主

祂是笼子的造物主，却从不以造物主自居。

造物主也有无助的时刻，尤其是那个鸟笼的身影在祂的天空像闪电般转瞬即逝的那刻。祂用尽全身的力气试图挽留，大脑的底片却只显影出无比模糊含混的身影。

祂不得不凭借积累了近半个世纪的技艺，一次次地潜入灵感的深处，探寻和印证那个梦寐以求的身影。

祂与鸟笼相依为命。鸟笼是祂的衣食父母，也是祂展示技艺、过上富足日子的天平。制作鸟笼繁复、精密的过程，丰富了祂平淡的人生，装点了祂单调的精神世界。祂是鸟笼无可争议的造物主，从竹笋种植、司竹、砍伐、浸泡、分篾、抛光、编制、组装……祂是一个尽职尽责、勤劳无比的能工巧匠，一丝不苟，步步为营，每周都有数以百计的笼子经祂魔术般的手指组装后变成货真价实、待价而沽的抢手之物。

祂一生做的鸟笼不计其数。这些鸟笼售出后，囚禁过无数鸟儿。许多鸟儿在笼中被困死老死惨死，它们与鸟笼及鸟笼制作者有不共戴天之深仇大恨。

祂是伟大的创造者，而非谦卑的诉说者或是倾听者。祂只为创造而生，鸟儿再大的仇恨祂也浑然不觉。

祂创造的每一个鸟笼都完美无缺，坚固耐用，也从无滞销积压之虞。几十年的劳作，使祂对千篇一律、千笼一面的流水线制造兴致索然。祂梦想有朝一日能够亲手制作一只惊世骇俗、震撼灵魂的鸟笼！

有千般波折万般曲折的艰难求索，就有山重水复柳岸花明的绝世邂逅。梦想鸟笼的身影凌空出世，横扫了祂根深蒂固的自负自大自傲。此时，祂才恍然——自己曾经制作的所有鸟笼都是必经的铺垫，穷其一生的技艺、智慧和才情也只是必要的准备，这下该是制作那个魂牵梦绕的鸟笼的时候了！

大梦成真只有一种可能性，那就是朝圣般艰苦卓越的默默付出！对于创造者来说，再没有比孕育大梦、兑现大梦更令人惊心动魄的惬意体验了！

或许，祂心中一直有一个完美无缺的鸟笼，只不过祂没有意识到或者一直不愿真实地面对。现在祂幡然觉醒，要将它变为现实，让过去的笼子在新笼子面前轻如鸿毛贱如粪土。

梦想的笼子在祂心里上下翻腾，令祂彻夜难眠。为了让梦想的笼子尽快破土发芽苗壮成长，祂说干就干。祂放弃竹篾材质，选取上等竹节间薄如蝉翼的虚白，然后在春日的阳光下曝晒，用聚光镜收集夏日阳光引燃，化成白灰后，再拌以秋分时节竹梢第一粒甘露，采清晨鸡啼三声后鸟笼制造者食指第一滴鲜血，放入窖中阴藏七七四十九天。最后才用刀雕刻成条，文火煅烧，打磨抛光，再刷漆描金，组装成笼。

这种创新的工艺工法，较早先的笼子制作，耗时耗力耗工耗财何止千倍万倍。过去一月，祂可以制造一千多个笼子。可是现在整整三年，祂也只造出了一个。

三年来，祂坐吃山空，倾其所有，早年的积蓄已经花得一文不剩，而且债台高筑。因过于专注工作而很少进食的祂瘦骨嶙峋，高烧般的激情也持续炙烤煎熬着祂的内心，令祂心力交瘁。笼子造成后，祂青春不再，变得脸如菜色，双眼浑浊，弯腰驼背，双手发抖，久咳不息，苍老得像一棵芦苇，一阵风就可以将祂袭倒。

此时，那些被祂制造的万千个笼子囚禁而悲伤死去的鸟儿，蝗虫般铺天盖地而来，裹着阵阵阴风绕着祂飞行，并时不时啄祂一口。

祂长久地轻抚着怀抱中的梦想之笼，如同抚摸着母亲腹中的自己，显得无比欣慰与满足。为了不让自己毕生心血制造的鸟笼沦落于不懂得珍惜的白痴之手，祂给梦想鸟笼标注了一个令人咋舌的价格。

观者如堵，虽说赞叹之声如潮，却无人觉得物有所值，也无人愿意倾家荡产买走祂的梦想之笼。没有知音出现，倘若遇到知音，祂宁愿分文不取拱手相让。

真正的梦想常常曲高和寡，令人退避三舍；而伪梦想却大行其道，鸠占鹊巢。

祂知晓自己大限将至，拼出最后一分力气爬上高岗，将梦想之笼挂在了传说凤凰栖过的高枝。

凰 鸟

没有鸟儿渴望笼子。笼子既不是枝丫，也不是花蜜或者果实，更不是森林。

笼子是鸟儿自由的终结和囚禁的肇始。鸟儿宁愿曝尸荒野，也不愿拥有哪怕片刻的囚禁和雕花的藩篱。不可否认，也有个别鸟儿向往锦衣玉食、供人把玩的牢笼生活，虽说空间窄小、腾挪局促，但也省去了春种秋收之苦、天敌侵袭之忧。

在聒噪无度的鸟禽中，凤凰是一种安静高雅的鸟儿。她生于风中，翔于云上，落于高岗，栖于香枝。她是鸟禽中餐风饮露、卓而不群的代表。

人类称它为神鸟凤凰，其实她只是凰鸟——是凤鸟的另一半，是一根亚当肋骨变成的夏娃。

凤求凰，凰求凤，皆是传说。五千年的阴差阳错、无穷尽的浩淼天地，从未兑现凤与凰翩翩齐飞的美好承诺。不攻自破的谎言，让超尘拔俗的凤鸟凰禽，最终沦为飞出现实语境的幻想物种。

即使如此，凰鸟仍然在一个个高枝流连、徘徊。无数泣血的叹息梅花般开满枝头，疯长的思念青藤般爬满心扉。

风儿告诉她，凰鸟一百年才降生一次；云儿告诉她，凤鸟一百年才降生一次；雷公告诉她，凤鸟死后一百年才降生凰鸟，凰栖凤飞；电母告诉她，凰鸟死后一百年才降生凤鸟，凤栖凰飞。

凰鸟飞遍天涯海角，访遍天南海北，倦鸟归林，回到了她曾经生息驻足过的高枝。那个高枝还依稀是当年模样，却多出一个可怜兮兮、空空如也的鸟笼。

当凰鸟黯然伤神时，鸟笼发出幽怨的声音；当凰鸟偶有喜悦时，他发出欢快的声响。这种应和发自内心，毫无做作。

凰鸟这才开始留意咫尺外毫不起眼的鸟笼。他无弦能发出声音，有锁扣却没有笼门。此外，他悬挂在这儿不知多少时日，却色泽如新。

在一个月圆之夜，凰鸟梦见鸟笼变为凤鸟，与她双飞双栖，恩爱如一。醒来发觉自己正依偎着鸟笼，惊喜的泪滴还挂在脸颊。从此，她依偎着鸟笼入梦，这样就能在梦中与凤鸟比翼齐飞。

美梦是现实之光照耀不到的净土，是梦想之矛不愿刺透的画皮，也是饮鸩止渴的心理慰藉。

一天，凰鸟猛然发觉鸟笼竟然充当了她美梦幻象的缔造者时，顿觉笼子心机重重，外表猥琐，内心变态，毅然将他抛下了深渊。

她又恢复到了内心的平静与死寂。捣毁了唱和，剔除了美梦，她的生活变得残缺不全、支离破碎。她试图逃避乃至自戕，都无济于事。愧疚逐渐充斥了她的内心。

凰鸟纵下悬崖，试图寻回鸟笼的骨架入土为安。可是万仞深渊之下，竟然找到成百上千具鸟笼的尸骸，断头折臂，落尘盈尺。她无法分辨哪个是她曾经相依相偎的鸟笼，只得随意安埋了两具尸骸，口衔一枚鸟笼的锁扣再次跃上了云霄。在云雾之间，她猛然发现被她抛弃的鸟笼完好无损，像个游魂般飘荡于落寞的云际。

　　团聚让凰鸟与鸟笼仿佛再次找回了逝去的青春。他们一笑泯恩仇。

　　凰鸟把鸟笼挂在自己休憩筑巢的高枝，扑进他的怀抱。鸟笼也敞开怀抱，接纳了她。她猛地扑进笼子，笼内竟然宽敞无比，别有洞天。

　　咔嗒一声，凰鸟合上鸟笼的锁扣。她甘愿与鸟笼自此日夜相守，不离不弃。

2013.2.26 ~ 2013.5.27，二稿完

苍　蝇

　　关中平原的冬夜漫长而又寂寥。夜黑漆漆的，伸手不见五指。村庄已经进入梦乡，偶尔一句梦呓冒出口，都会被逼人的寒气迅速冻成一坨，重重地跌下来碎裂一地。

　　刚满二十岁的妮妮趿着一双蒙有白纱的布鞋，独自站在脏兮兮的残雪之上、白晃晃的灯泡之下。她神情麻木地盯着灵堂中央的遗像——胖乎乎的母亲正冲着她笑呢……大地吸走了她脚板的热量，然后用寒气锻造的尖针在她伤冻的脚跟刺了一下，妮妮一个激灵，这才意识到自己又一次长久地走神。

　　记得母亲去世前，全国遭遇了一场罕见的大雪，轻盈的雪花压断了北方和南方的无数枝丫。妮妮和同学正在南国大学校园的雪地上狂拍乱照，这时接到老家的电话，邻居兰姨说你妈在地里干活昏倒了大夫要打开脑壳动手术没家属签字。妮妮风尘仆仆赶回家，在抢救室门外祈祷了两天两夜。母亲被推出来的时候已经没了呼吸，她是突发脑溢血去世的。

　　母亲走了，妮妮变得失魂落魄。像所有突失眷亲、过分悲痛的人一样，妮妮无助地挣扎于生活的浅滩人生的漩涡情感的黑洞。她的思想一会儿像拦腰砍断的水流上下脱节、茬口清晰，一会儿像脱缰的野马东颠西跑、漫无目的。她的眼睛和耳朵也不听使唤了，一会儿双眼空洞双耳失聪，一会儿又满眼是母亲的身影满耳是母亲的私语。

　　前几天，她打电话告诉母亲南方下大雪了，母亲说北方也下了，雪大得出不了门。电话线另一头的母亲耳聪目明，和善温良，思维清晰，声音洪亮。可是几天后，母亲就撒手人寰，狠心地把她抛下，一句话不留，说走就走了。妮妮不相信也不甘心母亲就这么无声无息地消失，母亲对自己嘘寒问暖二十载，真正离开她时怎么忍心只字不留？！她觉得母亲只是小憩片刻，一会儿还会苏醒过来。

母亲的祭奠在村庄举行，灵堂及待客的大棚就搭建在村庄街道的正中间。和父亲去世时大同小异——一样的匆匆，一样的礼节，一样的不堪回首。父亲的葬礼已时隔四年，但她仍然历历在目，如同昨天刚刚没有了父亲，今天又失去了母亲，只留下孤零零的自己承受悲痛。

这些天，妮妮以泪洗面，尤其是她作为孤女在灵前跪谢吊唁人们的时候。在农村，老人灵前都有一大群孝子贤孙，户族大的几十人，户族少的也常常十余人，最不济也有五六个打硬的儿孙撑门面。如果没有儿子，甚至连扶柩哭灵的侄儿、孙子也恓惶得没有几个，人们就会认为真是一种悲哀。妮妮的祖辈从外地迁移落户到这里，在这个关中庞大的村庄没有多少根基和血亲，加之爷爷独子父亲独女，所以妮妮的成长是孤独和寂寞的。长大后，妮妮曾对母亲说，如果我再有个弟弟该多好。母亲说哪有那么多如果，但难掩言语里的遗憾和无奈。如果真有个弟弟，妮妮当下至少不会在村里人面前过于突兀和孤单。

妮妮自小就有洁癖，村里人就笑话她投错了胎，应该生在一尘不染的大城市，而不是满地鸡屎猪粪的乡下。好在妮妮学习不错，小学毕业就考上重点初中，此后一直在县城、省城读书。村里人觉得妮妮到了干净的去处，洁癖的毛病就容易忍受了，可这几年，妮妮的洁癖变本加厉，见到苍蝇之类肮脏的小动物甚至都会呕吐。

妮妮自知脏腑不佳，随身揣着塑料袋，以便在呕吐时能应一时之需。父亲去世时妮妮吐得翻江倒海，母亲去世后她为此精神高度紧张，好在寒冬滴水成冰，没有发现一只苍蝇。由于过度劳累和悲伤，妮妮每天仍要呕吐两三次。她每顿饭像小猫勉强吞几口，一会儿就吐得一干二净，直至吐出辣辣的灼热胃液。即使如此，妮妮也得挑起母亲病故带来的肉体和精神上的双重压力，担起本该由儿子负责的盛大丧事中诸多事无巨细事情的决断。农村的丧事比喜事还要讲究，年长的老人去世要七日后才能安葬，这更是让妮妮难以消受。放在过去，大家看到妮妮呕吐，都会不无玩笑地戏谑道："这碎女子一看就不是咱村的人！"意思是说妮妮的娇贵模样，不可能在村里找到婆家，注定要嫁进大城市享清福。可是现在，大家带着怜爱悄悄地在一旁叹息："苦命的碎女子！"

凌晨时分，空气清新，寒星稀疏。白天消融了一半、被踩得稀泥乱流的地面，已冻得坚如生铁。执事及其乡党忙活了一天都回家了，他们要为明天的下葬做体力上的补充。前半夜，村里人吊唁过了，请的乐人也唱完了戏，曲终人散。两桌打麻将的守夜人坚持到凌晨，被连日的辛苦和彻骨的寒冷搞得萎靡不振，索性一哄而散回家睡觉。所有人都走了。灵前两支长长的红蜡心急火燎地烧尽最后一滴烛泪，只留下铸铁底座在渐渐冷却。摆满桌面的祭品香气散尽，大鱼大肉的汤汁也已凝固。地上那只积满纸灰的青色瓦盆，早熄了火星变得冰凉。为了让灵前的香火彻夜袅袅，妮妮已经在母亲的遗像前续了三次香。

冬夜无比寂静，整个村庄都进入了梦乡。妮妮或许是偌大村庄仅存的睁着眼的活物。她站在租赁来的灵堂中间，一堆大红大绿的装饰物包围着她，这些虚假而又夸张的饰物营造出了悲天悯人的氛围。这种来自外界的烘云托月无疑是成功和有效的，它左右和引导着人的情感走向，使妮妮也不自觉地受到感染。她觉得自己不是站在灵堂，而是躺进母亲的子宫里，耳边回响着母亲平稳舒展的心跳；或者是站上硕大无朋的花朵上，内心流淌着温暖、安全而自在的情绪。

灵堂是一个华丽的外壳，里面空无一物。它被租赁公司一次次地出租，接纳亲朋好友的吊唁，收集人们珠子般滚落的热泪。只有那张供人瞻仰的遗照被一次次更换。四年前有父亲的照片，四年后是母亲的照片，在这期间还有大量村里村外认识不认识的人的照片。他们的一生被灵堂压缩成了一张薄得不能再薄的黑白照片，朴素到了极致。

灵堂没有棺材。棺材被安置在正屋，并且故意斜放，取"斜躺顺卧"之意，这是对故人的尊敬。于是，宽敞的正屋如同杂乱的人心般古怪，每个经过棺材旁的人都要侧着身子、踮着脚尖才能挤过狭窄的甬道。母亲穿着宽大的玄色老衣，手脚被腰带扎束着。她直挺挺躺着，新打制的棺材散发着浓郁的松木的气息、生漆的气息和香蜡的气息。父亲去世后，母亲就执意在父亲的寿材中躺了一会儿。当母亲的寿材做好，妮妮也想在母亲的寿材中躺一会儿，但没人理会她的痴言疯语。现在，她仍想钻进封口的漆黑棺材，与母亲静静地待上片刻，如同小时候尝试与父母分床而睡，半夜醒来再偷偷钻回母亲温暖的被窝。

妮妮忽然觉得有东西从眼前飞过……当她意识到可能是一只苍蝇时，喉咙猛地发紧，心底泛潮，胃也痉挛起来。她机警地四处寻找，没有找到，于是对自己宽慰：是眼花了，这么冷的天哪来的苍蝇！

妮妮厌恶苍蝇，是从童年开始的。小时候，妮妮像男孩子一样是个淘气包，经常被父亲罚站。每次罚站，百无聊赖的父亲就蹲在一旁打苍蝇。农村的苍蝇数不胜数，打不胜打，打死一个飞来一批，打死一批飞来一群。它们成群结队地赴死，前仆后继，这种义无反顾的死法让妮妮心生感动，同时也为其子嗣绵延、叹为观止的生殖力而震撼。妮妮见识过苍蝇顽强不屈的生命力——苍蝇被父亲打成两截，翅膀折断，肠子外露，还在地上剧烈挣扎，扑打着粘在地面的残损身躯原地转圈，半天也不死。父亲以罚站的妮妮为圆心，不遗余力地捕杀这种小小的飞虫，活动的围剿圈随着苍蝇的落脚点一会儿大一会儿小。有时苍蝇会落到静止不动的妮妮身上，父亲的蝇拍随之就会重重地落在她的腿、胳膊、脊背。那次，父亲持续扑打一只身手敏捷的苍蝇，久追不得，但最终将它歼灭在妮妮的红脸蛋上。妮妮因迎面而来的蝇拍上的恶臭及蝇拍落在脸上的羞辱而大哭起来，父亲却不以为然地狡辩：我又没使劲！还有一次，妮妮穿着漂亮的连衣裙上学，同学们一天都对她指指点点，她起初以为是羡慕她的裙子，直到放学才有人告诉她后背粘着一只被拍成肉酱但足以辨认形象的苍蝇的尸体。这个父亲留给她的杀戮罪证，摧毁了妮妮美好的儿童时代，也不可挽回地埋葬了女儿对父亲的敬重与爱戴。妮妮有时会恶毒地幻想，那些被父亲灭杀的苍蝇会联合起来向父亲复仇——它们联手化为一只黑熊般的巨型苍蝇，以掌作拍，用迅雷不及掩耳的速度冲向父亲。

父亲死亡的方式确实如同迅雷，来不及呼救就结束了。妮妮考上大学的那个暑假，父亲牵着家中肥肥壮壮的秦川牛进城出售，这样就能凑够她的学费。父亲一去无回，四处寻找也不见踪影。一周后，人们在一片茂密的玉米地发现了父亲。警察封锁了乡村通往县城的那段道路，母亲获悉噩耗就昏倒了，妮妮作为家属硬着头皮上前认尸。她跟随戴着蓝色大口罩的警察，深一脚浅一脚地钻进玉米地，在清理出的一堆泥土前，她看到了父亲变形发胀的尸体。她觉得有些不像，就上前仔细辨认脸部，突然，一只硕大的绿头苍蝇，从父亲未合拢的黑洞洞的口里飞了出来，发出轰炸机一样震耳欲聋的巨大声响！

这个细节有些滑稽——就像电视剧里孙悟空从嘴里随便吐出一样小物件，放在手心，然后吹口气说一声"变"，就能生出万千有趣的变化。而父亲吐出来的是一只全身披挂着死亡、令人恶心的绿头苍蝇！这突然出现的意外，搅乱了妮妮心底的悲伤，她像中魔一般狂呕狂吐，而且从此一见不论何种苍蝇都会条件反射般呕吐不止。

安葬父亲的日子不堪回首。父亲死时正值盛夏，尸体保存在冰棺，腐烂的面部用白布盖着，张开的嘴巴也想办法合拢了。苍蝇凭借对死亡无比精准的嗅觉判断，很快就密密麻麻集结在冰棺周围。那些天，妮妮简直不敢睁眼，一睁眼全是漫天飞舞的黑色灰色麻色绿色的苍蝇，她就伏在地上呕吐。邻家弟弟看她吐得辛苦，就联合小伙伴们主动承担起了打苍蝇的任务。苍蝇或许吞食了过量鸦片般的死亡气息，一个个丧失了活力，它们安静地落在细绳和铁丝上，细绳和铁丝就像盛夏疯长的丝蔓结满了沉重的黑色瘤子。一蝇拍下去，就会拍死一大疙瘩，另一些受到惊吓的苍蝇在半空稍作盘旋，又会落在原地。那几天，执著的邻居小弟一口气打断了七只蝇拍。

此前，妮妮只是在心理上讨厌苍蝇，自从目睹了父亲的死亡，她根深蒂固地形成了对苍蝇生理上的厌恶，一见到苍蝇就呕吐，好似害喜，没有理由，没有征兆。母亲只是觉得妮妮的体质过于敏感和娇弱，没有细想，也没有多问。只有妮妮知道是怎么回事，她不愿让人知道这个痛苦的秘密，这个只有父亲和她知道的秘密。

脚跟又被针狠狠戳了一下，妮妮知道冻疮已经既成事实。好些年没有犯冻疮了，这全赖邻居兰姨的一个土验方。小时候，兰姨见她手脚生出又肿又痒的冻疮，就让妮妮妈妈用老萝卜叶煮水给她泡脚，果然奏效。考上气候温暖的南方大学后，她再无冻疮之虞。这次，寒冷的冬季和单薄的鞋子让久违的冻疮卷土重来。

突然，妮妮想起兰姨昨天下午帮厨时，一边烧火一边随口问她："最近梦到你妈了吗？"

"没有。"妮妮摇摇头。

"也是，"兰姨说，"刚去世的人不给亲人托梦。"

"为什么？"

"怕亲人醒来更伤心！"兰姨觉得妮妮有些少见多怪。"昨晚你妈给我托梦啦。"

"是吗？"妮妮急切地几乎扑进兰姨的怀里。

"看你看你，"兰姨等妮妮稍微冷静下来，才继续讲道，"我梦见啊——我在家门口站着，你妈从我面前走过却没理我。我就奇怪，上前扯住她问'你去哪？见面也不打个招呼'，她这才看了看我，不说去哪，只是说'老嫂子'——你妈一直这样叫我——她说'老嫂子，我求你好好劝劝妮子，她身子弱弱'。我就笑她'给我说这干啥？你妮子还没从学校回来呢'。我也私心里想，你妈凡事不求人，今天这话还真是稀奇，不像她的做派。但我做梦哩，梦里真不知道她已经走了。"

"下来呢？快讲啊！"

"然后，"兰姨说，"没有然后了。你妈说完这句，我就醒了。"

妮妮有些失望。她是多么想念母亲啊，可是母亲……宁愿托梦给邻居却不给自己托梦。妮妮一遍遍地在心里念叨着母亲的话："老嫂子，我求你好好劝劝妮子，她身子弱弱！"妮妮对母亲太了解了，她断定这句话是母亲说出的！因为"身子弱弱"是母亲对妮妮生理性呕吐的独创性表述，而且这句话只在母女俩之间使用，外人不得而知。母亲说"好好劝劝妮子"，是想让她想开些，不要为了过分的洁癖而让自己的生活变得一团糟。母亲曾不无担忧地谈起她的洁癖，以及对她学业、就业及其婚姻方面可能存在的影响。妮妮总是用一句"车到山前必有路"来搪塞这个不愿正视的话题。母亲不止一次给她讲苍蝇的生活及其习性，母亲说苍蝇并不像人们想的那样沾满病菌，它也有干净的一面，几乎每时每刻都在用手脚臭美、梳洗……母亲识字不多，为了在知识贫瘠的乡下获取苍蝇的丰富知识，肯定付出了大量不为人知的艰辛。粗枝大叶的妮妮除了一味回避母亲的话题，却从未体谅和思考过母亲的良苦用心。

从妮妮读第一本书到现在已经十几年了，每一册课本都异口同声地宣讲着世界的客观存在，并且是千篇一律无所不知的无神论腔调。妮妮不信鬼神，但听了兰姨的梦话有些动摇，她觉得母亲在试图通过梦境跨越时空与她对话！悲伤让她变成了一个有条件的机会主义有神论者。她急切地追问兰姨，怎样才能梦到母亲？怎样才能和母亲对话？怎样才能感受到母亲的存在？

"日有所思，夜有所想。"看到妮妮突然如此痴迷，兰姨有些不放心她的心理承受能力，便打起官腔，"梦都是假的，当不得真。"

"兰姨，您一定知道如何托梦！"妮妮肯定地说，并且画蛇添足地补充道，"就像治疗我的冻疮。"

兰姨被妮妮的话逗笑了。兰姨想了想说："我听过一个简单的方法，心诚才会灵验。"

"我信！我信！"妮妮坚定地说。

兰姨的方法简便易行，把想给母亲说的话写在麻纸上焚化（白纸不行），母亲就能收到。

夜深人静，鬼神相通。为了方便写字，妮妮将整张麻纸裁成书本大小。裁切时手一滑，小刀划伤左手食指，流出了血。她顾不上包扎，给伤口蘸了点唾沫，随手撕下一角麻纸按上去止血。妮妮跪在灵前，像虾米一样伏身地上，用铅笔在麻纸上一笔一画地写道："妈妈，我想你，你想我吗？"

点燃麻纸。火光由暗渐亮映照着妮妮清秀的字迹，火舌围拢过来春蚕般咀嚼着粗糙的纤维，火苗托起并超度着纸张蔚蓝色的灵魂。文字消失了，麻纸也卷曲一团变成焦黑的灰烬。轻飘飘的纸灰好似有人凭空抓取，忽地腾空而上，飞冲灵堂。与此同时，母亲也好似露出了会意的笑容。当面前是无法逾越、隔开尘世的音容笑貌的死亡之海时，你不妨转过身来，或许能觅到轻易抵达的小径。妮妮就是这样绕过死神布设的层层障碍，自认将信息送达到了目的地。

母亲倘若能"收"到，为什么不多"说"几句？于是，妮妮在第二张麻纸写道："妈妈，为什么不给我托梦？"

她继续写："晚上让我做个好梦吧！"

想到晚上就能梦见母亲，妮妮有许多话要说，她激动得身子微微发抖。

"你在我身边吗？"她一边迅速地写，一边焚化，好似母亲正站在对面，她要用文字书写追上口口交流的节拍，"怎么才能感觉到你在跟前？"

"你能暗示吗？"她试探着询问。她觉得阴阳相隔必定有许多无法超越的禁忌，她继续写道，"你不能显灵，但总有办法让我感觉到吧！"

"你有神通吗？"

"会不会变化？"在目前的情形下，让母亲变化必须要有充分的可能性。没有可能实现的假设本身就不真诚。

"你变成小动物吧？"她想了想写道，并进一步例举，"比如老鼠、蚂蚁、蚊子，或者……"她想到了苍蝇。在冰天雪地的寒夜凭空出现老鼠、蚂蚁尚有可能，可是出现夏虫似乎仍是痴人说梦，但她还是补充道："苍蝇也行！"

"出现在哪儿呢？"她停下笔思考，然后继续在另一张麻纸上写道："出现在附近，能让我看到。"

"要证明，"妮妮向母亲叮咛，"你就在身边！"

看到灵前有母亲生前最爱吃的红烧肉，她写道："如果你能飞，可以落在祭桌的肉片上。"

她觉得时间期限也很必要，否则无限期等下去，总会有一只不带任何使命的蛾子、老鼠之类闯进视野，败坏这种神圣交流的成果。她补充道：

"不能等太久！"

"只有很短的时间，才能验证你的存在！"她试探地问，"三分钟？"

"或许太短，那就五分钟吧！"

她顿了顿，好似与商贩一番讨价还价后下了决心："好，按六分钟，再长就不准啦！"

她看看手表："现在凌晨两点十分，说好六分钟，两点十六分结束！"

焚化完最后一张写字的麻纸，妮妮一动不动地跪在灵前，睁大双眼竖起双耳，虔诚地等待着母亲来自幽冥世界的暗示。

不到一分钟就灵验了。一只苍蝇！不知是不是刚才恍惚飞过的那只，但此刻出现已经是奇迹了！她也惊讶于自己竟然没有呕吐，放在以前早就发作啦！这只苍蝇不大，不知从哪里飞出来的，它在灵前摆满饭菜的祭桌盘旋了一圈，像个无头苍蝇径直飞向妮妮。妮妮觉得它或许就是母亲的特使，带来了口信，因而静止不动，唯恐惊飞了它。它竟然大胆地落在了妮妮的左手，然后爬向被刀割伤的食指。它在粘着麻纸的部位焦急地来回走动。她猜测着它的意图，是不是闻到了新鲜血液的气息？为了一探究竟，她轻抬中指，用指尖蹭开麻纸，露出小小的创口。妮妮的动作再轻缓，对于近在咫尺的苍蝇肯定不啻于晴天霹雳，它却聋子般纹丝不动。是极度的寒冷令它体力不支，还是饥饿让它头昏眼花——它宁愿被捻死而放弃逃离？苍蝇迅速向创口挪过去，用细小的口器在创伤面来回吸吮。多脏啊，会感染的！妮妮耳边有人提醒她。她充耳不闻，反倒兴致勃勃地看着，心里还美滋滋的。

过了三四十秒，苍蝇才飞起，落在祭献的红烧肉上，几秒后又在其他几样菜品上做了片刻停留，之后就永远消失了。妮妮看看表，两点十四分，苍蝇出现了三分钟。到了两点十六分，妮妮又等了几分钟，仍然没有任何踪影才终止。

虽然它先落在她的伤口，而不是肉片，但它确确实实在祈祷后迅速出现，并且出现在了该出现的地方。为了衬托这种出现概率的微乎其微，它在此前和此后都踪影全无。没有什么比事实更令她信服——它无疑是母亲的化身！

可它为什么要先落在她的手指？妮妮思量："如果我是母亲，我是那只苍蝇会怎么做？"母亲如果活着，同时看到馋人的饭食和她受伤的手指，肯定会先把她的手拉进怀里仔细瞧，然后问长问短。伤口即使结痂，母亲也会心疼地抚摸，恨不能用舌头舔舐。母亲就是这样，当她只能变化成苍蝇时，明明知道女儿不认识她的化身，对她的化身也极度厌恶，她仍然冒着随时被拍成肉酱的危险给女儿疗治！母亲的爱，令她别无选择！

想到这里，妮妮的心堤崩塌了，她在母亲灵前失声痛哭。这就是爱了她一生的母亲，这就是用生命吸吮她伤口的母亲，这就是对她牵肠挂肚难以释怀的母亲！就像这只灵通的苍蝇，它超越了写在麻纸上冰冷的指令，只听令于真情实感而心无旁骛。

妮妮长久地哭泣，冬天的夜晚空旷而又孤寂。她哭累了，竟然跪在灵前做了一个梦。她梦见自己伏在地上，一个胖乎乎的陌生中年妇女像一团轻雾来到面前，蹲下，抬起妮妮的左手，仔细地看她的伤口，然后把伤口移植到了自己的手上。妮妮的手完好如初。妮妮在梦中已经开始怀疑这就是个梦，她故意不揭穿这以假乱真的感受，好让这个妇女轻得像羽毛一样的手，在她抬起的手臂上多停留一会儿，或者最好永远不再离开。

2013.5.4 ~ 2014.5.24，四稿完

紫翅椋

1

紫翅椋觉得天晕地眩，它一会儿清醒，一会儿又糊涂，以前可不是这样。

它从来都是跟随大家一起飞、一起落，至于怎么飞、飞到哪儿、落在哪儿，它都不去管，随大流呗。可是，它不幸被人类的粘网粘住了。经历了痛苦而又漫长的挣扎和恐惧之后，它没有被残忍的人类当场摔成肉酱，也没有做拔毛处理，人类在它身上量来测去做了许多事，竟然把它放了。同伴们用异样的眼光打量着它，仿佛它是一个间谍。毕竟还没有从粘网逃出却又毫发无损的先例。

对于同伴异样的眼神，紫翅椋浑然不觉。它头重脚轻，精神也恍恍惚惚。它发觉一切都乱套了：明明在日出方向的大山，换到了太阳落下的一侧；沿北斗之星奔腾的大河也改变了流向；从出生就一直跟着大家逆风飞扬，现在盘旋的切角也发生了颠倒……

它飞到河边饮水，从水面发现头部长出一个怪异的突起，在青石上轻磕，有金石之声。可能是撞上粘网的伤痕，它这样想。因为除了头部沉重，并没有撕裂的剧痛，也没有其他不适。

它把这种突如其来的错乱讲给女友，女友说："亲爱的，有我在你身旁，不必一惊一乍。"它告诉母亲后，母亲摸着它的额头说："孩子，你受了惊吓，过几个日头就好了。"

紫翅椋知道没有同伴相信自己，就不再说了。但它明白，自己已经和以前不一样了。

（科学报告1：捕到一只紫翅椋，测量了相关数据。给头部安装了跟踪仪器和方向干扰器，干扰器主要原件为磁铁，目的是测试地磁及磁铁对紫翅椋迁徙方向的影响。）

2

所有紫翅椋开始大量进食，这意味着它们将要做长途迁徙，季节性地飞到温暖的地方生活。

紫翅椋总是在天气变得寒冷之前，做大规模的迁徙。它们的路线是一成不变的，祖先从很久之前就已经这样了。它们年年如此，严格遵守着口口相传的祖训。

就在大家为了迁徙而暴饮暴食时，紫翅椋却感到空前不适。不是来自身体，而是大脑——它脑子里好似另一个紫翅椋。这个陌生的紫翅椋与自己截然不同，它的每一个念头似乎都浸泡在粗野、邪恶甚至反动的毒汁里。它在自己耳边不停地絮絮叨叨：小子，你是不是觉得不对劲？是不是认为自己疯了，变糊涂啦？不要轻易否定自己的判断，尤其是那些与众不同的判断。不要怀疑我，也不必否定自己，你应该高兴才是——你觉醒了！你重生了！你会发现今是而昨非，过去是个无比巨大的错误。

它内心惶恐不安，但无法阻止另一个它无休止的聒噪；同时，它的好奇心又忍不住想探索其中的奥秘：小子，你过去是一个糊涂蛋，现在正在聪明起来，你会变得更聪明，超越所有紫翅椋的智慧。你的智慧会引导你放弃随大流的可笑举动，你会向着自己内心选择的方向迁徙，你的人生也将由此重新改写！

它无法扼制这种大逆不道的想法。虽然它在心里不断地否认这些念头，可是这些念头就像水面的葫芦，按下一个，又有更多的冒出来，而且强烈得变本加厉：你祖祖辈辈的迁徙都是错的，大错特错，从没有正确过！你不能浑浑噩噩变成行尸走肉，你必须推翻和颠覆看不见的祖宗的枷锁，遵从内心的自由选择，只有自由的选择才是独特的。它与真理为伍，替真理代言。你要打破旧制度，要革命，要用青春和鲜血争取自由！

于是，当其他紫翅椋大吃大喝的时候，它变得超然不羁郁郁寡欢。女友劝它："吃吧，喝吧，要不然你会营养不良掉队的。"它表情木然："掉队不可怕，方向才是最重要的！"

母亲见儿子对进食没有兴趣，焦急不已："孩子，是什么阻止了你的进食？"

"是怀疑，"紫翅椋说，"河流般的怀疑。"

"怀疑是河流上的泡沫，总会破裂。"母亲说，"对于现在的你，生存是排第一位的。"

"我知道，"紫翅椋点点头，"但我不能欺骗自己。"

母亲虽然无法全部理解儿子的话，但它讲出了母亲朴素的经验："无法决断的事，就听从内心的安排。"

紫翅椋抱着母亲感动不已。从此，紫翅椋像族类一样四处寻食，积累脂肪。

随着紫翅椋羽毛下脂肪的不断累积，紫翅椋的信念也在不断累积。它认定了自己的方向，拥有了自己的选择——虽然这个选择和方向与大家背道而驰。它坚信自己的选择，并愿意奋不顾身地为此付出一切。

（科学报告2：紫翅椋在迁徙前未大量进食，可能与安装干扰器有关。后来逐渐进食，但其体质估计难以完成长途迁徙。）

3

次日天亮，紫翅椋族群就要迁徙了。

紫翅椋却一夜无眠。它去找女友，女友说："我正在休息，有事天亮再说。"紫翅椋说："我只想告诉你——我爱你。"女友说："你回吧，我也爱你。"

紫翅椋回到家，对母亲说："我明天就要出发了。"母亲说："明天大家都要出发，孩子。"紫翅椋对母亲说："我不是逃兵……我只想寻找自由的内心，即使只有一次机会。"

天亮了，紫翅椋族群起飞时，发现紫翅椋失踪了。它的女友回忆道："昨晚，它心事重重地找我，我没理它。它会不会出事？""它没有积累足够的脂肪，会不会当逃兵？"有的说。"可能它提前飞走了。"也有的说。

它的母亲想了想，对大家说："不必等了，它长大了，会照顾好自己的。"

于是，紫翅椋族群哗啦啦飞起。它们在生活过的森林上空盘旋三圈后，沿着迁徙的地方箭一般飞远了。

（科学报告3：紫翅椋迁徙前表现异常。迁徙前一晚，这只紫翅椋独自向种群迁徙的反方向飞去。）

4

紫翅椋之所以提前起飞，是不想让同类说它是逃兵。它是一个早起者。

它不想成为众矢之的，它不惧思想上的孤立，只怕情感上的孤立。

它出发时信心饱满，决心用特立独行的坚强信念和无比勇气，追寻自己的目标。可是只飞了半天，它就有些后悔了。它一直与大家群飞，群飞时的宏大气势令它心醉。现在它形单影孤，只能听到自己拍动翅膀的声音和粗重的呼吸，不免有些心情抑郁。此时，它完全可以回心转意，折身去追赶那已远去的队伍，现在还来得及。但它想到将面对一切险恶承受一切不可知的苦难时，自己是自己的王，又生出些许自豪和优越。两种复杂的情绪相互交织，不分胜负。或许是虚荣心占据了上风，这只心高气傲的飞禽更加有力地挥动着翅膀向前飞去。

第一天，紫翅椋遇见了青山雀。青山雀问它到哪儿去捕食？它回答说不去捕食，而是迁徙。青山雀疑惑地说："如果我没记错的话，你飞错方向啦！"紫翅椋回答，这是我的迁徙方向。

第二天，紫翅椋遇见了红隼。红隼也问它："你怎么不迁徙，却到这里游来荡去？"紫翅椋说，"我要去你没有去过的地方。"红隼笑着说，"我什么地方没去过？我走过你所有走过的地方！"紫翅椋说，"你不会相信的。"

第三天，飞往热带地区过冬的颧见到了紫翅椋，它问："小家伙，你要到哪里去？"

"我要迁徙到我的新家。"

"小家伙，如果你向这个方向飞下去，永远也回不了家。"

"为什么？"

"你选择的方向前面有干旱的大草原，有无边的海洋，有自天而降的大鹰，有你预想不到的困难埋伏在那里。我有一个喜欢冒险、强壮无比的朋友朝那里飞去三年也没能回来。它肯定是回不来了。"

"谢谢你的提醒，我知道了。"但紫翅椋还是向它坚持的方向飞去。

这注定是一次孤独的迁徙。紫翅椋以前跟随父母飞行，一天可以飞四五十公里，现在，它保持着每天六七十公里的迁徙速度。它每天日出而飞，日落而息，在太阳即将升起和落下的薄暮中，高效地觅食。有时，在正午太阳最强烈的时候，它也在水边做短暂的停留，饮水和歇息。

它不停地飞，发现森林像脱光了毛的小鸟，变得稀疏；河流显露出来，亮晶晶的像一把光洁的大刀。大地灌木丛生，荒草萋萋。再向前飞，空气变得越来越稀薄，紫翅椋的呼吸也越来越急促，可供休息的高枝也越来越难找寻，觅食也变得困难起来。

它见到许多长有尖喙的巨大怪鸟，这些凶猛的利器可以轻易将它撕成碎片。紫翅椋远远地躲开这些怪鸟，这是它生存的本能之一。紫翅椋是和平的鸟儿，它以草籽、昆虫为食，对其他鸟类没有任何威胁。

那天，紫翅椋发现一只鹰一直在高空盘旋，做巨大的圈，可是这看不见的圈却将它牢牢地锁定在中间。它几次擦着地面低飞，试图躲过鹰锐利的眼。在经过一处灌木丛时，紫翅椋猛地藏了进去。鹰不慌不忙地落在灌木丛前，一副胸有成竹的神态。紫翅椋有些惊慌失措，它在灌木丛错综复杂的枝节里灵活地腾挪，提防着鹰的空袭。紫翅椋的宗族流传着一句话：从鹰的爪下逃生，比从人类的粘网逃脱更难。

它和鹰近距离地对视，鹰如豆的眼黄黄的，冷如寒冰。它的两只翅膀像受伤似的耷拉在地上，可是它知道这是鹰的诡计。鹰在灌木丛外看似心不在焉地转着，其实是在等待时机。紫翅椋不知能否躲过这一劫。面对强敌，它无处可逃，无法再逃，也不敢轻举妄动，唯一的希望就是等待鹰失去耐心而离去。

僵持期间，一只田鼠从灌木下的洞里探出头。紫翅椋有些心浮气躁，觉得僵持到太阳落下会更加危险。趁田鼠的出现吸引了鹰的注意力，紫翅椋从另一侧冲出灌木丛想尽快逃走。果然，一切都是假象，鹰展翼直扑紫翅棕。

巨大的黑影自天而降，紫翅棕料想难以逃脱，便迅速折身返回，顾不上许多，将眼一闭冲进了带刺的灌木丛。它重重地跌落在地，划伤了翅膀。紧接着，体形庞大的鹰也冲将下来，被架在了灌木上，纷乱的羽毛和尖利的惨叫吓得紫翅棕缩回了脖子闭上了眼睛。田鼠受惊后慌不择路，距洞口越跑越远。鹰挣脱灌木的纠缠，凶巴巴地剜了一眼紫翅棕，一个海底捞月抓起田鼠飞走了。

紫翅棕就这样躲过了一劫。它飞出灌木，自由地向它要去的地方飞去。它要在天黑前飞够计划的里程。

（科学报告4：紫翅棕在大草原上飞行，三天后就超出了信息反馈的范围，失去了联系。它只可能滞留在草原。草原的尽头是海洋，紫翅棕不可能飞越海洋……研究人员将在草原全力搜索紫翅棕的下落。）

5

茫茫的大草原一望无际，飞了一个月也是一样的景色。孤独、疲惫一直陪伴着紫翅棕。晚上，大草原黑漆漆的，紫翅棕匆匆找些食物充饥后，就得独自面对黑夜了。在以前的迁徙中，一个种群落脚在一起，热热闹闹的，说不尽的欢声笑语，晚上睡得也安稳，有专门的鸟儿负责警戒。可是独自在外，夜静得无法安然入睡，唯恐有敌人趁着夜色行凶。

即使这样，紫翅棕还是不后悔自己的选择。紫翅棕决心一直这样飞下去，不管结果如何。它只允许自己的翅膀不停地拍动，向前飞，飞，飞！

经过一个多月的艰苦跋涉，紫翅棕终于飞出了大草原温柔而又危机四伏的怀抱。可是在飞越了几个小镇后，一片无垠的大海展现在面前。海风习习，温柔时也夹杂着震耳欲聋的叫啸。海浪拍打着黑色礁石，溅起的巨大白色浪涛显示着海的威力。成群的海鸟在浪花里嬉水、觅食，它们自由自在地生活在海浪之中，可是紫翅椋却一筹莫展。是啊，它是一只陆地上的小鸟，无法在海面漂浮、捕食和休整，它的翅膀也无法做到无休止地飞行直至飞越海洋。它徘徊在海边，躲藏在海边植物的果实下，它享受着季风的吹拂，却思考着如何尽快离开这里。

海边不时有拖着黑烟的船只经过，它们穿梭于世界各地的港口之间进行贸易交流。紫翅椋无意飞过一只巨轮的顶部，竟然发现一只海鸟哺育了一窝小鸟在船上。紫翅椋决定通过搭载这些过往的船只渡过大海。于是，紫翅椋选择了一艘较大的船，住进了船上一只大炮的洞口。

几天后，大船出航了。紫翅椋来到了一望无垠的大海。它吸着海风，凭栏远望，为自己的主意而高兴。可是行了半日，它发现这只船与它要去的方向背道而驰。它起飞后，围绕着船只飞行，试图阻止船的行程。船远离海岸，它已无法返回，只得围着船儿转圈。天阴了下来，黑云滚滚。船上的人也紧张起来，像热锅上的蚂蚁忙来忙去。紫翅椋也预感到将有事情发生，也慌忙钻进炮口。黑云很快就到了，风将巨轮像秋千一般掀得晃来晃去，暴雨打在炮口，其声如雷。紫翅椋觉得自己变成了一枚树叶在水面漂泊，没有尽头。它在颠簸中晕头转向，全身瘫软。

暴风雨过去了，阳光再次洒在船上。紫翅椋从炮口钻出来，全身湿淋淋的。海风一吹，阳光一照，紫翅椋全身的羽毛很快就干了。当另一艘船与这艘大船相向而过时，紫翅椋迎着海风拼命地向另一艘船飞去，它如果追不上另一艘船，就只有跌进大海了。

紫翅椋没有错过机遇，它成功地飞上了新的船只。这只船很小，却正驶向它要去的方向。它在船上以逸代劳，快速地向它的目的地航行。紫翅椋白天在甲板上啄食船工捕鱼时丢弃的小鱼小虾，晚上就休息在一个隐蔽的角落。船员们认为它是一只海鸟，觉得它长得怪模怪样，但他们对鸟儿非常友好，从不伤害它。

又是一个多月漫长的海上航行。这次航行使紫翅椋的体力得到了恢复，也养足了精神。终于，紫翅椋发现了金色的海岸线，它高兴得蹦跳起来，再次张开翅膀奋力向前飞去。

（科学报告5：两个多月过去了，草原上一直没有紫翅椋的信息。可能一：紫翅椋还滞留在草原，只不过发射装置从紫翅椋身上脱落；可能二：紫翅椋在草原上已死亡，发射装置已损坏；可能三：紫翅椋向海洋飞去，但它不可能飞过海洋。）

6

再次落在坚实的地面，紫翅椋心花怒放。它稍作休整，继续开始了它的长途迁徙。

几天后，它飞进了寒冷统治的疆域。仿佛还没来得及迁徙，冬天就来了。寒风凝重、阴冷，让它的呼吸粗重困难，吸进的每一口寒气都像冰锥扎在心脏，呼出的每一口热气都是掷向虚空的宝贵体能。

一座雄伟的雪山横亘在面前，挡住了去路。紫翅椋计划绕开笼罩着死亡之云的雪山，经打问得知，绕行雪山山脉路程长达上千公里。它既不想耽误行程，也不愿毫无意义地冻死在雪山之巅，它决定从雪山侧峰穿越。在山下，它四处寻访曾经飞越雪山的鸟类，向它们虚心请教。经过多日的适应性训练，紫翅椋精神饱满地向雪山发起了冲锋。

虽然做了精心准备，雪山的寒冷仍然出乎意料，刺骨的寒风几乎将它的翅膀冻成冰刃。它呼吸着稀薄的空气，借助凛冽的寒风不断向上攀升，每攀升一尺，它的极限飞行记录就突破一尺，它是紫翅椋在飞行高度上的创造者。

对于弱小的紫翅椋来说，每一次挑战都是血与火的历练、生与死的考验。在恶劣的自然环境面前，任何一次失误都足以让它付出生命的代价。只有生命的无比脆弱，才能彰显大自然的无比强大，才能映衬生存法则的无比残酷。在大自然中，虽然生命常常轻若尘埃微不足道，但每一个鲜活生命对执著生存的权利至高无上，不容剥夺。

紫翅椋只想活着飞越雪山，它对生的渴望激发出了无比巨大的生命潜能，使它竟然在极寒的环境中没有被冻成冰砣。或许是苍天也怜悯这矢志不渝的小不点，阴沉沉的雪山变得宁静异常，太阳也拨开云端，大放异彩。金色的阳光照着瘦小的紫翅椋，为它的翅膀镀上了一层亮丽。皑皑白雪在紫翅椋的脚下掠过，寒冷的风儿也息了，任凭紫翅椋在寒冷之上尽情飞翔。啊，美丽的雪山！啊，多情的雪山！啊，让紫翅椋刻骨铭心的雪山！

任何语言都无法表达紫翅椋飞越雪山的愉悦，我也无法用文字还原紫翅椋此次飞越的惊天壮举。我决定回避这次飞越雪山的细枝末节，而是想直截了当地告知读者，紫翅椋来到了茂密的森林。

（科学报告6：科学工作者在草原仍未找到失踪的紫翅椋，可能一：紫翅椋已死亡；可能二：发射器已损坏；可能三：以上两种可能同时存在。结论：鉴于紫翅椋几乎没有存活之可能，建议取消此次科学考察。研究工作已取得初步成果，证明紫翅椋的迁徙方向和磁感应有着密不可分的联系。）

7

没想到这片遥远的森林里也有紫翅椋。一只美丽的母紫翅椋吸引了紫翅椋，它上前询问："这是哪里？"

"当然是我的家啦！"母紫翅椋回答，"这里满地是享用不尽的食物，你却为什么这么瘦小？"

"我从雪山那边来，要到森林另一端去。"

"你以为我好骗啊，紫翅椋不可能飞越雪山！"母紫翅椋不屑于它的吹嘘，"每个紫翅椋自小就懂得这个道理。"

"可是我……"紫翅椋不知如何说清这件事。它突然想起来，"你们为什么不迁徙？不怕寒冷吗？"

"这里一年四季气候适宜，食物充足，为什么要迁徙？"

"你们一直生活在这里？冬天也不迁徙？"紫翅椋觉得不可思议，"天下竟有这样的好地方！"

母紫翅椋发现这只紫翅椋像白痴一样，对这里一无所知，不由得暗自猜测："它或许真是飞过雪山而来呢！果真如此，它可就是英雄啊！"

母紫翅椋挽留紫翅椋在森林住下，帮它找到住处，并热心地带它在森林觅食。紫翅椋很快就喜欢上了这个食物丰富的森林，还有这个可爱美丽的母紫翅椋。

一轮圆月下，紫翅椋突然回想起了自己的母亲，还有母亲唱过的儿歌，想起了与女友在月光下翩翩起舞的情形……紫翅椋像从梦中惊醒一般，想起自己并不是来游玩的，它还有一个飞翔的信念，那就是心中那片看不见的迁徙之地。

次日，它与母紫翅椋含泪告别。母紫翅椋的同伴对这个瘦小的紫翅椋敬佩不已，觉得它是天神变化而来。森林里的紫翅椋为它举行了空前隆重的欢送仪式。

母紫翅椋几乎和它私奔一样，送了一程又一程，直到森林的边缘才止住。

这时，母紫翅椋泪如雨下："我等着你回来。"

"我返回时……一定会来看你。"紫翅椋也泣不成声。

一段情缘就此断了。

（科学报告7：紫翅椋的女友到达迁徙地已两个月了，而紫翅椋因迷失方向，一直杳无音信。）

8

迁徙地的紫翅椋群早已在新栖息地开始了正常的生活。随着繁殖期的到来，求偶的痴情汉一群群地讨好紫翅椋的女友。大家即使在公开场合，也不避讳地谈论紫翅椋恐怖的病症——不辨方向、直奔死亡。族群迁到这里已经两个月了，而紫翅椋仍然音信全无，这再次证实它们的猜测，紫翅椋已经半途夭折。

紫翅椋的女友得知爱人再也不可能回来时，偷偷地哭了几场。男友死了，族群的传宗接代还要继续。于是，在一只英俊紫翅椋的频频追求下，紫翅椋的女友又开启了新的爱情旅程。

离开紫翅椋的漫长日子，族群们个个活得快活而又滋润，无论是生活还是情感，基本上没有受一丁点影响。不再有鸟儿提及那只背道而驰的紫翅椋，它的女友也从新伴侣的卿卿我我中获得了安慰。唯一渴望再次见到紫翅椋的是一只日渐老去的面孔，它就是紫翅椋的母亲。母亲不知道儿子的所作所为是否有它的道理，但它知道自己的儿子是一个男子汉，或许它已经死了，但在母亲心中，它永远拥有年轻英俊的面庞。

此时此刻，在远得超越族群想象力的距离之外，紫翅椋正孤独地跋涉于迁徙途中。它每天用相对固定的行程丈量着宽广的大地，它相信离迁徙之地越来越近。

疲惫不堪的紫翅椋已不敢奢望自己会踏上迁徙之地，它只要求自己每天按时完成既定的飞行任务。它相信每一天的努力都不会白费，只要自己不断飞翔，永不气馁，心中的目标纵然不能实现，也会无限缩短。

它日出而飞，日落而息。没有候鸟比它更辛苦，没有候鸟比它更有毅力。它是一只有信念的候鸟，信念让它的行程变得不再遥远，信念让它的飞翔变得不再空洞。

〔科学报告8：（缺失）。经过慎重研究，科学家决定放弃该项目，另选紫翅椋跟踪研究。〕

9

艰苦的飞行又持续了三个月。

紫翅椋发现了鹳搏击长空的身影："是你么？鹳先生！"

"是我啊。"鹳高仰着头，"你从哪里来？"

"从我飞来的方向！"

鹳用不信任的眼光打量着它，然后严肃地教训道："小伙子，在我面前可不能说大话！"

"我不骗你。"紫翅椋抛下目瞪口呆的鹳自顾自地飞去。

第二天，红隼发现了疾速飞过头顶的紫翅椋："你急匆匆地到哪里去？"

"我要去找母亲和我的女友。"

"你没有和它们一起迁徙吗？"

"我走了一条和它们相反的路。"

"怎么可能？"红隼自言自语道，"难道我听错了吗？怎么可能？"

第三天，青山雀在枝头远远就嚷开了："紫翅椋，你去哪儿了，我们都以为你死了！"

"我没死，"紫翅椋自豪地说，"你看，这不活得好好的吗？"

"我就说过，你很快就会赶上队伍的。"青山雀认为紫翅椋是沿着大家迁徙的原路赶来，"你果然就赶到了。肯定费了不少力气！"

"我是从相反的路上飞来的。"紫翅椋试图解释。

"说那么多有什么用？回来就好了，你母亲都想死你了！"青山雀催促道。

紫翅椋想："是啊，说那么多有什么用？我回来了，这是最重要的。我遵从了自己的内心，这才是最重要的。"

青山雀看紫翅椋在那里发呆，以为它找不见家了，就说："需要我带你去找母亲吗？"

"噢，不必了。"道别青山雀，紫翅椋继续向前飞去。是啊，经过了多半年的飞行，它终于找见了自己的族群。

"我回来了！"紫翅椋在自己族群居住的森林上空动情地大声喊道。

"我回来了——"它的声音在空旷的森林回荡着，经久不息。

（科学报告9：好消息！意外发现紫翅椋的信号。经查实，紫翅椋的确回到了迁徙地。可它是如何来到这里，却是一个谜。可能一：它在迷路后，沿着以前的迁徙路线追赶而来；可能二：有人将其捕获带到这里；可能三：它沿着相反的方向，环绕地球近一圈飞到这里。只有前两种准确度较大，第三种可能几乎不必考虑。）

10

紫翅椋的意外归来，并没有给它带来料想中的鲜花和掌声。所有的鸟儿都认为它死了，见它竟然活着回来了，失望之余也莫名地震惊。好似它是披着死亡大氅的游魂，浑身上下散发着邪恶的气息。

在其他鸟儿看来，紫翅椋不但不是英雄，还是一个不容原谅的说谎者！它句句谎言，煞费苦心地编造出了大草原、恶鹰、海洋、巨船、雪山、美丽的母紫翅椋……并且将谎言编造得几乎天衣无缝。但稍有常识的鸟儿都明白，沿着错误的方向一直飞下去，怎么可能回到正确的地方？所以，紫翅椋不是受惊中魔胡言乱语，就是蓄意说谎扰乱视听。也有个别鸟儿认为紫翅椋讲的都是神话故事，只有无所不能的神灵才能做到。而紫翅椋是一只普普通通的鸟儿，怎会有如此神通？！因而，没有一只鸟儿相信它的话，倒是几只嘴角嫩黄、站立不稳的小鸟喜欢围着它，似懂非懂地听它天马行空地讲这些故事。

紫翅椋掩饰不了内心的失落。母亲在月光下对它说："孩子，你说什么我都相信，如同你信任我对你的爱一样。"

"母亲，我没有骗人，真相就是这样。"紫翅椋委屈地说。

"所有鸟儿都不肯相信的真相，你就不要说出来。"母亲爱怜地说。

过了一会儿，紫翅椋对母亲说："我一直没见到我的心上人，我现在找她去！"

"天亮再去吧！"母亲委婉地劝着不知情的儿子。

"不，我等不及了。"紫翅椋对母亲说。

夜色浓浓，树影婆娑。紫翅椋来到女友门前，忽见女友的父亲——鸟群的长老，与族群的众头目神色庄重地商议着事情。

紫翅椋刚想避开，长老突然开口了："紫翅椋的意外归来，对整个族群都是很大的打击！"

"此话怎讲？"一个头目问道。

"它如果真是从错误的方向飞到了这里，鸟儿们一定会对我们流传了无数辈的族群教导产生怀疑。"另一个头目说，看到大家点头，它继续说，"这还不是真正可怕的。"

"真正可怕的是什么？"有头目迫不及待地问。

"如果真可以从错误的方向来到这里，就会有一大批鸟儿尝试这种冒险。"它抬起翅膀，在脖颈上划了一下，"结果必然是死在半途……"

"这是毫无疑问的。"一个头目打断了话，补充道。

"是的，"长老沉痛地说，"我们的族群将面临灭绝的危险！"

"还有……"有头目欲言又止。

"还有什么问题，说出来。不要吞吞吐吐！"长老呵斥道。

"是，是……如果承认紫翅椋那小子是从错误的方向飞回来，那它就是英雄，就是鸟群必然的王！从古至今，没有哪个紫翅椋做到这点！我们就会失去现有的官职……"它越说声音越小，最后就听不见了。

"我们怎么处治那个小子？"有头目提出了新问题。

"我看今晚就下手……免得夜长梦多。"

长老站起身，用手掌向下压了压，说："一周后就要再次迁徙，我们让紫翅椋再沿原路返回，让它证明错误的方向与正确的方向是相通的……那样，铁打的雄鹰也飞不回出生地。"

"还是长老高明……"众人赞叹道。

"对。它不是有本事吗，那就让它再走一遭死亡和地狱！"

紫翅椋听到这里，心中释然了：它们不是不相信自己的经历，而是不愿正视它的巨大成功，甚至对它的成就报以无比的敌视！它不想再听，转身去寻找它的真爱。

在它以前与女友亲热的地方，它发现了熟悉的身影，是它的女友！可是，女友却依偎在别人的怀里。它这才猜到女友已经有了丈夫。

自己的归来众所周知，女友却一直没有来看望它。它此时也想到了母亲欲说还休的暗示，觉得自己太过粗心，将这些完全忽视了。

紫翅椋失魂落魄地回到家，它对母亲说："我飞了这么远，只有母亲是最可依靠的人！"

母亲抱着黑瘦的儿子，说："你是一个顶天立地的男子汉，母亲因你而骄傲！"

（科学报告 10：科学界就紫翅椋的归来路线产生了巨大分歧，占绝对优势的一方认为，紫翅椋不论从体力还是从外部环境，都不可能实现环绕地球一周；占极少数的一方认为，紫翅椋虽然环绕地球一周的概率微乎其微，但从绕行的时间及其可能的路线分析，并不能完全否认这种可能性的存在。双方各持己见，并为此争论不休。）

11

闭门谢客多日，紫翅椋心中仍无法割舍下女友。它最终还是按捺不住自己，约女友在它们过去相聚的地方碰面。

"你找我？"女友冷冰冰地说。

"我……"紫翅椋有无数的话想说，却一句也说不出。

"你抛弃我去当英雄！现在，你已经是大英雄了，已经永垂不朽永载史册了。找我这个俗气的鸟儿有什么事？"女友连珠炮般发问，赤裸裸地表达了对它背叛爱情的憎恨与幽怨。

"对不起，"紫翅椋愧疚地说，"我不该抛弃你！"

"一句轻描淡写的道歉就能弥补吗？！"女友用翅膀抽打了一下它的脸颊，然后突然泪流满面，扑进它的怀里，"你这个狠心的情郎啊！"

紫翅椋也紧紧抱着女友，任凭它把爱情的怨恨发泄出来，自己也忍不住落下泪来。它曾经以为自由、信念至高无上，但是在真挚的爱情面前，却如同聚沙之塔不堪一击，一个浪头就被打成了齑粉，灰飞烟灭。

突然，一张大网自天而降，扑向它们。紫翅椋一把推开女友。可是已经迟了，它们都成了网中之鸟。

伏击的人类在捕获紫翅椋的同时，意外捕获了它的女友。人类在它们身上做了仔细检查后，取下它头上的磁感应器和发射装置，又在女友的头上重新安装了一套新的装置。人类再次放飞了它们。

紫翅椋大梦初醒，忽然有了今是昨非的感觉，方向感再次戏剧性地翻转。它好似清醒了，但又似乎更糊涂了。它对自己与众不同的迁徙疑惑不解：我怎么会从另外一个方向飞来呢？

紫翅椋发现女友竟站立不稳，它立即上前搀扶。女友突然也迷失了方向，不分东西南北。这种症状与紫翅椋此前一模一样。而紫翅椋现在恢复正常了。

紫翅椋的糊涂病无缘无故地消失了，而一向聪明伶俐的紫翅椋的女友却犯上了糊涂病。于是，鸟儿猜测这是人类种在它们身上的瘟疫。刚开始是紫翅椋，接着传染给了它的女友，所以紫翅椋是危险的恶魔，它会将瘟疫传遍整个种群！

长老们秘密商议，原本定于十天之后的迁徙紧急提前到第三天。这个秘密的迁徙行动，有意绕过了紫翅椋和它的女友。它们被大家一致排除在族群之外。它们是族群的异己，可能给族群带来灭亡的危险。

恢复清醒的紫翅椋计划按照大家的迁徙方向飞行，可是女友坚信紫翅椋新开辟的迁徙之路才是正确的方向。它无法改变女友偏执的方向感，如同自己曾经对偏执无比地坚定。紫翅椋明白，女友选择的是一条通向死亡的捷径。

最终，紫翅椋慎重地做出了自己的选择……

（科学报告11：捕获紫翅椋，取下磁感应器。为其女友安装新的同样器具。如果紫翅椋的女友反方向迁徙，而紫翅椋的迁徙方向又恢复了正常，这将再次证明磁感应器对紫翅椋的迁徙方向有直接的关系。）

12

当紫翅椋族群悄然迁徙的时候，它们意外地发现紫翅椋和它的女友同时失踪了。

它们对紫翅椋唯恐避之不及，失踪了更好，可是对紫翅椋美丽的女友却有些舍不得。紫翅椋女友的配偶有些伤心，但想到它或许已经身患瘟疫，就擦干眼泪，如释重负地长舒一口气，跟上了远去的族群。

紫翅椋带着它心爱的女友提前起飞了。像上次紫翅椋一样，女友的选择是内心自由的方向，而紫翅椋此次选择的却是爱情的方向。它要陪伴着女友一直飞翔下去，寻找那个自由而又圣洁的永恒天堂。

过了很久很久，青山雀、红隼和鹳相继给迁徙到目的地的紫翅椋族群带来了相同的消息。它们不约而同地说："我亲眼看见紫翅椋和它的女友从我的头顶飞过，它们有说有笑，很是开心幸福。"

以下是青山雀、红隼和鹳听到的有关紫翅椋和它的女友在飞行中的交谈，紫翅椋族群的书记员做了详细记录，成为整个族群回忆紫翅椋及其女友最后的史料：

"这条路我没走过，很是新奇。"这是紫翅椋女友的话。

"更新奇的还在前面呢！"紫翅椋说。

"你为什么不和族群一起迁徙？"

"迁徙是为了生存和繁衍，但是我们还有比生存和繁衍更重要的东西。"

"它是什么？"

"我也说不清，或者是自由、事业、信念，也有可能是爱情。"

"你相信自由、事业或者信念吗？"

"和你在一起，我至少相信爱情。"

"你知道爱情是什么吗？"

"爱情就是你不论飞向哪里，我都一直陪着你。"

"你真是油嘴滑舌，净挑好听的讲！"女友佯装嗔怪，然后不无忧虑地说，"你连迁徙的方向都颠三倒四的，还谈爱情呢……"

"我跟着你，你陪着我——只管飞吧，就这样飞下去，总有一天会飞到的。"

"那你还不赶快，来追我呀！"

……

（科学报告12：配戴磁感应器的紫翅椋女友沿着种群迁徙的相反方向迁徙。而紫翅椋已取下了磁感应器，本该与种群一同迁徙，却与女友结伴迁徙。结论：1.磁感应器能有效干扰紫翅椋迁徙的方向；2.紫翅椋的磁感应器取下后，它仍沿反方向迁徙，有两种可能，一是磁感应器的干扰功能有延续性，并不因磁感应器的取下而消失；二是紫翅椋对飞行的迁徙路线有记忆功能。）

2004.6.9，三稿完

俗 世

　　不论人干什么，越是春风得意，越要觉得如履薄冰才行。否则，一跤跌进污水沟，
再爬起身就什么都没有了。

《高跷》

　　"组织"是人类创造的最神奇的东西，它可大可小、可实可虚、可强可弱，没有物
能与它比肩，没有人能与它抗衡。追根到底，可以做出任何决定的"组织"其实什么都
不是。

《老孙头寻根》

　　对于人们来说，倘若皮皮撞墙一直没有新内容、新花样，再惨烈的撞墙看过多遍都
会味同嚼蜡，兴趣索然。

《南墙》

　　城中村是极具中国特色的城市中的农村，农村中的城市。

《城中村纪事》

高 跷

颜亮从领导岗位全身而退。与他关系密切的几个部下和知己前来庆贺，颜亮请他们到家，让妻子做了一桌丰盛的晚宴。

"颜厅长"，有些醉意的李强摇摇晃晃地站起身，"您是我跟了十几年的老上级，您的人格对我影响很大。我在这里敬您一杯，但也想提一个小小的请求。"

李强的话像鼓槌，重重地敲在颜亮的心脏。是啊，李强跟随自己十几年可谓兢兢业业，按说早该升迁了，可他总认为李强还年轻，以后有的是机会。现在自己退了下来，李强的仕途上也将失去一片荫庇之地。颜亮犹豫了一下，还是接过递上的酒杯："你尽管说吧，只要我现在还能办到！"他将"现在"两字咬得重些。

"您多虑了，我没那意思。"李强心直口快，干脆利落地扫去了厅长心上的顾虑。"您调来当厅长前，一连三任领导都因为经济问题被撤职、处理……"说到这里，李强发现桌上的气氛顿时变得紧张起来，下半截话溜到嘴边，又随着猛然泛上来的口水，咕咚一下咽回了肚里。

所有举杯的手停在半空，举也不是，搁也不是；正要夹菜的筷子也不知所措，夹也不是，收也不是。摆满热气腾腾饭菜的餐桌好似顿时陷入了冰窖，就连杯中的酒液也闪出凛冽的寒光。所有人的注意力都集中在颜亮手指夹的一支正在徐徐燃烧的香烟——这是餐桌前唯一没有静止的活物——一缕轻烟像一团蓬松的光芒，扶摇直上，经过不到一尺的旅行就蒸气般消散了。

颜亮清了清嗓子，像从回忆中醒来，半是命令半是鼓励道："李强，接着说。"

李强用发白的舌头蘸湿了两片发抖的嘴唇，接着说："您上任这十多年，两袖清风……"李强本想多用几个热情洋溢、活泼灵动、不卑不亢的成语来恭维厅长，以抵消刚才极度冷场所带来的不快，可他只说出一个就卡了壳。李强赶忙回到正题，"现在这社会，权钱交易常常是举手之劳，当官想清廉都不易。颜厅长，您为官十几年却能做到洁身自好实属不易，能不能给我们讲讲，有什么秘诀和法宝？"

大家听完这些话，都长舒一口气，筷子与碟子、碟子与餐桌、餐桌与酒杯、酒杯与牙齿、牙齿与牙齿相互撞击的声音，再次传回了耳朵。大家七嘴八舌、争先恐后地嚷嚷："就是呀！颜厅长，您有什么秘诀和法宝？"

李强说完坐回座位，身子软成一摊泥似的，心咚咚咚跳，震疼了胸口。

"你们啥时候听过，做领导还需要秘诀和法宝？"颜亮拍着桌面，哈哈大笑，"金庸小说看多了吧！"

人们都觉得厅长言之有理，但嘴上仍然坚持："一定有，一定有的！您过谦了！"

"是不是怕我们偷学？"有人故意调侃道。

"这问题……我还真没仔细想过。"颜亮眉头拧成一团，一副竭力思考的样子。

过了一会儿，颜亮的眉头展开了，脸色也红润起来，他说："如果你们说有，那我就讲讲，不一定是秘诀和法宝，但这事一直埋在我心底几十年，像刀刻上去一样难以磨灭。"

李强和其他人都非常惊奇，因为与颜厅长共事这么多年，从未听他讲过什么故事。颜亮的口才人皆称道，可他从不讲段子。而在酒桌上，大家只爱听不入流的黄色段子。因此，大家面面相觑，但还是装出一副洗耳恭听的样子。毕竟，这是听他第一次，也是最后一次讲故事了。

颜亮点着一支烟，美美地吸了一口，慢慢吐出来，才缓缓地说："我生长在农村，小时候总盼着过年。为什么呢？因为过年不但能穿新衣服吃肥肉片，还能看孙大哥踩高跷。

"孙大哥和我家是邻居，他相貌堂堂，一表人才，是我心中的偶像。孙大哥也是我们村所有小伙伴的偶像，许多漂亮姑娘也暗地里为他争风吃醋。村里许多大姐姐都喜欢我，她们给我口袋塞许多糖果——那时糖果还很稀罕！糖果自然不能白吃，我就帮她们给孙大哥送情书和绣花鞋垫。在省城念过书的时髦女老师也让我给孙大哥捎过东西！

"孙大哥几乎年年都领着村上的高跷队进城表演，这是他一年中最为风光的时候。抹上油彩，穿上戏服，再绑上三尺高的柳木腿，这时再看孙大哥，要多帅有多帅，简直就像下凡的天神。他在人群中鹤立鸡群，那神气十足、傲视一切的劲头，让我们这些痴迷的小不点羡慕得要死。我那时恨不能一夜间长大，也像孙大哥那样踩着高跷招摇过市，引起一路喝彩。

"孙大哥进城表演，我和村上的姐姐们悄悄跟在后面。在进城表演的许多支高跷队中，孙大哥踩高跷的技术最好、难度最高，因而年年总是他独霸风头，无人匹敌。

"正月十三至十五，高跷队要在县城的几条大街连耍三天。每个高跷队都有好几班人，轮番上阵。那年正月，队长母亲去世，抽去一批青壮劳力箍墓、备席、抬棺。孙大哥带着剩下的一小部分青年，代表全村在县城表演。正月十五下午，观众依然人山人海，可是孙大哥已经累得精疲力竭，眼圈发黑。就在孙大哥通过一座石板桥时，他的一只柳木腿在石板的薄冰上一滑，身子打了个趔趄。照平常一定没事，可孙大哥疲惫不堪，侧滑的一只柳木腿又绊了另外一只，他身体失去平衡，向路边倒去。一旁的人大惊失色，可孙大哥眼疾手快，伸手抱住了沟边的小树。人们心里刚松口气，小树被压成了一张弯弓，突然'咔嚓'一声，小树断了，孙大哥一头栽进了路边的污水沟……"

"后来怎么样？"李强和大伙都听得入迷，不由地问道。

"后来，"颜亮叹了一口气，"孙大哥被人们七手八脚地捞了出来。

他满脸污泥，臭不可闻。好在有小树作缓冲，没有跌伤。"

"再后来呢？"李强又问。

"孙大哥脸上的油彩不见了，戏服也变得像抹布一样脏，这副模样自然不能再表演了。于是，他取下了柳木腿，低着头走在队伍后面。我和姐姐们继续跟着孙大哥，太近了嫌臭，太远了又看不清。那天，对于任何一个将孙大哥视为偶像的人都是残忍的。因为他们亲眼目睹了孙大哥从未有过的狼狈相。那些曾经给他写情书送绣花鞋垫的姐姐们，她们多愁善感的细腻情感被这突如其来如同狂风骤雨般的巨大反差所吞噬，失去了所有的判断能力。她们没有勇气上前给他送一只手帕擦擦脸，哪怕一句安慰的话也好。一个也没有！孙大哥低着头，个子也显得矮了许多，每当他用余光看见旁边的人捂上了嘴，或者对他指指点点，就立刻像刺猬一样缩成一团，瑟瑟发抖。没有一个人理他，他的四周仿佛有一个不大不小的警戒圈，在拥挤的、热闹的、欢笑的队伍中显得那么空旷。

"第二年，我考进了县立中学，就很少见孙大哥了。后来听母亲说，孙大哥再没有踩过高跷，整天愁眉苦脸的，日子过得很是窝囊。我没有勇气去见他，但见到了他娶的山里姑娘——姑娘长得像水桶，还满脸的麻子……这时我才确信，当年那个英俊潇洒、不可一世、踩得一手高跷的孙大哥，已经一去不复返了！"

颜亮环顾了一遍桌前所有的人，弹掉指间最后一截烟灰，说："我没有踩过高跷，但是我想，当官的感觉或许与孙大哥涂着油彩、穿着戏服、踩着柳木腿时的感觉是相似的。每当我为官有了高高在上、风光无限的感觉时，孙大哥跌倒后的狼狈相就会清晰地浮现在我面前，挥之不去。所以，不论人干什么，越是春风得意，越要觉得如履薄冰才行。否则，一跤跌进污水沟，再爬起身就什么都没有了。"

2005.4.9 ~ 2005.12.11，二稿完

老孙头寻根

晚饭后，老孙头打开从单位带回的报纸一个版一个版地研读，这是他几十年养成的习惯，即使快退休了也没有改变。这时，有人打来电话问老孙头：你下午是不是听报告会了？老孙头说，是呀是呀，听的是《为人民服务》党课辅导报告。对方就说，糟啦糟啦，我在中央电视台的新闻里看到你了！

老孙头说，你大白天说什么鬼话，我又不是大领导怎么随便上得了中央新闻？对方支支吾吾地说不是，不是你想的那回事。老孙头就笑，你唬我说上中央新闻也太离谱了吧！对方说这样的事谁敢乱说呢！说完就匆匆挂断了。

老孙头也没追问，他想一定是看走眼了，我又不是坐主席台的大人物，怎么可能？厂长老庄上次在市上电视台露了一次脸，都屁颠屁颠乐了好一阵子！

紧接着，老孙头一连接到好几个这样的电话，就半信半疑起来，大家总不会联合起来唬我吧！他转念一想，上电视可是求之不得的大好事啊，我这一辈子还真没上过电视呢！

他连忙打开电视，新闻联播刚刚播完，晚上还有重播。快到重播时，他把全家人召集到电视机跟前，神秘兮兮地说要给大家一个天大的意外。老伴骂他犯"老来疯"，偏不听他指挥，他只得乐滋滋地搂着老伴的肩说了实话：我默默奉献了一辈子眼看熬到退休啦，没想突然上电视成名人啦！哈哈哈哈！

一家人眼都不眨地看完了老孙头所说的那则新闻，各自默默地散开了。老孙头这才明白为什么打来电话的同事朋友都遮遮掩掩、欲说还休。他原地坐着发了一会呆，然后关上电视，叹了口气：我可真摊上大事了！

一夜成名的老孙头心情无比糟糕。起初有人问他上电视的事，他就义愤填膺地说记者都是些欺软怕硬、见风使舵的家伙！这时就有人为老孙头抱打不平：那么多班长、组长、科长、处长在打瞌睡，记者却只围着你拍，而且拍了一圈又一圈。

为啥不叫醒我啊。

我也是听人说的。

有谁喊我一下就好了，我也就眯了一会儿，一小会儿。老孙头像一头受伤的小兽，圆睁着一双历尽沧桑的无辜眼睛。

这一小会儿可真要命……

问的人多了，老孙头解释得心烦，但凡有人提起这桩倒霉事，他就一言不发地溜开。因为事实如同铁板钉钉，怎么解释都无法使电视上清晰的图像变得模糊，怎么同情都无法使电视超强的传播优势得以损耗。

庄厂长没处理过如此棘手的问题，想静观其变再做定夺，这毕竟是红旗厂建厂四十年第一桩重大事件，更何况事情发生在老实巴交、勤勤恳恳、堪称前辈的老孙头身上。庄厂长是在老孙头的眼皮底下长大的，当时庄前进进厂时，老孙头就是他的第一任师傅。"文革"时，有位厂长十分重视舆论引导作用，别出心裁制订了《红旗厂新闻宣传奖惩规定》。规定明确划分了被新闻媒体表扬或批评的级别，如厂级是一般报道，县级是重要报道，市级则升格为事件，美其名曰一般事件，省级是重要事件，中央级就到头了——是重大事件。这与目前国家通用的安全生产事故级别分类有异曲同工之妙。

根据表扬或批评的级别，工厂给予相应的表彰奖励和批评处理，奖励最高是一个月工资，处理最重是开除。规定出台四十年，被省市级媒体报道的一般事件和重要事件倒有不少，但好歹没出一桩重大事件——如果不算老孙头这次的话。近来人们频频关注《红旗厂新闻宣传奖惩规定》这则"古旧"制度的同时，也惊讶于在漫长的光阴中，从未有人提议废止它，此次作为重大事件的主角老孙头，成了尘封老朽的制度之网四十年来打捞上的最为肥美的鱼儿。

很快，红旗厂召开全厂职工大会。纪委吴书记当场宣读了关于红旗厂开除老孙头的红头文件。庄厂长声色俱厉地宣读了省市领导关于严肃处理此次事件相关责任人的批阅件。他说，上级领导如此高度关注此事，说明这起事件已经不仅仅是红旗厂一起单纯的重大事件，而上升到了政治高度，这性质就更严重、更恶劣了！最后，他要求全厂立即开展为期三个月的作风整顿，每周抽出半天时间认真学习讨论《为人民服务》一文，每人都要记笔记、谈体会，深刻进行反思。

老孙头晚上吃了两片安眠药才勉强睡下，他做了一个梦，梦见自己坐在主席台上滔滔不绝地讲着话，台下掌声雷动，一群记者蜂拥而至，用照像机咔嚓咔嚓地拍照，持续的镁光灯耀得他睁不开眼。

第二天吃完早饭，老孙头夹着手提包像平时一样匆匆出门上班，走了一截才想起自己已经被开除，又快快地折了回来。刚到家，庄厂长竟然来了。老孙头喜出望外，连忙起身端茶让座。庄厂长用不容置疑的口气说，我还有事就不坐了，路过你家顺路来看看，也劝你想开些。老孙头刚想开口解释，庄厂长示意他不要插话。庄厂长接着说，孙师傅，不是我不讲人情，我也是没办法，你这次犯的是政治事件！撞了国家的红线，天王老子也保不了你！

以后能平反不？老孙头想起自己当过右派的父亲。

啥事只要变成政治就不好玩了。庄厂长答非所问。

我不是以厂长兼党委书记的身份来看你的，你最好别给人讲我来过。庄厂长临走时拍了拍老孙头的肩交代道。

以后能平反不？老孙头一边感激地点点头，一边又补问道。

庄厂长头也没回，快步离开了。

一个月后，老孙头的老伴在市场买菜遇见了红旗厂的纪委吴书记。吴书记是模范丈夫，家里的蔬菜都是他买的，老孙头的老伴时常在菜市场遇见他，很是熟悉。吴书记说，如果老孙头还在厂里就好了。怎么了？吴书记半是玩笑半是认真地说，全厂在作风整顿反思阶段一直没有实质性的突破——没有老孙同志，我们无法找到思想问题的根源！老伴回家讲给老孙头，老孙头听完，眼睛闪闪发亮，心里顿时豁然开朗。他说，我明天就去找厂党委办公室钱主任理论去。

第二天，老孙头抬头挺胸走进了党办钱主任的办公室，他开门见山地说，我是来找根子的。钱主任诧异地问，什么根子？

俗话说，冤有头债有主，要不是我老伴提醒，我还真想不明白。那天市上开会要求厂里中层以上党员领导干部参加，我是平头百姓关我鸟事？我是冤枉的，是替你受过，单位开除我是不对的。

钱主任说，那天我有其他重要工作，临时安排你参加会议。

我打问过了，那天你不开会是因为厂里发鲫鱼，你开车给丈人家送鱼了。这是私事，不算工作。

我那天能否开会不属于咱们讨论的范围，但有一点非常明确，那就是我已经以党组织的名义把开会这件神圣的工作安排给你了，让你代表党委办公室开会！

我是顶包去的，那天参加会议的应该是你！

你带着党的嘱托去开会，却没有完成党交给你的工作，还在会上打瞌睡出丑，这是对我党工作的严重亵渎，是绝不能容忍的！

我只是坐在那睡了一觉，既没有和谁吵架，更没有骂过组织，没有对任何人、任何事造成伤害，犯得着这么上纲上线吗？

钱主任说，对党公开的批评是明箭，你的睡觉造成的伤害是暗箭，明箭易躲暗箭难防，你上对不起党，下对不起广大人民群众！

我声明：我是人民群众，不是党员！

你是什么不重要，重要的是不能搞错睡觉的地方，在家打瞌睡当然没事，可你在党的会议上睡觉就不对了，在电视镜头前睡就更不对了，你知道电视曝光后，对工厂的声誉有多大损害吗？

我怎么知道！老孙头气愤得不知该怎么回答。

工厂的声誉是几代人日积月累打拼积攒起来的，而你一觉就给破坏完了！

你的会，关我鸟事，这下反倒是我的不是了！

老孙，我很同情你，但开除你的事不是我决定的。

那是谁决定的呢，我找他去！

这不是哪个人的决定，而是组织集体研究的结果，我也爱莫能助。

老孙头一听钱主任说"组织"这个词，突然被吓得脸色发白，心慌气短，冷汗直冒。"组织"是人类创造的最神奇的东西，它可大可小、可实可虚、可强可弱，没有物能与它比肩，没有人能与它抗衡。追根到底，可以做出任何决定的"组织"其实什么都不是。此时，老孙头的脑际闪过当右派的父亲战战兢兢的一生，因而身体也下意识地缩成一团。

钱主任见老孙头不再争辩，就得意地将头靠在党旗后面高大的椅背上。解铃还需系铃人，是电视台报道的你，你要找就去找电视台，让他们给你一个圆满的解释。

电视台门口有武警值守，老孙头根本进不去。后来，他执著地打了无数个热线电话，不胜其烦的接线员没有提供电视台台长的电话，却开恩般提供了那名报道此事记者的电话。老孙头拨通记者的电话，劈头盖脸地问：那天开会有一半人睡觉，你为什么要拍我，现在厂里把我开除了，你得为这事负责！

记者被问得一头雾水：你是谁，你找谁？谁开会睡觉了？

老孙头费尽周折一番解释，记者才弄明白了他的身份。记者说，我拍完新闻就把这事忘了，更何况事情已经过去一个多月了。

因为你拍我，现在厂里已经把我开除了。

我是记者，拍摄新闻是我的职责。发现新闻我拍了下来，才算履行了自己的职责，电视台才给我发工资。至于你们厂会不会开除你，我干涉不了。

那么多人睡觉，你为什么非要拍我？

记者单刀直入，你睡觉是不是打呼噜。

有时打。

那天打呼噜你不知道吗？

不知道。我睡着了。

记者早记不清这个难缠的老头是不是打过呼噜，只要他承认自己有这个毛病——所有老人几乎都有这个毛病。记者乘胜追击，其他人都在悄悄睡，可你打呼噜，你的呼噜声最响，我不拍你拍谁呢？另外，你坐着睡觉，我又没有把你拍成躺着睡觉，我既没有虚构事实，也没有添盐加醋，一切都是用事实说话，用镜头说话，我铁证如山，谁与我理论都不怕！

与记者通完电话，老孙头原想顺藤摸瓜找到破解这一事件困局的想法被一刀斩断了。他对老伴说，记者说得对，那么多人打瞌睡，为什么我会打呼噜呢？

谁让你长得比别人胖，胖人睡觉呼吸不畅就打呼噜！

长得胖不胖可不由我，那是遗传。

什么遗传不遗传，你老爷子为什么瘦得像猴，你儿子怎么瘦得像电杆？还遗传呢！

你明知咱爸有糖尿病，咱儿子整天只吃零嘴，当然长不胖了！

原因到底在哪？和旧社会比，现在大家都有饭吃，没有饿着肚子，这是社会主义好啊！老孙头犯难了：社会主义让我胖起来了，我也不能忘恩负义向社会主义讨公道！得想想其他办法。

老伴说，会场上不止你一个人在打瞌睡，就说明老师讲得不精彩、不吸引人。

一点儿都不精彩，老师讲的那些话电视上整天播，报纸上整天读，早都腻味了，老师在台上讲他的，大家在下面聊自己的，没几个人用心听。

那你找那个老师算账去！

老师讲的是《为人民服务》，反对他，就是反对"为人民服务"，万万不成。

你这不敢反对，那不敢反对，那就死守在家里喝西北风吧！

老孙头想起开除他的直接原因，就是那个四十年前制订的该死的《红旗厂新闻宣传奖惩规定》！他找到庄厂长，要求废止那个开除他的《规定》。

庄厂长说，《规定》是建厂时的领导制订的，我没权过问那么久远的事，更何况制订这个《规定》的领导已经去世，你难道想打开骨灰盒骂他不成！

你是现任厂长，厂里的事你说了算，你发个通知把它一废不就行了。

制度岂是儿戏，你说废止就废止！对了，你已经不是厂里的职工了，废止不废止也与你无关了。

老孙头急了，他从怀里摸出一把菜刀，用力一挥，就深深地扎进了庄厂长宽大的老板桌桌面——我还没有找见重大事件的根子呢！

庄厂长黑下脸，一把抓过电话，对着话筒喊：我看老孙头疯了，把他给我抓起来！

于是，老孙头再也追不到根了。因为无论在看守所，还是在精神病院，都没人愿意回答他的问题。他知道法官是清醒的，医生是清醒的，可是每当他们一听老孙头询问关于重大事件的根子，他们就会马上皱起眉头，说："他的病又犯了。"

老孙头被捆在精神病院的长凳上，嘴里胡乱塞了一块布，他痛苦地想：这根子咋就这么难找！

2009.2.9 ~ 2013.5.28，三稿完

南　墙

　　皮皮酒后撞了南墙，第二天才发觉额头左上角不对劲，用余光能看见鼓起的肿包。用指甲棱一按，酸酸的，胀胀的，钝钝的，像包了一窝水。

　　狗日的，不知撞上了谁家墙。皮皮用手指小心翼翼地绕着撞击形成的突起画着圈，好似在估摸着受损范围和破坏程度。

　　皮皮不甘心白撞，他循着昨晚回家的路追了回去。在村子的丁字路口，皮皮发现了罪魁祸首——一个被人挪到路中间的圆石。对，就是它！他隐约记起脚被什么东西绊了一下，身子趔趄着向前猛跑了几步，然后迎头重重撞上了一堵砖墙。

　　全村只有村长家才砌得起砖墙，村长是个官，还承包了村上的砖窑，肥得流油哩！皮皮一边想，一边在墙上寻找碰痛自己的那块红砖。村长突然像土地神一样从身后冒了出来。找啥呢，恁用心？皮皮吓了一跳，胡乱地说我丢东西了。村长疑惑地看了看，确认他没有在墙上乱写乱画，手上也没有可疑的涂抹工具，才莫名其妙地摇了摇头。他刚要走开，又定住了，指了指皮皮受伤的额头——你的头，不疼？皮皮摇摇头，他突然觉得村长可能目睹了自己撞墙的一幕，又慌乱地点点头。村长没弄明白皮皮究竟想表达什么意思，但既然围墙完好无损，他也就没有深究的必要，便挺了挺腰板踱着步走开了。

　　皮皮想，村长好坏是个官，官家的墙我奈何不得，可寡妇门口的石头乱跑肯定是不对的。于是，他搬起挡道的圆石，狠狠地摔在地上。三起三落后，秀娥就扯着大嗓门出来了，谁吃了豹子胆大白天偷我家石头！

　　这破石头谁要。

　　那你吃撑了搬它干啥？

它昨晚挡在路中间把我绊倒了。

皮皮，你长眼睛是出气的？一个大活人怎么能被石头绊倒！

晚上黑咕隆咚谁能看得清。

你站在那像个木桩子，还不快把石头给我搬回来。

又不是我搬到路中间的，凭啥你说搬我就得搬。

我没见其他人动过，就见你皮皮在这搬来抱去。

这破石头又不是金砖银砖，谁稀罕。

不是你家的，你当然不稀罕，废话少说，快把石头给我搬回来，要不然我找村长评理。

皮皮自知嘴上斗不过秀娥，只得自认倒霉，由寡妇指挥着把石头搬回了门口。

皮皮，你……把喇叭花戴到头上了？皮皮低着头搬石头，知道秀娥在数落他额头乌青的血包，他也知道她家紫色的喇叭花长势喜人，像一排紫色的波浪，从墙里爬到墙外，每每引得路人停留、张望。皮皮把石头搬回原位，使它重新成为人们聊天闲侃的凳子，他在凳面跺了跺脚，留下几个重叠的脚印。

回家途中，狗栓厚着脸皮拦住了皮皮。狗栓整日里干些偷鸡摸狗的勾当，没人看得起他，皮皮也一样。狗栓对皮皮挤眉弄眼地说，干啥坏事，被人打成这样。皮皮绕过狗栓，没好气地说，关你什么事。狗栓在背后大声喊，你刚才在寡妇门前，我都看见了，还不老实。

皮皮越想越觉得晦气，自己绊了一跤，竟有这么多人和自己过意不去。他觉得那个挡路的石头和砖墙让他触了霉头，应该千刀万剐。晚上，皮皮给村长家的砖墙丢了些泥巴，把寡妇家门口的石头滚进了干涸的城壕。

第二天，寡妇把皮皮堵在了自家门口。老实说，是不是你把我家石头偷走了？

你不要血口喷人，你家石头丢了关我啥事。

你昨天就想偷我家石头，我亲眼见了。

你家石头把我绊倒了，我还没跟你算账，你倒先向我问罪了。

这条路人人走，其他人没事，怎么偏偏把你给绊倒了？是你自己不长眼，倒怪起我家石头！

村长一边用铁铲铲墙上的泥巴，一边说，皮皮，你都是大人了，和石头计较什么，绊倒爬起来不就没事了。对了，我家墙没得罪你吧。得罪了，皮皮响亮地说，把我的头碰了个包。村长停下手中的活，头是肉长的，墙是砖砌的，用头撞墙是拿鸡蛋碰石头哩。傻子才拿头撞墙呢，寡妇见村长帮腔，得意不已。我的头瓷实着呢，皮皮用手摸了摸有些消肿的头颅。甭吹牛咧，我就不信你顶了个花岗岩脑袋，把墙能撞倒哩！

我的头瓷实着呢！皮皮粗声大气地喊着，脖子突然迸起的青筋把脸都挣红了。

有本事让我瞧瞧你的头瓷实，还是村长家的墙瓷实。寡妇的刀子嘴不依不饶。

村长说，瓜娃呀，你的头再瓷实也是肉长的。

我的头比墙硬。皮皮犟劲上来了。

村长没想到竟然有人敢当面与他顶嘴，就气极败坏地说，真是碎娃的牛牛越摸越硬哩，你有本事把墙撞倒都行。

皮皮早看不惯村长的盛气凌人，反正自己是光棍汉，一人吃饱全家不饿，也就不惧怕村长日后给自己穿小鞋。他觉得总得有人出头，煞煞村长的威风，就借题发挥，临时做出了一个重大决定。他上前拦住打算走开的村长，你说话算数？村长问，什么算数不算数？皮皮说，我用头把你家墙撞倒都不管？村长说，你如果能用头把墙撞倒，我都不姓王了。寡妇听了也觉得好笑，皮皮，你能把墙撞倒，我也就不姓翁了。皮皮知道村长姓王，但还是第一次知道寡妇姓翁。

皮皮说，那你们跟我姓，都姓牛。村长"嗯"了一声，又觉得荒唐，就给地上吐了口唾沫，背着手走了。皮皮冲着村长的背影喊：村长你听着，我明儿个就来撞墙！寡妇说，还动真格了？皮皮说，话都说到这份上了，还会有假？寡妇觉得事情突然变得复杂起来，就笑着忙赔不是，皮皮兄弟，刚才嫂子与你说笑哩，咱村口河道里不掏钱的石头多得是，尽管拾，嫂子不问你要了。

村里人听说皮皮要用头撞墙，都说是谣言，傻子也不会干这样的蠢事。也有人说皮皮是瞎起哄，乡下人说的瞎起哄等同于城里人说的恶作剧、作秀和炒作。

第二天，皮皮借了面铜锣在村里边走边敲，大声嚷嚷着要用头撞倒村长家的砖墙。有人狐疑起来，从寡妇那里打听到了事情原委，再联想到皮皮时常表现出的执拗个性，觉得可信度较高。如果皮皮撞的是别人家的墙，估计没人在意，一旦换成村长家的墙——还是齐齐垒起像城堡一样结实的砖墙时，这才觉得接下来有好戏看了。一些村民甚至放下农活从田里赶来，大家围在一起窃窃私语，互相猜测，却不把真实的想法说出来。

皮皮果真来了。他一言不发，先脱下衣服，光着上半个身子，在村长家的围墙前像模像样地进行热身。站在一旁的人见皮皮磨磨蹭蹭，怕他反悔不撞了，就催他不要浪费时间，快些快些，大家伙都还忙着呢。皮皮这才系紧腰带，运了运气，走到村长家高大的砖墙下，不轻不重一连碰了十几下。

由于等得太久，当皮皮用头撞墙的时候人们才刚刚结束闲谈，等做好聚精会神观看的准备时，只十几秒，还没看清楚，皮皮的撞墙表演就结束了。如同失魂落魄的人参加田径赛场上的短跑比赛，发令枪响后等回过神，第一名已经跑过了终点。

皮皮转过身，脑门流下一小股暗红色的血迹。站在最前排的孩子看到流血，失声惊叫绝尘而去，皮皮像擦汗一样擦了擦脑门摸了摸脸颊，血迹就抹得满头满脸都是，像戏台上的关公。

大家看到的与所期待的有很大差距，不少人甚至有上当受骗的感觉。他们觉得皮皮把他们喊来，却只敷衍地碰了几下，连个响都听不见，没有半点惊世骇俗的气概，一点也不过瘾。他们觉得皮皮应该更勇敢些，把头撞得像敲锣一样响，或者头上血流如注、四处飞溅。

皮皮说，欢迎大家明天准时再来。

大伙一散场，村长就把皮皮狠狠骂了一顿。皮皮，叫你撞墙你就撞墙，叫你吃屎你吃不！你想死也没必要在我家墙上乱撞啊。寡妇也来劝说，村长和你开玩笑，你却不知好歹，还较上真了。满脸是血的皮皮说，我要把你王村长家的墙撞倒，让你跟我姓。

第二天，皮皮再次敲起铜锣时，立马唤起了人们对皮皮冒血的额头，以及他撞墙的种种渴望。

皮皮头上缠了一圈纱布，这模样还要撞墙不成？人们猜想皮皮会在撞墙前说些什么，至少公开声明他为什么撞墙，有什么目的和企图，总不能无缘无故没有理由吧！或许与村长有什么说不清道不明的瓜葛，要不然怎么偏偏盯上了村长？

皮皮什么也没说。

皮皮见今天围观的人明显多了，不少是拖家带口、扶老携幼，很是高兴。他运了一会气，然后一步步走到墙根一尺远的地方站定。这时，围观的人已经聚精会神、高度紧张。皮皮在墙上每撞一下，人们就数一下，数到十三皮皮停了下来。人们看着皮皮一下一下撞时，都倒吸一口凉气，好似撞痛的是自己的额头。

高大的砖墙纹丝不动，威严得如同村长。头裹白纱的皮皮却像个小丑，碰完，头上的纱布被血洇成了红色。看来，皮皮撞墙是使了劲、出了力的。人们这次看得一清二楚，看过一次好似熟悉得像看了十遍八遍。针对刚刚发生的撞墙事件，人们从撞击角度、力度、效果等方面进行了自由讨论。有的看得更为细致，以至于观察到砖墙的土跌落了几两几毫，墙头的草摆动了几分几度。反正都是闲谈，大家也并不当真，像在梦中，说什么话都是合适的。

皮皮撞完了，大家都没有很快离开，而是等着皮皮从碰撞后的麻木中恢复过来，不再眼冒金星、头重脚轻时，宣布明天还要撞墙。似乎只有这样，撞墙仪式才算结束。要不然，就不是善始善终。

没等皮皮发话，村长打开门从家里气势汹汹地走了出来。谁批准你撞墙的？不想活了在你家慢慢撞去！我家墙招你惹你了？把墙撞倒你赔得起吗？明天你再来，看我不打烂你的头！

村长这样一说，人们也觉得看皮皮在这里胡闹不妥，就劝他不要撞了，轻了受皮肉之苦，重了碰成傻子呆子，就是得个破伤风也不划算。也有人劝，有啥事不要窝在心里，天下没有解不开的疙瘩，不要自己作贱自己。寡妇也说，看把头都碰成血窟窿了，再碰连小命都会搭上。

皮皮谁都没理，拾起地上的铜锣，得意地走了。

第三天，皮皮的锣声再次响起。由于已经熟悉了皮皮撞墙的程序，人们就像过来人一样变得大胆起来，七嘴八舌地提了些稀奇古怪的问题。皮皮正在专心准备，目中无人似的没有给他们哪怕一个字的答复。凡是看过的人们已经知道，皮皮撞墙就那几招几式。凡事不能与时俱进，不能推陈出新，就无法吸引眼球，造成轰动效应。对于人们来说，倘若皮皮撞墙一直没有新内容、新花样，再惨烈的撞墙看过多遍都会味同嚼蜡，兴趣索然。这也应验了"事不过三"的古训。这天，围观群众比第一天还少，人们不再专注，而是一边看一边心不在焉地闲聊，还有人看到一半就走了。留下来的也开始像观看魔术一样看待皮皮的表演，好似这种表演不具备一丝一毫的损伤，一切伤痛都是虚假的表象。

皮皮没有受围观人数减少的影响，他一丝不苟地完成了撞墙。他拆下头上的纱布，露出尚未完全愈合的伤口。这次，他的头颅与墙体发出前所未有的巨大声响，而且撞击总数增加了三次。只是整个过程分两次完成，中间有短暂的休息。

第四天出现了一点意外。不知谁给皮皮碰撞的那截砖墙泼上了大粪，由于臭气熏天，村长、寡妇只得把所有门窗都关得严严。村长暴跳如雷破口大骂，哪个兔崽子给这里泼粪，如果让我抓住非得让他吃不了兜着走。皮皮从寡妇家提出一桶清水，用勺子舀着冲洗。村长问，皮皮，是你干的好事么？皮皮说不是。皮皮，你怕是消受不了才搞的鬼吧，毕竟用头撞墙又不是享受。村长你放一百个心，我能撑住。村长冷笑道，你这人怎么听不来好话歹话，疯癫几天就行了，怎么没完没了啦。皮皮说，说好把墙撞倒的，总不能半途而废吧。村长"哼"了一声，我从没见你有过出息，怎么在这事上出息大得去了！皮皮说，我从这次撞墙开始重新做人不行？！村长不甘示弱，撞墙又不打粮食，你愿意撞就尽管撞吧，试试你的头硬还是我的砖硬。村长叮咛道，咱丑话说在前头，如果你自己撞出个三长两短来，那是咎由自取，与我无干！大家可得给我作证！

大家齐声附和说作证作证。

于是，皮皮在臭气中完成了他的第四次撞墙。由于现场臭不可闻，人们都远远地观看，竟然发现一远一近看到的效果截然不同。这次离远了看，没有一点惊心动魄的感觉，而是觉得滑稽——皮皮好似微不足道的螳螂，面对的却是阴险巨大的怪兽，悬殊的力量对比让人觉得好笑。皮皮太自不量力了！

第五天，村长家四面墙都被泼上了粪便，致使整个村子都弥漫着臭味。

皮皮如约而来时，村长和他的媳妇各提了一桶清水，好像演戏一样，正慢条斯理地清洗墙面。大家站在一边，心里明白是谁把粪泼在墙上了。他们说，村长，你家的粪真臭啊！村长回过头说，你家的粪才臭呢！大家就笑。有人就开玩笑，村长，昨晚我看见有人偷你家后院茅厕里的大粪。村长不予理会。过了一会儿，一个光屁股男孩从村长家跑了出来，大声说：村长家茅厕都淘空了，和这里一样臭。村长媳妇就追着男孩骂：打死你这兔崽子，竟敢翻我家后墙！

皮皮用布把头缠上，在一处刚刚清洗过的墙面完成了自己的表演后，裹头布取下来，人们发现皮皮头上的肿包正在迅速消退。

第六天，又是响雷又是大雨，这样糟糕的天气还是头一遭。皮皮来到村长的围墙外，发现墙上用石灰水写了一行字：请勿在此乱倒垃圾、丢弃杂物、随意碰撞，违者罚款！皮皮在周围只见到三两个光脚丫子嬉水的小孩围观，有些失落，但他还是有条不紊地完成了表演的各个环节，甚至暗暗多加了些力，这仿佛是对那些缺乏毅力的看客的蔑视。皮皮从此不在乎来多少观众了，他一心只想着撞墙撞墙，直到某天把村长家的墙撞倒。有时，他会无意间发现几个陌生的观众，可能是附近村里的吧！

村长起先私下给皮皮做思想工作，软硬兼施，想让他放弃撞墙的念头。也建议给他换一个平整的墙，比如村里饲养室的墙，那里场地大，既可以容纳更多的人围观，不远处还有《毛主席在安源》的大幅彩画，毛主席都能看到！寡妇觉得皮皮非要把小事往大里闹，为一块一文不值的破石头，哪天撞出个人命案子，自己也脱不了干系。寡妇想起自己五大三粗的前夫伤心不已，如果丈夫不死那么早，皮皮岂敢在她门前如此撒泼！寡妇越想事态越严重，吓得噩梦连连。最后，寡妇在一天夜里摸进了皮皮的家，她愿意用身子与皮皮做个交易。皮皮也想女人，正要宽衣解带时寡妇开出了上床的条件。皮皮说，你是村长派来的奸细，你现在就给我滚！

对于寡妇上门献身的事，后来一直成为皮皮夜晚回味无穷的灵感。皮皮一直守口如瓶，没有把寡妇的事抖出来。每到夜深人静，皮皮就把这段故事从心中的魔瓶释放出来，一次次地从寡妇哆哆嗦嗦地进门开始，不断进行演绎和想象，直到昏昏睡去。

皮皮年龄不小了，一直没找下对象。现在媒婆给他提亲更难，女方得知他就是那个用头撞墙的"生生货"，便一口回绝了。一次，来了一个讨饭的外地女人，相貌不算太丑，说只要皮皮不再丢人现眼就跟他过日子。皮皮觉得婚姻和撞墙风马牛不相及，他坚定地认为开弓没有回头箭，于是婚事就一直搁浅着，没有任何进展。

由于长期撞击，皮皮头上长出一圈硬茧，每次撞墙的力度、时间、次数、响声都在增加。墙面出现的明显凹陷，就是皮皮几个月来的功劳。

村长和寡妇对皮皮的举动已经习以为常，不再有太多的戒心，他们甚至忘了皮皮为什么在这里撞墙。村长有时还对皮皮进行指点，说这么撞或许会更具杀伤力，浑然忘却了撞的竟是自家的围墙。有时，寡妇会拿出雪白的毛巾递给皮皮擦汗，好似皮皮在辛苦地给她打家具。

三个月后，观看皮皮撞墙的人渐渐多了起来。其中不少陌生人穿着皮鞋、戴着遮阳帽、说着普通话。这些陌生人叽叽喳喳的，从皮皮热身一直问到散场，他们显然有太多的疑问。他们的提问内容整理出来，如同记者的深度采访：你为什么会想到撞墙？有没有人逼你这样做？撞墙时有什么感觉？你的头在撞到墙的一刹那想着什么？你有怎样的感想？你老是碰第18层砖，那是不是你的吉祥数字？撞村长家的围墙，有没有心理压力？寡妇的评价对你的发挥有没有影响？如果把村长家墙撞倒了，你打算如何赔偿？你为什么想让村长跟你姓？你有没有申请人身保险？你想冲击世界撞墙纪录吗？你有没有考虑过用头去撞长城？你对撞墙的热衷会不会引起全民健身热潮？有人攻击你是疯子，该如何回应？你在自我炒作吗？你是不是在为某跌打损伤药品做形象代言……

他们对什么都感兴趣，即使皮皮散场收拾东西（其实也没有什么东西需要收拾），他们也会看得目不转睛。这些陌生人有时一连几天不走，吃住在寡妇家专门观看皮皮表演。寡妇会给借住家里的客人悄悄讲些内幕，比如皮皮撞墙始末、皮皮生活习性及个人婚姻等等，却没有向任何人透露过自己那晚去皮皮家的事。每次客人离开时都会留下些钱，寡妇说吃两顿饭值什么钱呢？推让一番后，她就会把钱装进内衣口袋。

这拨陌生人走后，又会来另一拨陌生人。皮皮只是撞墙，从不管有什么样的人旁观。皮皮刚开始撞墙时，希望有人提问，可是村里人愚钝，也不关心自己撞墙的事。后来陌生人问起，他起初还回答，后来发现他们的提问大同小异，就觉得无聊不愿回答了。一天，寡妇问皮皮，你回答一个问题要多钱？皮皮没好气地说，我又不是戏子，在这里卖唱呀！乡下人说唱戏的人为戏子，是旧时对戏曲艺术家的不恭，皮皮思想落后，也只能说出这样没水平的话。

村长将自家围墙用栅栏围了起来。村长媳妇说，撞墙表演不能白看，得买门票。大家指责村长贪财。村长说，你们是站着不嫌腰疼，皮皮撞的是我家墙，我现在收些钱，等以后他把墙撞倒了，好用这些钱去修啊！谁不服气，让皮皮撞谁家墙去，我还巴不得呢！村长这样一说，大家觉得有理，但没有人去买票。外地人来了大都住在寡妇家，他们也不买票，站在寡妇家门口或墙头，便将皮皮撞墙的整个过程看得一清二楚。村长的门票计划，由于调研不周而宣告破产了。

一天，狗栓的镢头刃掉了，正要打木楔固定。皮皮恰好路过，狗栓就恶作剧地让皮皮用头把木楔钉进去。皮皮二话没说，将镢头把杵地，用头三下五除二就将木楔牢牢钉了进去，惊得狗栓目瞪口呆。

皮皮的头上功夫经过狗栓添盐加醋的传播，引来了几个学武术的小青年的挑战。当着皮皮的面，小青年扎马步、运气，然后三掌劈开一块砖头。皮皮本不想搭理他们，最后被逼急了，皮皮从地上捡起他们劈下的半截砖，拍在自己头上，砖碎成了八块。这帮小青年见状，当即跪在地上要拜皮皮为师。

皮皮没收一个徒弟，可是却有不少地痞流氓在火并时，都声称自己是皮皮的徒弟。在一次打斗前，由于双方都坚称是皮皮的徒子徒孙，竟然化解了一场争斗。皮皮的铁头功被传得神乎其神，以至于村长和寡妇都对他另眼相看。寡妇甚至有些后悔，如果那晚和皮皮睡了，现在自己多风光啊，大家会羡慕地说，你看秀娥找的男人多厉害。

不管人们如何议论，皮皮的撞墙一天也没有停息。人们经过村长家时，都会仔细查看遭受撞击的围墙。果然，有人发现皮皮撞墙位置的砖块已经破碎，整面墙体也出现了大量裂缝。与之形成鲜明对比的是，村长家其他围墙却没有任何破损。唯一合理的解释是——皮皮用头撞击的结果！

有人把此事告诉了村长，村长起初觉得绝无可能。可现场一看，却傻眼了。他立即安排人用红漆在那堵墙上又写了这样几个大字：危墙请远离，塌死不管！

后来在一场旷日持久的连阴雨后，皮皮终于撞倒了村长家的一堵围墙。人们都这样说，还请来报社和电视台的记者采访。其实，皮皮撞墙的那时还是好好的，只是到了半夜才突然倒塌的，墙体也只倒了一部分，未倒的墙面还残存着几个字：危墙□□□□死不管！

这样的新闻绝对具有轰动效应！

新闻播出第二天，又吸引来了全国各地几十号记者。皮皮不堪其扰躲了起来。记者们既然来了当然不能空跑，于是让村长、寡妇等人代替皮皮当了一回明星。村长面对电视镜头侃侃而谈：皮皮是害怕让他赔偿损失才躲起来的，我不是那么小气的人，我很早就对他说，只要你能练成铁头功，我愿意把另外几堵墙也免费捐出来。

皮皮撞墙的新闻像潮水一样过去后，皮皮才悄悄回到村子。他已经十天没有撞墙了。早上醒来，他的头痒痒得就想撞墙，走近村长家才想起墙已经倒了，村长没有收拾那面残墙，却在废墟上插了块牌子：皮皮撞倒砖墙处。

皮皮看着木牌，晦气得像个墓碑，就把它拔出来丢进城壕，怏怏地回了家。

在接下来的日子里，皮皮已经无墙可撞了。他实现了撞倒砖墙的宏伟愿望，已经失去了再去撞墙的动力。人们从此再没有见过皮皮练铁头功。皮皮也确实不练了。

大约一个月后，从北京来了一个摄制组，他们自称主要拍摄神秘、神奇现象。他们完成采访后，邀请皮皮到北京的大医院，用各样仪器对他身体进行最细致、最系统的检查。

皮皮在北京体检的结果公布在电视上的探索节目。节目上说皮皮脑子长了一种罕见的肿瘤，肿瘤压迫神经，使皮皮有了撞墙的冲动——碰撞可以缓解病痛，因而皮皮撞墙只是病态表现。电视里还有几个穿白大褂、戴金边眼镜的医学权威，他们声称皮皮病症的发现填补了医学空白，他们对皮皮成功实施手术，从他的脑子里割下了一些东西。

皮皮是被救护车送回村子的，人们看到皮皮已经瘦成皮包骨头了。他变得沉默不语，面无表情，头上开始蜕皮，蜕完一层后又一层，直到露出粉色的皮肤。对于电视上说的肿瘤、手术、医学空白等等，他也只字不提。皮皮几乎成了一个不会思考、没有理想、没有主见的行尸走肉。

再也没人愿意声称自己是皮皮的徒弟了，那样只能自取其辱。有人说皮皮半年没撞墙了，现在肯定没功夫了。狗栓就打赌，我学会骑自行车后，十年不骑也忘不了。两人争论不下，决定验证一回。

大病初愈的皮皮外出散步，竟然来到了寡妇家。他看到两个更大更圆的石头对称地摆在寡妇家门口，就在上面呆坐了一会儿。他发现村长家倒掉的砖墙已经砌好，上面刷了一层石灰水，白得如同落了一层霜。皮皮看了一会雪白的围墙，眼有些花，竟然觉得曾经用头撞击过的地方有个巨大的黑色阴影。他慢慢走了过去，用手在粉白的墙上抚摸着，他甚至忘情地将头轻轻贴在冰凉的墙面，感受到了当年撞墙的无畏与豪迈。

　　就在皮皮沉醉在久远的回忆中时，狗栓悄悄从墙边尚未清理干净的瓦砾中拣出一块砖，朝皮皮的头上砸去。皮皮感到头上重重的一击，身子就慢慢顺着围墙瘫在了地上，头上迸出白花花的脑浆。皮皮在倒下前想给狗栓说，我闭着眼睛都能感觉到砸我的这块砖，原来就砌在村长家围墙的18层……

2007.10.13 ~ 2011.3.28，三稿完

戏 迷

人活一世，就像看了一场热热闹闹的大戏。

——乡间一不识字的老农如是说

村里人都知道黄天常是个戏迷，所以每逢唱大戏都不会忘了通知他。于是，当人们见到黄天常一家三口从城里赶回来的时候，便知道很快就有大戏看了。

黄天常念过大学、会说洋文、见过世面，可是村里人就是搞不明白这个聪明的小伙子，怎么会迷上现今只有农村老头老太太们才爱看的古戏。

在黄天常工作和居住的城市，人们也看戏唱戏，但只是将其当作消遣而已。城里人在公园一角、小巷一隅，只要有七八平方米大小，容得下搁锣鼓家伙，演唱者即就地而站，既不需走动、踩台，也不需翻筋斗，更省了次要的兵卒，甚至不需要过大的形体动作。

农村人对待看戏唱戏这些事却显得正儿八经，就连支出方面也是一掷千金，痛快淋漓。所以，由三两个人登台表演的戏，在乡下是没有市场的。乡下人穷，但每年只要风调雨顺，方圆百里的村子都要轮流坐庄请来戏班唱戏。唱戏的村子也只有请到有名有姓的大戏班来，才不会被人笑话。戏台一般搭建在空旷的田野，这样才能容得下成千上万的观众。大戏一唱便是三天四晚上，雨雪不歇。成千上万的农民撂下农活，背着板凳走十几里路来看戏，他们密密麻麻地围坐一团也不嫌挤，一看几个小时，一动不动，不论谁见了都会惊叹不已。有如此诚心的看客捧场，请来的戏班也必定铆足了劲唱；如果唱砸了，挑剔的戏迷们一传十、十传百，这个戏班的名声就坏了，这方圆百里也不会再有人请他们了。

其实，黄天常并非在城里看不上戏。城里装修得富丽堂皇的大戏院里每隔一年半载都会有规格不低的汇报演出。既然是汇报，当然观摩的观众大部分都是上级领导。38岁就当上局级干部的黄天常，虽然与戏院院长素来并无瓜葛，但却总能莫名其妙地得到赠送的戏票。手持赠票的人大多都不懂戏，只是看个新鲜、图个热闹。所以，看戏时的吵闹声、走动声、板凳开合声，不绝于耳。城里真正看戏的人毕竟是少数，这少数人的喝彩必然无法浑厚，使得演戏的人也有气无力。

黄天常之所以喜欢在乡下看戏，最重要的原因莫过于寻求行家看戏的那种氛围。还有一点是黄天常不愿为外人道出的——那就是能让他亲切地回想起儿时爷爷带他看戏的那种感觉。爷爷是个老戏迷，黄天常在几十年后仍然能清晰地回想起爷爷把他架在脖子上看戏时的情景。他用小手拍着爷爷的光头，问：

"爷爷，您为什么那么喜欢看戏？"

"戏好看呀！"

"有多好看？"

"要多好看就有多好看。"

"有没有小人书好看？"

"有。"

"有没有电影好看？"

"有。"

"那它没有啥好看？"

"它比啥都好看。"

"爷爷，它和啥一样好看呢？"

"……它和人的一生一样好看。"爷爷意味深长地说。

"'人的一生'是什么？"

爷爷想了想，说："人的一生就是一出戏啊。"

"噢，爷爷爱看戏，就是爱看'人的一生'呀！"

现在，爷爷早已仙逝，留给黄天常的却是对戏曲的痴迷。黄天常在城里安家落户，父母却一直难舍故土，生活在乡下。黄天常也常常是借看戏之机，看望父母的。

在农村的土炕上美美地睡了一觉，第二天一大早，黄天常就和妻子瞿丽丽，领着七岁的儿子黄豆去看戏。

黄豆一边走一边仰望着天："这里天好蓝，云好白。"

"呀！"瞿丽丽也惊讶地叫道："天真的好蓝，云真的好白。"

"咱们居住的城市空气污染严重，当然难得见到这样纯净的天。"

"要是能找个躺的地方，这样看一天我都愿意。"黄豆深情地说。

"小时候放羊，我就常躺在草地看天上的白云飘来飘去。"黄天常被儿子的话感染了，想起了自己幸福的童年。

"那一定很美吧！"儿子一副向往不已的神情。

"天上的云呀，多么奇怪的样子都可以变出来。躺在草地上看天看云，真让人浮想联翩。"

"爸爸，您当时想的是什么呢？"

"想的可多可多了……"黄天常答非所问。

"比如呢？"

"比如未来、理想，还有人生。"

"'人生'是什么？"

"我那时和你现在一般大小，怎么知道人生是什么呢？"

"哈哈，父亲真笨呀！"儿子兴灾乐祸地笑起来，"'人生就是一出戏'，连这都不知道！"

“谁教你的？”父亲惊讶不已。

“电视剧里的歌词呗！”儿子倒觉得父亲少见多怪。

其实在农村看戏，即使离十几里远也不必问路，只要沿着人最多的那条道走就不会错。黄天常和妻子领着儿子走走停停，但也很快就到了。

高高架起的戏台前坐满了早到的观众。黄天常用板凳占好一处位置，才带着儿子去买零食。走出不远，儿子在一棵枝叶茂盛的皂角树下发现有卖糖葫芦的，便走了过去。

“小朋友，你是要吃草莓的，还是山楂的？”手扶插满糖葫芦草标的小贩弯下腰问黄豆。

“山楂的。”黄豆说。

黄豆擎着糖葫芦又叫又跳，突然，一枚山楂果从小木棍滑脱在地，并且像高尔夫球一样滚进了一只田鼠洞。

瞿丽丽见儿子伤心地噘起了小嘴，便见机行事，讲起了童话故事：“……田鼠把山楂果偷进洞里洋洋得意。第二年，它怎么也想不到这枚山楂果竟发芽了，从洞里长出绿油油的叶子，堵住了田鼠的出路。”黄豆听了果然又高兴得直拍手。

妻子和黄豆一样不爱看戏，却喜欢看演戏的人化妆。黄天常就陪他们与一群乡下孩子一起，挤在后台棚布的缝隙朝里看。

不一会儿，黄天常发现儿子不知何时已进了后台，站在演员的鼻子底下看她们化妆。黄天常看见儿子手中的糖葫芦不见了，嘴里却嚼起了泡泡糖。

“豆豆，把泡泡糖吐掉！”黄天常怕儿子不小心把泡泡糖卡进气管，大声地喝叱道。

黄豆听见父亲的喝叱，立即把泡泡糖吐在手心，又顺手粘在了通往前台的木梯外侧。

黄天常好气又好笑。儿子的这一系列动作，是对妻子绝妙的模仿。因为妻子在家总是在吃完泡泡糖后怕粘在地板上不好抠下，就随手粘在茶几或者桌子的边沿。

不一会儿，黄天常听见高音喇叭里有乐工试弦的声音，他知道这是大戏即将开场的前奏。黄天常回到台下坐定，又安顿妻儿在身边。但他知道，等不到一刻钟，儿子肯定会闹着出去玩，那时，视看戏如嚼蜡的妻子也会借故离开。毕竟戏台周围的小摊对他们有更大的诱惑力。

随着台上传出铿锵有力的过门声，黄天常仿佛木头人似的死盯着戏台，他的心已被演员的精湛技艺所征服，他的灵魂已被跌宕起伏的故事情节所吸引。

其实，黄天常看的这场戏，情节并不复杂：一个农家子弟苦读诗书十余载，一朝中了状元，在朝廷做了个不大不小的官。为官几十年，道不尽的酸甜苦辣，数不完的恶风险浪。等到风和日丽、波平浪静时，已是白发苍苍，该告老还乡了。就是这样一出情节简单的戏，黄天常看了已不知多少遍，但每次再看时都有一种不能自拔的感觉。这出戏黄天常自己看过，他的爷爷也看过，他爷爷的爷爷或许也看过；却没有让戏迷看烦，也没有让演员演烦。这是观众太健忘了，还是演员太投入了，使得人们对戏竟有了一种看过演过即忘的绝世洒脱？！这或许就是艺术的魅力、生活的魅力、人生的魅力所在！

黄天常仅仅是一个普通的戏迷，一个没有顿悟的看客。所以，他在看戏时并不会预料到自己的未来，更不会意识到自己津津有味欣赏的这出戏就是自己曲折一生的缩影！黄天常是一个农家子弟，他发愤苦读十余载，考上名牌大学，毕业后在城里当了个不大不小的官。为官几十年，道不尽的酸甜苦辣，数不完的恶风险浪。等到风和日丽、波平浪静时，自己已白发苍苍，该回家领退休金了。（在这里，请读者原谅作者将黄天常的一生讲得这么索然无味，因为要把一个人漫长的一生浓缩成寥寥数语，我想即使是让天才的莎士比亚来描述，也不可能令读者感到满意。）

人们生活在欢乐和忧伤的海洋，那么，沉浸其中的人们必然会身不由己地在欢乐时欢乐，在忧伤时忧伤。人们在欢乐和忧伤的海洋里畅游和沉没，演绎着各自或悲或喜或漫长或短暂的人生。（其实，任何有关人生的比喻都是蹩脚的。在这里，语言将走入迷宫，历万劫而不复回。）

戏迷看戏，最钟情的莫过于故事的高潮。高潮是辉煌的，却短暂得让人扼腕。之后，戏的结局便尾随而至。不论是喜是悲，一切总会有个结尾的——不管是戏，还是其他的什么，只要它有开始。

黄天常在看戏时隐约有一种感觉，一种难以言传又似乎人人皆有的感觉，那就是自己正随着戏中人物的成长而成长，随着戏中人物的老去而老去。

……戏完了，暗红色的、厚重的大幕沉沉地拉上了。黄天常感觉从梦中或是从另一个世界苏醒过来似的，长长地舒了一口气。

"咔哒！"黄天常眼前白光一闪。刹那间的失明，刹那间穿越时光隧道的奇妙感受。

"你在干什么？"黄天常见儿子黄豆站在对面，手中拿着件奇怪的玩意儿，正朝着自己做鬼脸。

"爷爷，"小男孩扬了扬手中的小玩意儿，"我刚给您照了张相。"

"爷爷，"黄天常隐约听小男孩这样叫他，以为是幻听。

"您坐在这里想什么事呢？我注意您好久啦。"

"我在看戏呀！"黄天常回答。

"爷爷骗人！爷爷明明在发呆，却说是在看戏！"

"爷爷？谁是你爷爷？"黄天常突然被搞得莫名其妙起来。

"怪不得我爸说您老糊涂了。"小男孩嘴里嘟囔着。

这时，黄天常四周看了看，哪有什么戏台，除了自己，哪有一个看戏的观众！四周静悄悄的，静得让他毛骨悚然。他有点不相信自己的眼睛，用手使劲揉了揉眼再看，还是没人。他又用手在大腿上拧了一下，有强烈的疼痛感呀，却怎么会是这样呢？

"我没有骗人，我刚才明明坐在这里看戏。可是突然眼前闪了一道白光，就变成现在这个样子了。"黄天常这样说时，对自己的记忆也产生了怀疑。

"爷爷又在哄人！"小男孩一副不屑的神情。

黄天常仔细打量了一番小男孩，觉得确实有些地方看起来不像黄豆，就问："你真不是豆豆？"

小男孩说："我叫黄小宝，你说的黄豆是我爸爸。"

黄天常仍是半信半疑，他又想起了来看戏的妻子："那你妈妈……不，你奶奶呢？"

"已经去世了。"小男孩有些不耐烦地说，"这个问题你都问过一千遍了！"

四周是一片荒草地，还有许多野草覆盖的小土丘。黄天常扶着板凳站起身，却发现自己坐在一个小树墩上。起身时，他就发觉自己的腿脚已不是38岁时健康有力的腿脚了！自己确实老了，并且是在刹那间由青年走到了暮年！

可是为了证实自己没有说谎，黄天常拉起小男孩的手，走到一个像戏台般大小的土台前说："这就是戏台，刚才有剧团在这里演出，他们演的戏情节简单，却很感人……"

"就在对面，"他转身指着拥有一大堆土丘的旷野说，"这里聚集着方圆十几里的戏迷，大家随着戏的情节一起哭一起笑……"

"我不信。"

"你当然不会相信。"

"噢，后台。"他突然想起了什么，把小男孩拉到土台的另一侧，"这里是后台，我和你奶奶带着你爸在这里看演员化妆。你爸爸很调皮，跑到演员的鼻子底下看人家化妆，我见他嘴里嚼着泡泡糖，怕他不小心卡在气管，让他吐掉。你猜他怎么着？他吐在手心，把泡泡糖粘在了上前台的木梯外侧……"

黄天常一边手舞足蹈地说着，一边凑上前去寻找那个腐朽不堪的木梯和当年粘下的泡泡糖的痕迹。突然，他像小孩一样兴奋地叫了起来："看，找到了，找到了！泡泡糖还粘在这里。"

小男孩也凑上前看了看，他用小手指轻轻一抠，然后不以为然地说："这是木头上长的霉菌，才不是什么泡泡糖呢！"

黄天常急于想证实自己说的是真话，他环顾四周，看见不远处那棵枝叶茂盛的皂角树和一片新生的山楂林。

"看，那棵皂角树！"黄天常突然又兴奋起来。"那棵树下有个卖糖葫芦的，我领着你爸爸，卖糖葫芦的小伙子问要草莓的，还是要山楂的。你爸爸说要山楂的。你爸爸不小心把一枚山楂果滚进了田鼠洞……后来，肯定是滚进洞里的山楂果发芽后才长出了这片林子，因为那时这里没有一棵山楂树！"

"爷爷，"小男孩说，"您的想象力真好。"

"不是想象，一切都是千真万确的。"

"爷爷，太阳快要落山了。我们今天的郊游就到此为止，要不然回去迟了爸妈会生气的。"小男孩说得头头是道。

"好吧。"黄天常也确实不想和小男孩讨论让他心烦意乱的有关看戏的事情了，反正回到家一问儿子黄豆，不就一切都清楚了吗？

"爷爷，我要坐在您的肩膀上。"

"好的，好的。"

小男孩坐在黄天常的肩头，拍着他的光头问："爷爷，您为什么那么喜欢看戏？"

"戏好看呀！"

"有多好看？"

"要多好看就有多好看。"

"有没有卡通画好看？"

"有。"

"有没有动画片好看？"

"有。"

"那它没有啥好看？"

"它比啥都好看。"

"爷爷，它和啥一样好看呢？"

这时，黄天常想起了自己坐在爷爷肩头的问答，便说："……它和人的一生一样好看。"

"'人的一生'是什么？"

黄天常意味深长地说："人的一生就是一出戏啊。"

"噢，爷爷爱看戏，就是爱看'人的一生'呀！"

走了一段路，黄天常感到体力不支，便说："爷爷累了，我的小孙孙先下来走走。"

小宝说："爷爷，这儿有块大石头，您坐在这儿。我先走了，咱们在前面的路口集合。"

黄天常说："好吧，小宝先走，爷爷一会儿就赶到。"

黄天常坐在石头上，全身舒畅。他用手摸着石头，发觉石头的表面平整光滑，四周棱角分明。

"这或许是一件古碑呢！"他顿时来了兴趣。他用手抚去石上的灰土，露出两个大字"之墓"。他想搞清楚这是谁的墓碑，便继续寻找，竟在刚才发现字迹的左上方发现一个隐隐约约的"丽"字，他再用指甲抠去被泥土覆盖的地方，吃惊地发现上面刻着"瞿丽丽"三个字。

这是自己妻子的名字！他像被电击了一般，全身打了一个冷战，他强烈地预感到在与妻子名字对称的一边的另外几个字应该是什么！抠开泥土，果然！"黄天常"这三个字清晰不已，像刚凿上去似的！

"这是我和妻子最后的归宿。"黄天常坐在自己和妻子合葬墓的墓碑上想，"我的一生还没有展开便结束了，世上再没有比这更残酷的事了。"

黄天常在面对死亡时苦苦思索着自己短暂的一生，他迷惘不已。他不知道自己匆匆一生到底干了些什么，又是为谁才在这世上匆匆走了一遭……这都是些很复杂很费脑筋也很容易让人感到可笑的哲学问题，他干脆不去想它。

黄天常把自己的身体舒展开来，平躺在大地上。他感觉自己的身体长出了根须，并且渐渐地把根须扎进了大地，与生生不息的大地融为一体……

这里天好蓝，云好白。

呀！天真地好蓝，云真地好白。

咱们居住的城市空气污染严重，当然难得见到这样纯净的天。

要是能找个躺的地方，这样看一天我都愿意。

小时候放羊，我就常躺在草地看天上的白云飘来飘去。

那一定很美吧！

天上的云呀，什么奇怪的样子都可以变出来。躺在草地上看天看云，真让人浮想联翩。

爸爸，您当时想的是什么呢？

想的可多可多了……

比如呢？

比如未来、理想，还有人生。

人生是什么？

我那时和你现在一般大小，怎么知道人生是什么呢？

哈哈，父亲真笨呀！人生就是一出戏，连这都不知道！

谁教你的？

电视剧里的歌词呗！

……

爷爷，您为什么那么喜欢看戏？

戏好看呀！

有多好看？

要多好看就有多好看。

有没有卡通画好看？

有。

有没有动画片好看？

有。

那它没有啥好看？

它比啥都好看。

爷爷，它和啥一样好看呢？

……它和人的一生一样好看。

人的一生是什么？

人的一生就是一出戏啊。

噢，爷爷爱看戏，就是爱看人的一生呀！

……

傍晚的天空云是红的，天也是红的，这是晚霞的颜色、血的颜色、厚重的深红幕布的颜色。

太阳渐渐落下去了，天空的幕布也渐渐地拉上了。

但是——戏台上的戏还在上演，看戏的人仍旧沉醉其中……

2003 年夏创作

城中村纪事（小小说9篇）

小 引

城中村是极具中国特色的城市中的农村，农村中的城市。

这种尴尬的双重身份，使城中村身居闹市受人冷落，远离农村却与农村一脉相承。城中村是城市最后一块富含人情味的土壤，它大度地接纳了来自五湖四海、三教九流的各色人物，使之成为城市中的"农民"、农村中的"市民"聚居的好地方……

在这里，您只要愿意低下高贵的头颅，走进城中村简陋而凌乱的院宅、低矮而破旧的出租屋，能忍受这里污浊的空气、嘈杂和喧闹，坐在屋里喝一杯水，与他们促膝交谈，您就一定会有切身的感触。

姊妹发屋

村口有一家"姊妹发屋"。发屋牌匾旁点缀着一串霓虹灯，一到晚上发出星星点点、红红绿绿的光芒，和发屋名字一样俗不可耐。

即使是这样俗不可耐的发屋，在两个女孩的精心打理下仍然生意兴隆，每次理发都要排队等候。

"你俩是亲姊妹？"我初次光临就好奇地指着牌匾问。

"你看呢？"给我理发的苗条女孩逗趣地反问。

"我看不像。"苗条女孩不到20岁，另一个胖女孩30岁出头，俩人相貌并没有相像之处。

"我们学理发时认识的，毕业就合伙开了这家店。"胖女孩说。

过了一会儿，苗条女孩嗅嗅鼻子，陶醉地说："大姐，你闻我这花，真香！"我看见墙角的花瓶插着一朵鲜艳的红玫瑰。

"喜欢上人家了？"

"怎么会呢？"她们谈话也不避讳。

"大姐总觉得他不太可靠。"

"他说他是真心的……他很会体贴人，人又长得那么帅！"

"我劝你多长个心眼，离他远点。"

"我的事不用你多管！"苗条女孩突然情绪低落了下来，给我理完发也没有开口。

三个月后，我又去理发，只有胖女孩在店里忙着。过了一会儿，苗条女孩提着一大包东西，神色沉郁地进了门。

"要搬回来住？"胖女孩问。

苗条女孩站在屋当中一言未发，泪水却如断线的珠子从憔悴的脸颊滚落。

"还站在那里干什么？快把行李搁好，给客人刮脸去！"

苗条女孩洗了一把脸出来，忙给我刮脸。胖女孩说："咱们凭手艺吃饭，钱来得干净，花得也舒坦。咱自己要活得争气，像个人样。"

"我觉得咱活得太穷酸，太不像人样了……"苗条女孩小声嘀咕着，顺手把花瓶里早已枯萎的玫瑰丢进垃圾袋。

又三个月，我再去理发。

"把那个空花瓶也丢了。"胖女孩对一个40岁左右正在清扫地面碎发的男人说。

"这花瓶挺好看的，丢了多可惜。"

"让你丢你就丢，哪那么多废话！"

我想起了苗条女孩，便问："你的那个姊妹呢？"

"她呀……挣大钱去了！"老男人用嘲讽的口气说。

"给你说了多少遍，少在我面前提她的事！"胖女孩像受了侮辱似的变得神经质起来。

一年后，我又见到了"姊妹发屋"的苗条女孩，她浓妆艳抹地从一家豪华夜总会出来，将一个喝得东倒西歪的秃顶男人搀上了红色跑车。男人说回咱们的高尚小区，女孩便驾车而去。

我回到村口，却发现那辆红色跑车刚刚离去。我站在泊车的地方，正好能看见星星点点、红红绿绿的霓虹灯照亮的"姊妹发屋"牌匾。

我知道，从夜总会到高尚小区并不经过这个城中村，否则要走不少冤枉路的。或许，那天苗条女孩也醉了。

静 儿

静儿搬进163号院的那晚，一大堆涂脂抹粉的女孩叽叽喳喳地挤在她的小屋，"静儿静儿"地将她呼来唤去。她们一边听录音机，一边磕瓜子、说粗话，闹了整整一宿。

静儿20岁左右，听口音不是本地人，人长得不漂亮也不丑，穿的衣服挺时髦，但不过分暴露。她脚踝戴着一串金色铃铛，走到哪儿就把清脆的铃铛声带到哪儿。白天，如果她的窗帘拉着就是在休息；如果窗帘开着却不见人，肯定是下楼回电话去了。

静儿有一部传呼机，整天响个不停。白天，她轻快的脚步声和清脆的铃铛声总是不厌其烦地奔波于宿舍与楼下的公用电话亭。晚上，她上楼时常会有男子尾随其后，溜进她的小屋，直到次日天蒙蒙亮才神秘离开。这些趁着夜幕上楼下楼的男子，脚步声和咳嗽声是完全不同的。

后来她买了一部手机，就很少下楼了。她天生是个大嗓门，关上门说话满楼都能听见。"喂，你是谁……我怎么知道你是谁……实在猜不出来……"这是她最常见的开场白，后来声音就渐渐低了。有时她说不到几句就高声起来："你都可以当我父亲了，还有脸说出这种话……你这个混账王八蛋，去死吧！"

一天，女房东咚咚地上了楼，见静儿正要晾晒被子，就尖酸地说："晒被子呀！天气这么好，把你的床也抬上去晒晒，恐怕潮得都快发霉了！"

静儿晾完被子，进屋后把门摔得山响。她把录音机音量调到最大，但歌曲间隙却传出哭泣声。

每次她的女伴来，都会问她："这个月把钱给你弟寄了吗？"静儿就会点点头，或者就说："还没到时间呢，你咋比我还心急！"

我知道静儿供养着上学的弟弟，就对她不再敬而远之了。有次，我的传呼机不知丢到哪个角落了，让静儿用手机给我打个传呼。找到后，她说："你的传呼机号码太好记了！"

与静儿熟了，她说自己的真名叫王晶，静儿是姐妹们和客人叫的。她还说："我上初中时最爱看琼瑶的爱情小说，如果能遇到书上那样的爱情就好了。"

一天晚上，派出所民警突然把静儿和一个陌生男人从被窝抓走了。几天后，我收到静儿的传呼，她让我帮忙给她的弟弟李强寄200元钱，说一定会还我。

王晶的弟弟怎么会姓李？这个疑问让我觉得她曾经对我说的每句话都是谎言和阴谋。我犹豫再三，但还是把钱寄出去了。

静儿从派出所出来的当天就搬走了。她没等见我，钱是她的同伴转交给我的。关于静儿被抓一事，告密嫌疑最大的是房东。可是房东说："我赶走她对我又没好处。你看，那间房一个月也没租出去！"

后来，那名中学生按我汇款单上的地址回信了。女房东楼上楼下问谁是王晶，见无人认领，房东就拆开信看。我这才知道李强是王晶资助了多年的贫困生。

栓柱的情人节

要不是为找工作买报纸，你打死栓柱他也不会想到给妻子买玫瑰花。

栓柱把报纸前前后后翻了个遍也没发现招聘版，报贩子说这期被情人节专版顶了。怪不得这期报纸印得花花绿绿，也没墨疙瘩，比平常的招聘版花哨多了。

栓柱觉得报纸是白买了，又不忍浪费，就坐在商场台阶有模有样地看开了。报看完了，他才明白情人节原来是从假洋鬼子那里传来的。栓柱搞不清楚自己连三顿饭都吃不到嘴，别人咋那么清闲，还想着法儿花钱过节呢！为了这个算不上问题的问题，他坐在那儿发了一会儿呆。

一对手捧玫瑰的花甲老人也坐在栓柱旁边歇息。栓柱听着他们恩爱地说着甜蜜的话很是羡慕，不由自主地问了句："这花儿多少钱？"

老太太说："一朵10元。"

"这么贵！"栓柱想数数这一捧有多少朵，但数到一半就放弃了。

"这还不算贵，"老头说，"蓝色妖姬一枝卖288元！"

"过节都不打折？"栓柱问。

"过其他节有打折一说，但情人节的玫瑰不打折。"老太太一边陶醉地嗅着花香一边说，"你想，玫瑰打折就和爱情打折一样，不吉利！"

"你还没给情人买花吗？"老头关切地问他。

"我没情人。"栓柱如实相告。

"爱人也可以送。"

热心的老两口就讲了一通关于过情人节送花的道理，听得栓柱目瞪口呆：老人说，天下没有女人讨厌别人给她送花。情人节送花，能让女人牢记一年，直到下一个情人节。一朵花 10 元钱，但能换来女人一年 365 天的快乐，平均一天才花 3 分钱。你说值不值？！

两位老人的话竟让栓柱的心活泛了起来。回家路上，栓柱问了几家花店都是一朵 10 元。他只有 8 元，人家就卖了一枝品相不太好的给他。他一路举着花，和那些手捧着一大束花的英俊小伙有着同样的自信和骄傲。

推开家门，妻子双手正浸在一大盆脏衣服里。栓柱把花郑重地拿出来，妻子不以为然地问："哪来的？"

"买的。"

"买那干啥？"妻子冷冰冰地问。

"过节……送给你。"从没浪漫过的栓柱说不出"情人节"这个词。

"过鬼节呢！"妻子瞪了他一眼，问道，"报纸呢？"

栓柱本想说今天情人节报社没出招聘版，可他一想到自己咬牙买回的花，没有激起妻子任何好感，满心的失望与悲哀，忍不住说道："今天能不能不说报纸，只说花？"

"花有什么用，能当饭吃？"妻子觉得丈夫今天真是莫名其妙。

"花没用，报纸没用，我也没用，乏味透顶了！"栓柱为一朵昂贵的玫瑰花气得七窍生烟。

妻子见丈夫生气了，就扯开话题："争这些有啥用？你出去买袋盐。"

栓柱出去时，将那朵代表无上爱情的玫瑰丢在了油腻腻的菜板上。

唐大妈餐馆

唐大妈的餐馆三个月来食客拥门，供不应求。

这里原本有一家餐馆，生意不好关了门。唐大妈来了，没添一桌一凳，只不过把"美味餐馆"的招牌换成了"平民餐馆"，她的生意就好得不可思议。

唐大妈主要卖面条和饺子，其他店饺子一斤8元，她卖6元；人家一大碗面条三块五，她只卖两块五。唐大妈做的饭菜可口，服务态度也好，所以别人赔钱的店她盘来竟开得红红火火。唐大妈的餐馆刚开张时我常去，后来，当附近收破烂的、卖菜的、建筑工人们一拥而进时，我就去得少了。这些穿得破破烂烂、满身怪味的人，把装着破烂的架子车和挂瓦刀的自行车像排队一样停在店门口，然后叼着劣质香烟坐进店里，大声说着脏话，肆无忌惮地擤鼻涕。他们饭量惊人，但再大的胃口吃个大碗也就饱了，一般的吃个小碗。他们吃一小碗面，也要吩咐女店主多下些青菜，多搁些辣椒，多泼些热油，还要剥一疙瘩蒜。他们吃完也不急着走，一边看着热播的古装电视连续剧，一边再嗞嗞地喝两大碗面汤。

我挺爱吃唐大妈做的面，可是去早了吃到一半，那帮食客就来了；若是迟去，他们把店里已经弄得一团糟，我是没胃口再吃下去的。

一次，唐大妈对老伴说做生意不易，既要交房租、管理费、卫生费，还有自己免不了的日常花销……我就问唐大妈："那你为啥把饭价定这么低？"

唐大妈说："薄利多销嘛！人常说：卖面卖稠就挣，卖稀就赔了，生意挣个信誉钱，卖个回头客。"

"你这价恐怕只能保本，"我分析道，"如果每碗涨个五毛钱，那些穿得脏兮兮的客人少了，或许利润倒大些。"

"那些下苦人挺可怜的，挣的一分一厘都是血汗钱……我不忍心赚他们的钱。"唐大妈说。

于是，唐大妈给我讲了她的身世。她祖籍山东，早年因家乡遭灾讨饭流落到陕西，她有8个姊妹，4个姊妹都是被活活饿死的。一晃几十年，她的儿子大学毕业后在城市工作，硬把她和老伴接进城。她闲不住，就在村里开了这家餐馆，只图开心，没真想过挣多少钱。唐大妈说："老天是仁慈的，她在几十年前就可怜我，没让我饿死！现在生活好了，我看见那些可怜人就想起自己饿肚子时的艰难。"

"现在这社会你可怜人，谁又可怜你呢？"我很世故地问。

"为什么要别人可怜？"唐大妈平静地说，"老天爷那时可怜我的时候，肯定不会想有没有人去可怜他（老天爷）。"

我无言以对。

再次进唐大妈餐馆时，唐大妈说："我明天就关门了，这是你最后一次吃我做的饭了。"我问怎么啦？她说："同行相欺呗。我卖得便宜，人家不答应，三天两头来找茬。这不，昨天晚上我老伴就挨了一暗砖，现在还躺在医院里。"

从此，唐大妈的餐馆就关门了。

小 蒋

钱袋时常空空的小蒋花150元，买回一部能放大十倍的望远镜。

那天，小蒋在街头闲逛，发现维吾尔族小伙手里拎着的一长串望远镜的镜头是粉红色的，很是纳闷。

"用它看到的东西也是粉红色的吧。"正这样想，察言观色的维族小伙已跳下栏杆，将一副镜子送到他的面前。小蒋也不客气，举起就瞄，极远的东西也看得一清二楚，颜色并不发红。他原地转了一圈，维吾尔族小伙几乎把脸凑到他鼻子跟前，他慌忙放下镜子，才见对方在两米开外。还了镜子打算离开，小伙儿又把镜子塞回手中，并神神秘秘地让他看远处大楼几层的窗户。举镜远观，竟然是一个裸体女人在窗口看街景。要不是齐腰高的窗台挡着，他就能知道女人是不是全裸。

　　小蒋当即决定买下望远镜，并最终以150元成交。举镜再看，裸女不见了，窗帘也拉上了。被愚弄的感觉从心里一掠而过。

　　小蒋此前最值钱的东西是黑白电视机，110元从旧货市场买的。由于无线电视接收信号不好，他就搬到顶楼。顶楼独独一间房，原来是房东的储藏间，租金便宜是便宜，但是住在里面夏天像蒸笼、冬天像冰窖。住在高处本应与世俗远了，离清心寡欲更近一些，可对于性格忧郁、深居简出的小蒋来说却寂寞得要死。有时，他觉得住在顶楼感觉挺别扭，那房子像个坚挺的阳物竖在那儿，里面的人就像随时要被喷出去的精子。好在尘世还有这一台手动调谐的电视机与他厮守，挨过这一个个白昼和长夜。

　　晚上电视停台后，小蒋总是在此起彼伏的叫床声中辗转难眠。为了弄明白别人是如何度过一个个长夜的，他就变成了猫，夜幕降临后耳朵就格外灵敏，眼睛也变得光彩熠熠。刚开始无非是偷看人家吃晚饭、打扑克，后来目睹了夫妻欢娱之事，才对夜晚有了别样感情。他除了关注未拉窗帘时热恋男女的秘密，还对环城公园、午夜草坪、灌木树丛的风花雪月颇感兴趣……

　　自从有了望远镜，这个精密仪器给小蒋的夜晚带来了更敏锐的视力和更多的偷窥机会。他发现在许多高楼和矮楼里，有一群像自己一样睡不着的人，心照不宣地站在漆黑的窗后，手持望远镜或夜视镜窥视着这个城市的每一根神经。每每看到那些热血沸腾的场景，他就不能自持。此时，他才意识到自己也是一个男人，只不过自己的生活没有柔情蜜意，没有爱情滋润罢了。他一次次从偷窥中获得了生活的乐趣和生存的希望。

他热爱那些他偷窥过的女子，并伺机收集她们的衣物。他总是在深夜偷她们晾在楼顶的衣物，然后用牙将这些东西撕成碎片。他知道自己的心态已经偏离了世俗的轨道，可又忍不住要这样做。而且每一次得手，都给他带来异样的满足。

他讨厌白天，白天人们都戴着面具。到了晚上，人们才是真实的。他知道自己的秘密总有一天会被发觉，被那些频频丢失衣物的年轻女子的丈夫打得头破血流，可他每活一天都很不易了，觉得没必要想那么远。

两个摩的手

包子是一家摩托修理店的老板，汤圆是建筑队工人。他俩是哥们儿。

汤圆刚学会骑摩托，心热手痒，包子就把他的旧摩托车借给汤圆学手。那天下午，他俩约好在南门碰面，一起兜风。先到的汤圆在南门公交车站等得心烦意乱，这时，两个穿白连衣裙的女孩径直走过来，问他去西郊公园多钱。汤圆知道她们把自己当成等人拉客的摩的手了，就摇摇头说不去。女孩赶时间，说愿意加钱。汤圆说加再多钱也不去。

包子骑着他威风凛凛的摩托车来了，汤圆就把女孩把他当摩的手的事讲给包子。包子问女孩呢？汤圆说站牌下的两个就是。包子兴冲冲把摩托骑到她们面前，热情地对她们说去哪儿都行，不要钱。两个女孩怎么也不相信长着一幅恶相的包子，风格会高到送人不收钱的地步，一定是想图谋不轨。汤圆在一旁帮了不少腔才算解除误会。乘车时，包子说他只带一个人，另一个人必须坐汤圆的车，否则谁也不送。两个女孩嘀嘀咕咕了一阵，年龄小些的女孩看中了包子的新摩托，搂着他的腰一溜烟走了。另一个自然坐的是汤圆的车，在后一路追赶。

还没有开到目的地，汤圆就已经和车后的白草很熟悉了。包子比汤圆早到一会儿，他不但认识了这个爱坐新车的女孩白雪，而且知道她在一家超市当收银员，尤其关键的是她俩都没男朋友。道别时，包子让她们返回时打传呼，他们负责把好人好事做到底。晚上，她们果然打了传呼。就这样，包子和汤圆又把她们送了回去。再后来，他们兜风就成双成对了，好不惬意。

好景不长，汤圆把摩托车放在工地被贼偷了。包子就借给汤圆钱，让他买部新车。汤圆丢了包子的摩托车本来就很内疚，包子还给他添钱买车，更过意不去。为了早些还清借的钱，汤圆晚上就悄悄出去当摩的手，赚些外快。包子知道后说，我晚上也帮你拉客。

两个人挣钱到底快些，不久，汤圆的账就还清了。由于摩的生意不错，他们就一直干了下来，直到包子出车祸。

包子出车祸是由于他的车技太好。艺高人胆大，胆子大了车速就慢不了，车速慢不下来就自然容易出事——包子送完客人返回时，与一辆从小巷蹿出的出租车撞了。包子伤得挺重，为给他看病，汤圆贱卖了自己心爱的摩托车。

包子出院后少了一条腿，再不可能威风凛凛地骑摩托车了，所以，白雪就从包子身边蒸发了。包子把经营多年的摩托修理店也卖了。他把撞坏的摩托车拆成零件，在汤圆工地的门口摆了一个临时修车点。

一天，汤圆和白草推着自行车来包子这里打气。汤圆叹息道，好久没出去兜风了。包子说，等我装上假肢，咱哥俩再一起骑摩托出去兜风！白草插嘴道，现在应该说是咱哥仨儿才对。

老黄的电脑

我从民工花名册上得知老黄43岁，但是见过他的人都说他不止53。

老黄脸膛黑黑的，皱纹深得能藏住玉米粒，粗糙的下巴长满了杂草般的白胡茬，浑身旱烟味，背有些驼，咋看都是个老头。孙经理也说老黄年龄大了，不适合在工地干。老黄死缠硬磨，孙经理不胜其烦，就答应让试干一个月。老黄脸上的皱纹就舒展开来，难看得还不如愁眉苦脸。

工地办公室安装电脑那天，从不偷懒的老黄像壁虎一样贴着窗户看热闹，工长喊了他几次都充耳不闻。他边看边问："这机器得多钱？什么牌子？好使唤不？不会用着用着就坏了吧！"他还自言自语："等我有钱了也买这样一台。"我打趣地说："老黄也赶潮流呀！"他连说："不是不是，我这把年纪用不了这洋玩意儿，是想给儿子买。"我问他："儿子在哪儿上学？"他自豪地说："在北京念大学，学的就是计算机……"正说着，工长气汹汹闯过来，朝老黄屁股就是一脚，嘴里骂着："老不死的，还装聋子！"

老黄再也不敢靠近工地办了，但时常在远处徘徊的他，眼神总是从那台神奇机器上撕扯不开。

一天，暴雨倾盆，狂风大作。正当我们躲进彩条布搭建的民工工棚，兴奋地议论这恶劣不堪的天气时，突然，一阵强风将工地办的轻型活动房房顶刮走，办公室的一面活动墙轰然倒下，剩余三面墙也岌岌可危。办公室的小女孩尖叫着跑了出来，连一片纸也没带。如注的大雨毫无遮拦地浇在露天的办公桌、保险柜和电脑上。这时，一个驼背的黑影冲向办公室，他直奔电脑，脱下衣服盖上显示器抱着就走，没想到一团电线缠住了他，把电脑桌都扯倒了。我过去迅速拔了线头，他像抢银行般将电脑抱了出来。

雨过天晴，人们在新屋顶下安装老黄抢出来的电脑，工长破例放了他一天假。孙经理在全体大会上，首先对老黄雨中鲁莽行事给予批评，说这样太冒险，如果被电打到赔的钱或许不止一台电脑，其次才表扬老黄奋不顾身抢救国家财产的事迹。大家都取笑老黄，笑他并不知道电脑主机比大个儿的显示器更值钱。

两个月后的一天，老黄不知什么原因从三层楼高的脚手架上摔了下来。老黄的命保住了，却废了一个肾。后来，孙经理把这事私下了结了，不知赔给老黄的钱够不够他给儿子买台电脑？

后来，我记起老黄出事那天曾发生过一件很巧合的事。那天，孙经理的老婆到工地大吵大闹，把工地办那个和孙经理关系暧昧、爱上网的女孩抽了两巴掌，并抱起电脑丢在了门外……

铁头献血

他自打出生就顶了个寸草不生的光脑袋，人们给他起了个绰号叫铁头。铁头注定不是个本分人，他凭借村里人对他发亮脑袋的畏惧，过起了小偷小摸的生活。

游手好闲的铁头在农村的小天地里过得甚是自在。一天，曾在他手下混过几天的鹿皮在城里没待多久，竟然衣锦还乡。鹿皮为铁头点了一桌酒菜，并送上一条价格不菲的领带。酒过三巡，鹿皮说："铁哥，这穷地方只有鬼能待下去……不如到城里当老大，那才真叫老大呢！"铁头很反感鹿皮的口气，但还是经不起诱惑，带着几个兄弟和鹿皮进了城。

半年功夫，铁头就在城里打下了一方地盘。在村里，他是鸡鸣狗盗之徒，进城后，铁头觉得应该像个城里人，于是给兄弟们说："咱们是恶人，可是城里文明人多，咱作恶就不能太下贱，不能落井下石，不能欺软怕硬。比如进城的农民是咱兄弟，不能抢；老实的城里人也可怜，不能偷。"兄弟们说："那我们吃风屙屁啊。"铁头说："我们要骗那些想发不义之财的人，诈那些鬼混的男女，抢那些黑道得来的财物，打那些欺人太甚的人物……"铁头的"义士"作风引来不少兄弟加盟，同时，也有一批好色之徒、街痞之流、贪财之官、害群之马对铁头恨之入骨。铁头的故事传回村子，村里人都说铁头在城里改邪归正了。

一次，铁头带兄弟抢了地痞的黑钱，对方想私了，约他在商场门口碰面。可是铁头在大太阳下晒得直冒头油，也没见来人。商场门口正好停着一辆带空调的大轿车，不断有人上下挺热闹，铁头就上车想凉快凉快。

上车后，铁头才发现是辆献血车。

"怪不得这么大谱，停在商场门口没人管，我还以为是交了保护费！"铁头心里这么想着，却说出了口，一车人听了都哄笑起来。他发现一位正在帮献血者撸衣袖的年轻女护士笑得前仰后合。

"你是什么血型？"过了一会儿，那位爱笑的女护士问铁头。

"不知道。"铁头确实不知道。

"我先给你化验一下。"女护士耳语一样轻声对他说。

铁头顺从地卷起袖子，当护士将针头扎进无名指时，他才记起来自己只是来乘凉的，他问："在这里抽血是白抽？"

女护士涨红了脸，用眼剜了一下他说："这是采血，化验血型。"

铁头以为对方没领会他的意思，就直截了当地问："我是说……抽血给不给钱？"

"给钱的是卖血，献血是义务的。"女护士解释道。

铁头觉得在这光荣的献血车上谈钱何等俗气，就像进城打劫了民工。他连忙说："我也要抽血，不花钱的那种。"

护士让他填献血证明，不识字的铁头推说字写得不好，让护士代劳。填到详细地址一栏时，居无定所的铁头不知该怎么填，他想了想说："写张家村村口李打馍的收就行了。"

女护士一边写一边笑，笑得铁头心虚。幸亏一旁的献血者及时将话题扯到了采血站一天能采多少袋血，每天全市采血缺口多少等等。

"你献 200 毫升，还是 400 毫升？"此时，女护士已经将针管扎进了铁头胳膊中的静脉。

"你能多抽就多抽些吧！"铁头听到城里缺血，就想多献一些。

"为了献血者的健康，我们每人一次最多只接受献血 400 毫升。"

"那就 400。"铁头觉得奇怪，城里住了几百万有知识、高尚的人，每天的献血量却少得可怜。他想到自己还有一帮兄弟，就说："我有几十个兄弟，下次我领他们来献血。"

"献血要讲究自愿。"

"光荣的事他们都会自愿的。"铁头自信地说。

"当真？"女护士从铁头的脸上得到了答案，"那咱们一言为定，我等着。"

可是，爱笑的女护士再也没见到这个有些可爱的光头。女护士坚信他还会来的。

铁头不可能再去献血了。他从献血车下来后，被一伙不明身份的人用乱刀砍死。鹿皮迟到了一步，他抱着满身是血的铁头问是谁下的毒手，铁头从嘴里好不容易挤出两个字就死了。

从此，鹿皮带着铁头的兄弟在城里开始了大规模的追凶行动。凶手的名字叫：献血。

梦游的人

虎子进城后得了梦游症。

刚进城时他只是觉得不自在，没想到后来病情严重到无药可治。

虎子是个勤劳的家伙，在城里什么工作都干过：当过建筑工地的瓦工、小餐馆的洗碗工、搬家公司的职员，煤气站送过煤气罐，帮老板看管流动书摊，和城管打游击摆地摊……虎子最体面的工作是酒店保安，这也是他发病前的最后一份工作。

虎子长得人高马大，穿上酷似警察的保安制服还满像那么回事，打猛一看还以为是警察！这身"警察"的行头让他十分得意，碰见需要帮助的客人，他会大步走上前，瓮声瓮气地说："我是警察，有啥事要俺帮忙？"

顾客知道他是酒店保安，不与他理论，将皮箱之类的重物让他代劳，末了还幽默地感谢他："你这警察真热心。"虎子听了像是吃了蜂王浆一般甜蜜。可是好景不长，酒店年末大裁员的风潮来袭，虎子失掉了保安的工作。

此时，虎子进城已经两年了，他辛苦打工却未能攒够回家的路费。年根将至，工作也不好找，虎子就和老乡住在一起。他一蹶不振，整天有睡不完的瞌睡，他的梦游症就是这时突然出现的。

一连好几晚，老乡黑兔见虎子神不知鬼不觉出了门，快天亮才回来。天亮问他去哪儿了，他说："没去哪儿呀，我连身子都没翻一下。"黑兔发觉虎子进城后，扯谎脸都不红。

虎子晚上穿衣起床，黑兔就悄悄跟在后面。虎子出了门，一边走一边念念有词："我要回家，我要回家。"黑兔心想，或许虎子想家心切，晚上出来散心。可他发现虎子走进一栋居民楼，并拍打一楼住户的门。黑兔跟着，心咚咚跳，他不知道虎子是想抢劫还是私下有了相好。没人开门。虎子又上二楼敲门，主人开了门，虎子问："你们这里要不要瓦工，我……"还没等虎子说完，对方就气极败坏地大吼："滚！"咣地关上门。虎子并不气馁，又上三楼，还是被人臭骂一顿……就这样一层层、一家家、一栋栋地敲门，虎子也被一次次地拒之门外或受到臭骂。天快亮了，虎子才回到住处。黑兔跟踪了整整一宿，累得腰酸背疼。

虎子好像什么事也没发生，黑兔也装着什么事也没发生。第二晚，黑兔继续跟踪虎子。虎子故伎重演，他一路上说的还是："我要回家，我要回家！"敲开人家门后，他的话有了微小变化："你们要不要洗碗工……"第三晚，黑兔听到的是："你们要不要搬家……"第四晚，黑兔听到的是："你们要不要换煤气罐……"

一连几夜，虎子和黑兔鬼鬼祟祟地出门，直到天快亮才回。其他同乡以前做过不法勾当，不想因虎子犯事受牵连，便一个个搬走了。

黑兔确信虎子得了梦游症，但他为虎子严守这一秘密。为了阻止虎子梦游，等虎子入睡后，黑兔就把熟睡的虎子捆在床上，天快亮时再悄悄解开。有一次忘记了，快天亮时，黑兔看到梦游归来的虎子抱回一大堆钱！

天亮后，虎子叫醒佯装入睡的黑兔："你怎么搞到这么多钱？"黑兔就大方地拿出一些请他吃饭。

当晚，黑兔跟着虎子，决定查清虎子是如何搞到钱的。虎子翻墙进入一处偏僻的别墅区，敲开门，虎子瓮声瓮气地说："我是警察，有啥事要俺帮忙？"一些主人就随手塞给他一把钱，然后迅速把门关上。黑兔这才知道钱大多是那些偷情心虚的人给的。

黑兔看出了商机，就私下买回一身假警服，等虎子熟睡后悄悄放在身边。虎子就穿着假警服梦游，每晚收获颇丰。黑兔想，他和虎子春节回家前每人买一身好衣裳，再买两张火车卧铺票，怀揣存折高高兴兴回家过年。

黑兔买好卧铺票的那晚，虎子一夜未归。次日，警察搜查了他们的出租屋。

黑兔说虎子得了梦游症，只要让他回家就会不治自愈。可是警察铁面无私、公事公办，以敲诈罪将虎子关进了监狱。

2003.5.1 ~ 2003.12.28 创作

陆姑之死

火烧云晕染着遥远的天际，孤零零的睢阳城被泼了一身喋血般的夕阳。

敌军在空旷的睢阳城外点燃一堆堆鲜亮的篝火，升起一股股诱人的炊烟，肆无忌惮地释放着细细袅袅又无坚不摧的诱惑。城内面黄肌瘦的士兵瘫坐在城垛女墙的阴影里，无望地守卫着这座即将沦为废墟和坟场的城池。张巡缓缓走下城墙，意外地发现已经断炊五六日的瓮城，再次支起大铁锅点燃了篝火。噼噼啪啪燃烧吱吱扭扭流油的干燥木材像进军号角一样嘹亮，唱彻全城。

张巡看到铁锅里沸腾的清水，斥责一旁司火的士兵，柴火这么紧缺还生什么火？士兵小声说，是夫人要洗澡。将军把袖子一甩，岂有此理。士兵看将军生气，便又底气十足地补充道，夫人说一会儿还要做饭！

好家伙！此话一出，仿佛万千信鸽被一起放飞，它们带着福音迅速传遍四方。所有及时获知喜讯的人都在猜测汤锅即将炖煮的美食——虽然旷日持久的饥饿让人们丧失了对温饱的奢望，但红彤彤、暖烘烘的篝火让他们的眼睛和脸庞熠熠生辉，他们仿佛看到五谷杂粮凤凰涅槃般在火苗上翻腾，成群结队，源源不断，它们被火炙烤得如同黏稠的岩浆，肆意流淌，芳香四溢。没有比这更诱人的想象了，没有比这更能勾人心魄的食欲了，于是，干瘪的胃囊像爬满苔藓的石磨再次缓缓运转起来，不争气的唾液也骤然间充盈口腔，多得咽都咽不及。

张巡比其他人都理智，他疑惑不解——粮仓早已颗粒皆无，城内天上飞的、树上长的、地上跑的、土里藏的……能吃的也全都吃光了——难道抢了敌军的粮仓？他问士兵，士兵也只说是夫人的主意。她肯定有自己的主意，张巡不再追问，快步向设在瓮城的指挥所走去。

说是指挥所，其实是三顶连通的简易帐篷，外间是军帐，里间是卧室。揭开门帘，家庭特有的温暖潮润之气立即稀释了他鼻腔里浓重的血腥暴戾。张巡贪婪地吸了一大口，仿佛囫囵吞下了一老碗稠稠的浓香米粥或者鲜美鸡汤。他被这种想象所绑架，以至于禁不住身心俱乏地闭上眼，任由美食像千百枚浑身白亮黏性十足的米粒穿肠而过。他多么希望这不是南柯一梦、望梅止渴！

六个月前，张巡带领着骁勇善战的五千将士守卫着睢阳城。自从三万强敌围城后，小小睢阳城就被围得水泄不进、针扎不透。三个月前，城内士兵和百姓就陆续断粮断炊。现在，城内一片凋敝，能吃的吃光了，不能吃的也被啃得所剩无几。被饥饿折磨得绝望乃至疯狂的百姓，只得分食人肉，甚至易子而食。张巡也弹尽粮绝，走投无路。敌人一次次强攻，更是让深陷饥饿的士兵丧失了还击之力，死伤无数。守城至今，睢阳只剩不到五百饥肠辘辘的士兵。

由于极度劳累和众所周知的缘故，张巡体力明显不济，精神恍惚，常常混淆哪些是现实、哪些是梦境、哪些又是幻觉。不少士兵已经不自觉地放弃了对现实的关照——他们沉浸在混沌的虚幻之中，因为再恶劣的梦境或者幻觉也比饿殍遍地的现实美好和温馨！当低空盘旋的乌鸦们呼朋唤友前来分享饕餮大餐，发出"亲人啊——"的叫声，士兵们就冲着兴灾乐祸的乌鸦愤怒地回敬："亲人啊——亲人啊——"群鸦被士兵的突兀嘶喊吓得四散而去。

张巡摘下腰间的长剑挂起，步入养育女儿的卧房。里面静悄悄的，女仆小翠伏在婴儿床前睡着了。裹在褓褓里的女儿生不逢时，刚出生两个月，她的母亲陆姑就奶水枯涸，再也咂不出乳汁。啼哭了三天的她无望地在啼哭中睡去。张巡一连三天也没有找到一粒可供研磨的大米喂她。他抱起女儿，和他身上沉重的铠甲相比，她轻得像长着羽毛翅膀的天使。她沉睡着，脸上的哭痕尚在，右手拇指塞在小嘴吸吮着，那一定是一个远离饥饿的香梦。

三天前，张巡就白白浪费过一顿美食。那天，驻守邻近襄阳城的同乡故交孙布送来紧急书信，称有重要军机密事面谈。张巡欢喜不已，终于盼到救兵了，这才是雪中送炭、救命信札啊！他牵着城内最后一只未被宰杀的驴子，趁着夜幕乔装成商人潜入襄阳。

孙布像对待英雄一样为他接风，仪式隆重得有些铺张。孙布把张巡当成樊哙啦——备下了一整席鸡鸭鱼肉，那肉香直扑鼻孔，那饭香粘在齿间，那酒香不饮自醉！张巡真想坐下大快朵颐，但想到睢阳城里成百上千的百姓和官兵每时每刻都有人因饥饿倒毙街头，怎能心安理得地坐在这里大吃海喝？张巡就催着孙布马上商讨出兵相救、援助粮草事宜。孙布说不急不急，先填饱肚子再说。张巡说只有把出兵的细节敲定才肯进食。

孙布见张巡言辞坚定，就不再劝食，而是讲了一大通"识时务者为俊杰"的道理。张巡越听越觉得莫名其妙，察觉到孙布无意出兵时，他闷闷不乐。当孙布亮明了劝他投降易帜的真实意图时，张巡立时火冒三丈，抽剑要劈了面前的无耻狗贼。张巡的血脉里流淌着耿直倔强宁折不弯的热血，他兴冲冲跑来以为孙布要出兵救城，没想到孙布与自己故交多年，竟认为他张巡是能够劝说归降的苟且之辈。

孙布见张巡大怒，立即让早有防备的卫兵控制住局面，将张巡捆了个结实。被捆住手脚的张巡依然暴跳如雷，他踢翻了一箸未动的丰盛宴席，冲着孙布破口大骂，骂他是奸臣狼子狗贼驴粪。他咬牙切齿，仿佛要把孙布撕成碎片。孙布当然没有被撕成碎片，任凭张巡怎么叫骂和诅咒，孙布却只是死皮赖脸的样子，直至张巡咬断一颗牙齿，和着满口鲜血唾在了孙布的老脸。

孙布本想将张巡一杀了之，副将在他耳边嘀咕了几句，他才下命将张巡杖打三十丢出城外，免得背上杀害忠烈的千古骂名。孙布坚信张巡是笼中垂死挣扎的困兽，目前锐气尚存，或许不消一个月就会乖乖地主动来投诚。

张巡认为自己被饿昏了头，孙布如果有意救城，早在六个月前就行动了。见到孙布，发现他避而不谈救城之事，就该料到他葫芦里卖的是啥药。而自己却蠢笨得一再追问。他后悔此次出行，不但因大骂孙布耗费了许多气力，还将那头羸弱的驴子忘了牵回。

张巡抱着女儿有些力不从心，但他还是想抱得高些，好更真切地看清女儿天使般的面孔。但又怕自己杀气太重，更怕盔甲上敌人的污血邪祟惊扰了她。每次从战场回来，他最想做的不是祷告又一次击退了敌人，而是想躺在女儿身边让她攥着自己的食指踏踏实实睡一觉。可是陆姑每次都坚决地把他从女儿身边赶开，她说，现在可不是儿女情长的时候！他再次记起，接连不断的争战甚至使他没能给女儿想个合适的名字。他挖空心思地想了一会，脑子空空洞洞的。他将没有名号的女儿又轻轻放了回去。

女儿哭了起来，吵醒了小翠。见将军站在一旁，小翠慌忙下跪请求饶命。一是夫人不允许将军抱孩子，二是自己睡去时，孩子随时可能被饥不择食的歹人抢夺。张巡没有怪罪小翠。他问，夫人呢？夫人正在洗澡，有些时辰了，要进去通报吗？不用。夫人让我把绣床拆了，给门前的汤锅做柴。他想也没想，"嗯"了一声，轻声走到了帷幕后面。

陆姑坐在高大的木桶里，肌肤浸没在氤氲的水汽中，乌云般盘在头顶的长发披散下来，像下进汤锅的面条，一根根一丝丝一缕缕自由舒展随波翻腾。陆姑像打磨玉器一样专注而又耐心地刷洗着胴体，丈夫进来也未能察觉。

经过水的持久润泽，陆姑皮肤细嫩、脸颊潮红、青春焕发。张巡心里"咯噔"一下，这与十年前第一次见她时的情形多么相像。他还能清楚地记得，陆姑被两名大汉连拖带拉地拽到面前时，她站在富丽堂皇的醉仙楼羞得面红耳赤，不停地用手揉搓着廉价的衣角。

那时，张巡的前妻去世已满三年，他带领将士又赢得了一场小规模的战争。庆功宴后，醉醺醺的同僚们将他带进了醉仙楼。他第一次到这种不成体统的地方，窘得手足无措，老鸨却当着众人赤裸裸地问他要风月佳丽还是清纯处子。他哪能道出一个字来？老鸨见状，唤来两位娉婷佳人，一位是脸上抹着铜钱厚脂粉的风月佳丽，另一位就是刚被卖进醉仙楼的清纯处子陆姑。

张巡见陆姑天生丽质、淳朴有余，比较中意；陆姑见面前的黑脸大汉身材魁梧、面相本分憨厚，也心生好感。他俩猛地站在一处，众人忽然觉得颇为般配，加之他们两人深情款款、眉目传情，当下便撮合张巡以巨金赎出陆姑，抱得美人归。

张巡并非睢阳城的指挥官，只是见敌军围困，才带领士兵冲杀进城解救民众。进城后，敌军以多欺寡，将小小城池围得水泄不通。张巡发出一封封急电，请求四方支援，却杳无音信。强敌当前，无人敢贸然出兵，或者是路途迢迢，远水解不了近渴。

睢阳城久攻不下，敌人打起了消耗战。他们切断了所有通向睢阳的道路，屡次打劫运送补给的队伍，致使围城后一颗粮食也没能运进来。

很快，粮食危机引发的冲突此起彼伏。起初，为了严肃军纪，张巡不允许士兵抢百姓粮食，可看到一个个冲锋陷阵的士兵因饥饿倒毙街头，他心如刀绞。迫不得已，张巡在全城实行紧急法令，将城内所有余粮收集起来，不允许百姓私藏粮食，然后按人按日限量供应，官兵与百姓没有区别。

所有牲口造册登记，被军队临时征用。张巡做好了打长久战的准备，每日配给的粮食极其有限，且以杂粮为主，辅以土豆萝卜等菜蔬。吃不饱，大家就煮青草、树叶，这些都没有了就扒树皮、掘草根。

为了让睢阳城的人因争夺粮食自相残杀，起到主动交械不战而降的目的，敌军还安排奸细偷偷潜入城，多次纵火烧毁有限的粮草。虽然发现和扑救及时，损失仍然不小。

救兵无望，粮草告罄，一些百姓鼓噪着出城投降。张巡劝说无效，也为了减少城内的补给压力，准许他们出城。可是这批自愿出城的百姓一出去就被敌人砍了头，于是，其他百姓宁愿饿死也不愿出城。

粮食吃光了，张巡就让士兵们宰杀牲口，放入大锅炖煮，成为支撑士兵坚持战斗的重要粮食和营养来源。牲口一个个杀光了，就安排人挖树根、白土等充饥。后来这些东西挖地三尺也难以找寻。所有的人都瘦骨嶙峋、双腿浮肿。实在没有吃的，人们就尽量减少活动靠在墙角晒太阳，或者大量喝水保持肠胃充满。满城都是等候死神召唤的人，不少人坐着坐着，身子一歪就死了。

为了存活，士兵们铤而走险，趁夜摸进敌营偷抢粮草，起初还小有收获，后来偷抢不到，干脆将俘虏绑缚回来，开肠破肚炖煮着吃。像平时一样，每次开饭都是张巡尝第一口，大家才开始进食。张巡知道煮的是什么，他象征性地尝尝，或是喝一小口汤。士兵们也知道煮的是什么，他们一边吃一边吐，舌头和肠胃对于肉食产生了两种截然对立的生理抵触。这种抵触是短暂的，身体机能对热量的无度索取会让对抗全面和解，达到完美的和谐与统一。所以，士兵们呕吐之后，会将呕吐物洗洗再塞进嘴里。在通向饥饿的遥远尽头，死亡的哈哈镜抹去了正常与非正常的差异，这些不可思议的轶闻绝非酒足饭饱高谈阔论的人们所能理解。

敌人的困兽战术成效明显，仅仅半年时间，死亡十之有九。全城三万余人，战死三成，投降被杀一成，饿死五成，剩下两千五百名奄奄一息的百姓和五百名宁死不屈的士兵，誓与睢城共存亡。

陆姑自从与张巡结为连理，她就像温驯的绵羊无怨无悔地跟随张巡征战南北，尝遍了战争的无尽苦难，却没叫过一声苦。这次来到睢阳，陆姑像个侠客如影相随。

受困睢阳后，陆姑节衣缩食。怀孕后，她挺着大肚子像普通百姓一样捉老鼠、啃树皮，甚至乞讨。张巡说，你不必出去，我自有办法。她说，你是将军，对妻妾也不得偏私，否则以何公心服众？

陆姑宁愿挨饿，也不愿丈夫为照顾她而多领粮食。张巡也知道陆姑每餐都故意吃得很少，把省下的食物留给丈夫。不论张巡怎么劝，她每每以食欲不振为由推说。她劝丈夫，妻妾死不足惜，大丈夫只能战死疆场，而不是饿死在床榻！张巡潸然泪下，说，你怀着我们的后人啊。陆姑说，我粉身碎骨也会给你留住骨肉。从此，陆姑更加努力地外出寻找食物，饭量也有所增长。

张巡想，如果陆姑嫁给乡下人粗茶淡饭，日出而作日落而息；嫁给地主绅士则是小家碧玉，小鸟依人；嫁给商人绫罗绸缎，衣食无忧。但自从嫁给自己这个武夫后四处奔波，承担着随时失家丧夫的离愁别绪，没有一刻消停。想到这里，张巡满心地自责与愧疚。

女儿降生后，瘦弱得像只老鼠。第二个月，陆姑已经骨瘦形销，本应丰满的乳房像掏空的口袋垂在胸前，挤不出一滴乳汁。满头青丝像粘上似的，轻轻一碰就一团团脱落。为了喂养孩子，她用细软首饰从冒死私藏粮食的人家换回几勺金贵的米羹，再一滴不剩地喂给女儿，甚至洗刷碗勺的清水也不会浪费。

陆姑有六七天粒米未进，为了司喂从肚子和喉咙涌出的千万饿鬼，她不停地喝水——好在城里的井水源源不绝、清冽可口、俯首可汲，她将自己变成了一个肿得发亮的水囊，身子一晃，能听见身体和血管里水分的空洞撞击。她早已将肠胃里的最后一丝食物残渣吸收消耗殆尽，身体在缺乏食物带来的饥饿和过度水分造成的伪饥饿下左右摇摆，仿佛一个摇摇晃晃即将走完最后一段人生旅程的行尸走肉。陆姑的肤色苍白，四肢浮肿，身体逐渐变得透明起来。她还多次晕倒，但一直瞒着张巡。即使告诉他又能怎样？在睢阳城，这是一个众所周知的秘密，就连死神大白天也在城里招摇过市，常常与人撞个满怀。人们只不过不想露骨地说出来而已，大家都试图掩耳盗铃地度过这段难挨的日子，而这种必不可少的无害骗术也确实支撑和延缓着这个早该崩溃的城邑，不至立时沦为寸草不生的废墟。

陆姑觉得自己时日不多，就坚持痛痛快快洗个澡，清清白白地来，干干净净地走。一时找不到足够的木柴，她就把自己的绣床、首饰盒等劈成木柴，让它变成小米一样黄澄澄的火苗。首饰盒由楠木精心雕刻而成，曾经装满了名贵首饰、细软和贴己东西，是她的最爱。她带着它追随张巡东奔西跑十载。现在首饰盒里空无一物，全被贱卖换了粮食，千金散尽也没有喂饱女儿的肠肚。

陆姑让小翠换了三遍洗澡水，花了大约两个时辰，这是她费时最长的一次沐浴。她的肌肤长时间浸泡在温水里，身体直接吸收木柴的热量，从而脸色红润，精神焕发。她用前所未有的耐心和认真，洗濯着身上任何一寸可能藏污纳垢的肌肤，她一遍遍地搓洗，甚至把薄如宣纸的肌肤搓破。

敌军三天一小攻，五天一大攻，每天小规模的骚扰不计其数。敌军的攻势看似越来越强，其实士兵们清楚，不是他们强大，而是自己越来越虚弱。所有士兵已经断炊多日，不少士兵连脸上的苍蝇都没力气赶开，怎么穿着笨重的盔甲提着沉重的宝剑奋力还击？又怎能扯得开铁塔般坚韧的弯弓？

　　每个暗无天日的夜晚，都会有一批人在梦中毫无痛苦地命归西天。即使城外风清月明星稀，城内一到夜里就乌云滚滚覆压全城，阴风飒飒流窜于每条街巷。尚有一息之力的人都不敢在夜里走动，敌人也从不在夜里来犯。不少人都能看到成群结队的鬼魅魍魉，常常会为了争抢麦粒大的磷火逞凶斗狠，直至破晓。

　　为了避免瘟疫流行，清晨时分，士兵们会将身边的尸体抬到远离居住区和水源的地方集中填埋或者焚烧。敌军经常选择在天刚亮时偷袭，他们知晓城里尚未进食的士兵经过漫漫长夜的体力消耗，死掉的需要抬埋，活着的也不堪一击。这时进攻，城内士兵反击的力量最微弱，刀落下时没有力量，射出的箭还没近身就一头栽下，甚至有士兵扶着敌人架在城墙的竹梯正待发力一推时，却不可逆转地睡着了！当然，还有许多连眼都睁不开的士兵，像僵尸一跃而起，用刀剑呼啸着出击后轰然倒下，过一会儿再一跃而起，如此几番，直到永远不再起来。

　　即使如此，敌人再一次被不可思议地击退。不少士兵瘫倒后，带着胜利的荣光死了。他们的奋起一击，像回光返照一样光彩照人。在此时，如果有哪怕是一勺肉汤的滋养，他们或许就会灵魂附体，再次复活。

　　陆姑发现了张巡，问，将军回来了。张巡点点头。陆姑见丈夫像被罚站的书僮，远远地站在墙角，说，你走近些。张巡听话地走近了两步。进了睢阳城你就没用心看过我，陆姑说，你不是个好丈夫，也不是个好父亲。张巡若有所思地低下头。她歇息了一下，继续说——你是个好将军。

　　张巡不知说什么，他抬起头。陆姑正凝视看着自己，泪眼盈盈。好好看看我吧，她幽幽地说，然后话锋一转：今天是我的生日，你要送我一件随身的物件。

张巡心里一惊，在他的心目中，陆姑是另一个坚强的自己，她从没有像今天这样令人怜爱过。送什么礼物呢？他身上一文钱也没有，更不要说珠宝玉佩，如果说他还拥有什么，那就是墙上那柄砍过无数敌人头颅的宝剑，还有就是身上这件落满灰尘、沾满鲜血的铁质盔甲。他真想割下一缕青丝献给她。

此时，他嘴里的一颗牙针刺般痛了一下，那是一颗几乎被敌人迎面刺来的长矛戳下来的牙齿，幸亏躲闪及时逃过一劫，仅仅擦伤了面颊。他把拇指和食指塞进右颊，用力一拔，一颗沾着血迹的尖牙被连根拔起。他吐了一口唾沫，没有多少血可流啦。他将牙齿放在洗澡水里涮涮，然后递给陆姑。陆姑把牙齿置于白皙的手心，然后用纤纤两指捏起，像在太阳下查看宝石的成色般向着天空炫耀。这是我此生收到的最好礼物，她一本正经地说，我会把它藏在身上永不分离。

突然，他看到陆姑的乳房流出了白色的汁液。陆姑也察觉到了异样，立即呼唤小翠：快抱女儿，我又有一点奶了！女儿抱来了，站在木桶中的陆姑迫不及待地将女儿的小嘴按在了还未擦拭的乳房上。女儿用力地吸吮，陆姑露出了无比喜悦的神情。

看到陆姑哺乳，张巡退身而出。此时，他耳边再次传来陆姑幽幽的声音：你可要管好咱的女儿。张巡愣了一下，然后走向外室，伸手去摘挂在墙上的宝剑——战斗的号角再次吹响，敌人又开始进攻了。

张巡走出军帐，绕过烈火熊熊、清水沸腾的大铁锅，走上了城楼。忽然，身后有乌鸦惊悚地叫了一声，他转身看到一个白色的天使从军帐飞出来，悄没声息地消失在了篝火旁。他揉了揉眼睛，在心里叮嘱自己，在疆场杀敌时可千万不能有幻觉。

这是一场虚张声势的战斗。敌人佯装进攻进行袭扰，酒足饭饱的敌人常常玩这样的恶作剧，仿佛在兴致盎然地玩弄着热锅上的蚂蚁。可是只要张巡还活着，将士们就会至死守卫睢阳。还没有回到瓮城，远远就闻到了铁锅炖肉的扑鼻香气。久违的肉香，让每个人涎水直流。来到铁锅前，张巡发现大家的表情像石头一样凝重，有些奇怪地问，有好吃的还客气什么？他踢了一脚蹲在身边的士兵，给老子盛一碗。

　　士兵畏手畏脚地用长剑在锅里刺戳了一番，挑出一块肉，放入铁盘盛给他。张巡狠狠地咬了一口，连声说好。看他咬了第一口，大家才一哄而上围住了铁锅。

　　他端着肉盘走进军帐。小翠抱着孩子泣不成声。他问，陆姑呢？小翠一听哭得更凶了。张巡太饿了，他把宝剑也没有摘，就顺势坐在地上，一口一口地撕扯着吃肉。这块肉像鸡嗉子一样难以嚼烂，也可能是自己掉了不少牙的缘故。"当啷"一声，一枚白色石子从肉的褶皱掉进盘子，发出清脆的声响。他捡起来——不是石头，而是一颗尖牙，并且似曾相见。他想起来了，它就是从自己嘴里拔出、作为礼物送给陆姑的那颗！

　　此刻，张巡恍然大悟。这一切都是陆姑安排的——他明白了那熊熊燃烧的篝火等待的什么，明白了那旷日持久的沐浴洗涤为了什么，明白了她索取礼物的目的是什么，明白了自己食用的肉羹是什么，明白了嚼不烂的褶皱是什么……但一切都为时已晚。浑浊的泪，从张巡的脸上悄然滚下。他费力地回忆着陆姑留在他记忆深处的点点滴滴：她不停地用手揉搓着廉价的衣角，她说你不是个好丈夫，她说送我一件你随身的东西，她尖叫着用残留的乳汁喂养女儿，她面容姣好，她全身浮肿，她沿街乞讨……这样的回忆如同一场艰苦卓绝的战争，越到最后越是困难重重，举步维艰。

　　大滴的泪水滚在盘里沾在肉上，他浑然不觉。他用东倒西歪的牙齿，费力地咀嚼着鲜美的肉食，再大口大口地吞咽下去，甚至把那颗曾经离陆姑的心最近的牙齿也吞了下去。食毕，张巡和所有士兵都觉得力量倍增，他知道，还有更多恶仗在明天虎视眈眈地等着他。他也知道，自己快要见到陆姑了。

2011.3.1 ～ 2014.11.29，三稿完

成 长

爹说，好着哩好着哩，后院添了八头大肥猪喂半年卖了能赚三千多元给你留着娶媳妇，你娘说咧媳妇要找个不画眉毛不红嘴唇的还要有学问不要像娘睁眼瞎一个。

《幻灭》

芳龄十八的我正值青春好韶光，春情萌动，春心荡漾。哪个女子不愿尽情展示妙龄女子的妩媚婀娜，狂热地释放激情澎湃的魅力青春，无节制地挥霍源源不绝的自由活力？

《十八岁的故事》

攫取爱情最甜蜜的性爱果实固然重要，但他们更愿意最长久地静静感受爱情众星拱月的氛围，最从容地丝丝体味性爱绵长幽远的滋味。

《性爱狂欢》

渴望上学而又屡屡不能如愿的穆童感到心力交瘁。

《在抽筋中成长》

幻 灭

当我从考场的一道道门走出时，觉得自己正拖着一条像狼一样毛茸茸的大尾巴，沉重得令我迈不开步。依稀记得我走出考场的时候，使劲摔了门，紧接着便传出一声混合着朽木开裂和骨节夹碎的钝响。我潜意识地感觉到是夹碎了尾巴。

可人怎么会突然长出一条毛茸茸的大尾巴呢？这个念头一出现便吓了我一跳。我没敢回头去证实什么，但还是很荒唐地伸手摸摸屁股。一无所获。

可能它藏了，我想。

想不到当我的大脑在快速思考这些荒诞不经的情节时竟是这般不遗余力，以至于我既听不见笔尖在纸面沙沙的滑动声，也听不见双脚踩在坚硬地面的卟嗒声。整个世界死一般寂静和空灵。

当我飘向挂有"××大学毕业考点"横幅的校门时，我断定自己肯定是在梦游。我看见门房老汉孤零零地坐在他收发信件的暗红色漆木桌前，用一双凸眼珠定定地看着我。仿佛我是个怪物，是从硝烟战场上突围出来的怪物。当我的身影拂过他的眼睑时，他古怪地眨巴了一下眼，并带动某根咀嚼肌将唇角微微牵动了一下。

他的古怪或许正是我的古怪的投影，我想。我热切地想再摸摸屁股，但又用意志强迫双手更深地插进口袋。为什么路人也都用异样的眼光打量我呢？这似乎更使我有信心证明自己可能真的在生理结构上与众不同了。其实长只尾巴又有什么不好呢？叭儿狗正由于那只称心的尾巴才讨得公子小姐们的欢心，人长尾巴后肯定能入吉尼斯世界纪录，说不定还会被国家命名为国宝而严加保护呢！那时，我看谁还胆敢在我面前大喊大叫并将我撵出考场作废我的成绩开除我的学籍！我愤愤不平地想着。

我长尾巴了么？我再一次极富耐心地审视自己的灵魂。我的灵魂惭愧地低下头，喃喃地说，你已经非同常人，也该长尾巴了。我听了不但不生气，甚至还有些感激。我在内心一遍遍地重复着：我已经非同常人也该长尾巴了。我因而也就不必再为此事顾虑多疑了。

啊，我已经彻彻底底地变了，我已经不是以前那个不长尾巴的我了。我自豪地想，掩饰不住自己的快意。我该为此庆贺一番，为什么不庆贺一番呢？我想着，步子迈得又大又坚定。

其实我是很优秀的，我想，我完全没有作弊的必要。但最终我却做了，而且态度出奇地恶劣。一想起刚发生的一切，我便无法控制自己思维的反刍。

想到不久大学毕业就能见到亲人，我常常激动得夜不成眠。终于睡着了，便梦见娘在煤油灯下没完没了地缝补我的旧衣。我不忍心让娘每夜因我而劳作，便在毕业考试前动用了整整两个月的午夜潜心复习。怎料想刚上考场，我便被阵阵睡意偷袭成功。我梦见的仍是娘。娘在院子的石头上晒太阳，太阳光像麦芒一样刺得人眼瘆。娘在一根一根地拔着白发。娘拔累了，我接着拔。我发觉娘的白发越拔越多，星星点点的白刹时变得灰白、花白、银白、雪白，刺得我满眼酸涩。接下来一只野狗狂奔过来要叼放在石头上的头发，我抬手去赶，那狗竟一口咬住了我的手。娘向狗喊道黑子快放开不要咬不要咬……我醒后一身冷汗。

回到现实的我一片茫然——离收卷铃响已为时不多了，而我的试卷却一片空白。我呆呆地看着前排的考生，他已经答完了题，志在必得地复核着。他先是在草纸上一步步算好，再工整地誊上试卷。偏巧他写满答案的草纸在他肘的无意挪动中被挤下桌面，并悄无声息地落在我的脚面。它在刻意诱惑着我。我毫不犹豫地捡了起来，我必须抄。

我并不认为我的这一动作是深思熟虑后的产物，也不认为曾经有过像小说中所大肆渲染的正义与邪恶、良心与道德、世俗与自省的灵与肉的大辩论。我所做的一系列动作完成得如行云流水般干净利索、无可挑剔。如果你仍不相信，并且非要找出一些我曾经权衡过利弊的细枝末节的话，那也可以认为是由于此次考试的失利，会使我的毕业时间推迟整整一年。

我的举动无疑是明智的，因为我一伸手就捡回了一年的光阴。我过后仍如此认为。

我万万没有料到窗外有一双犀利的眼睛，目睹了事件的全部重要细节。接下来，这双眼睛便闯到了我的面前。面对巡考那双雪亮的眼睛，我的任何伪装和抵赖只会使本该简单的事情更复杂，因而我使出浑身解数以获取对方的怜悯。我开始无廉耻地苦苦道歉保证发誓哀求——只要从宽处理。因为以前"违纪"这个词对我像火星一般遥远和陌生，而今天对我却这么冰冷和怵目惊心。巡考秉公办事，不依不饶。我心跳加速，耳赤脸白，呼吸粗重，嗓门变大。巡考变本加厉。我愈急了，竟有一句国骂被挤进肺叶像呼吸咳痰般唾了出来。巡考面色铁青。我语无伦次地解释说刚才做梦被狗咬了果然晦气。巡考暴躁如雷，指着我的鼻梁骂你才是狗并让我立即滚出考场。后来他骂了些啥我充耳不闻。

我的注意力已无法集中了，它像雾一样飘浮在我的头顶。我发现班上那个学习最好的女孩在答题时神经质地双腿发抖，并不时用汗巾擦拭手心。某个男孩也趁混乱，将旁人的卷子拉得哗哗作响。我只不过不幸被捉住了，我想，并且他们谁也不会有我这样大义凛然。巡考后来见我心不在焉，只得草草收场。在他还未宣布完我的处理结果，我已扬长而去，只不过那只尾巴给我的潇洒摔门添了些许遗憾。

外面的太阳白花花的，耀得绿叶泛出惨白的光。地上的柏油路面好似被烤化了般滴淌着墨浆。顺着脚下的这条大路再走一千里就是家乡。家乡的那间破瓦房又矮又潮，现在爹娘肯定把屋子打扫收拾得干干净净井井有条，好迎接在大城市里念大学的猫娃。可猫娃不敢回家，甚至不敢想念爹娘。爹娘的身上有一种朴素的光芒，会让猫娃原形毕露。他们会痛苦地发现猫娃不是他们原来的猫娃了，甚至会觉得猫娃并不是他们的孩子——他们的孩子怎么会长有一条可怕的尾巴！

我不想让爹娘见了痛苦，也不想因为爹娘痛苦而为他们的痛苦而痛苦。我胡乱地拐进一个胡同，却是一个死胡同。

我知道自己走进的是一个死胡同，但不知道我的未来是不是也被堵进了同样的死胡同？胡同的尽头是个喷着酒味肉香的餐馆。我第一次竟嗅出了酒的香味。当想到从粗瓷坛里咕咚咕咚地倒出清冽的陈酿时，心口火燎一样，有说不清道不明的食欲。顷刻，伙计按吩咐上了三瓶白酒，这三瓶白酒就像我大学的三个年头，敦敦实实，本本分分，但却醇而不醉地站在桌面。灌了半瓶，我才觉得味道不辣，微甘，后来就味同凉水。我骂伙计兑水蒙人。伙计指天发誓说绝对是好酒若兑半点水便遭雷劈电击。伙计问上菜不？我说上，都上。伙计面有难色地说本店利薄本小要先付钱。我说还怕我醉了赖账不成我有的是钱。我遍翻口袋摸出四元四角伙食费。伙计的脸变得像茄子一样难看。我说我都长尾巴了还要钱干嘛？便扯破衣角，那里缝着我回家的路费。是的，都长尾巴了还要钱干嘛？我把钱掷在桌面，打翻了酒杯。伙计从酒污里捞走了湿淋淋的利润。我一昂头，又一阵猛灌。

当伙计把菜上齐的时候，我发现爹不知何时已坐在了对面。我揉揉眼，仍在。我笑，爹也笑，憨憨的。我讪讪地说，爹，你咋来咧？爹说，想你咧，来看看。我说，这么远！爹说，不远不远，一会儿就走到咧。我又说，爹，你看到咧，我说在省城念书学习吃饭睡觉什么都好，晚上不熬眼也不买蜡，饭吃得又饱又好，像在天堂啥都不用操心，你这下相信了吧。爹说，我信我都信。我问，爹，你身体好吧。爹说，好着哩好着哩，我在村上砖瓦窑上干活，那些小年青都服我，去年闪了腰，现在不行咧不行咧岁数不

126

饶人。我又问，娘呢？爹说，好着哩好着哩，后院添了八头大肥猪喂半年卖了能赚三千多元给你留着娶媳妇，你娘说咧媳妇要找个不画眉毛不红嘴唇的还要有学问不要像娘睁眼瞎一个。我再问，妮妮呢？爹说，妮妮不念书咧给村口王老三家菜场打零工，也好着哩好着哩。我不再问了，只是大口大口地给嘴里夹菜，并含含混混地说，爹快吃快吃。

吃了一会儿，爹问我，猫娃，试考完咧？我说，嗯，完了。爹问，怎么样？我也问，什么怎么样？爹便不再问了，只是埋头去啃一块鸡脖子。又过了一会儿，爹说，猫娃，别喝了，要醉了的。我说，你放心我醉不了永远也醉不了。爹说，醉了的人才说自己没醉。我说，我都长尾巴了怎么会醉呢？爹没吭气，装着没听见。我接着说，爹，我想喝点血，血又稠又咸肯定很带劲。爹说，猫娃，你想喝我这里有。爹说完就撸起袖子抠出一根血管给我碗里滴，滴了好久才满。我闻了闻，有些酸臭，便泼在地上。立时，黑压压一大群蚂蚁从地下冒出来争相吸吮。爹没生气，把血管塞回原位，放下袖子，低头啃另一根骨头。后来，爹见桌上已没有可吃的了便说我该回去了，一窝窑还等着我开炉呢。我说，我送你，便提着剩下的半瓶酒摇摇晃晃地出了胡同。

在胡同口，我被一个脸上长着雀斑的漂亮女孩拦住了。我觉得她有些面熟，但一时又想不起来。女孩定定地看着我，并牵起我一只冷冰冰的手，一会儿竟红了眼圈。她好似有许多话要对我说，我只能看到她的嘴一张一合却像聋子一样失去了听觉。我看到了她脖子上戴的项链，那是我在地摊花十几块钱买的，她是我以前的女朋友潇。

我们大一相识，大二相爱，大三便分了手。我们在相爱时海誓山盟，形影不离。我们常躲进校外的树林里拥抱接吻，仅此而已。后来有一位风流浪漫的男孩很快就俘获了潇的心。我爱潇，也确实配不上潇，便知趣地提出分手。潇倒先哭了，说我的心狠。在我提醒她当心那个风流男孩时，潇又天真地笑我多心。五个月后，潇便不再天真地笑了，她拖着踉跄的步子被学校除了名。那个风流男孩看到潇日渐隆起的腹部时又交了新欢。

我面前的潇憔悴多了，涂了些粉作遮掩。她还没忘掉我，我想，但以前又不是没忘过。她怎么又哭了，哭又有什么用呢？倘若哭可以让时光倒流的话，我都回到原始社会了。

爹在一旁觉得碍事，便对我说，猫娃，我先走咧，回去迟了那窝窑就烧坏了。我说有一千里路呢，你怎么回。爹说，慢慢走，一会儿就到咧。爹说完，便一阵风似的走了。

爹走后，便起了风。路上的行人走得快如兔子，一会儿街头便没了外人。我和潇默默地凝视着，都不言语。风越来越大。我吃惊地发现路旁的林荫树在渐渐远离我俩。啊，还有围墙、房屋、商店，以及那个酒馆。那个死胡同在风的作用下也吱吱作响，出现了又长又宽的裂缝，也次第离我而去。啊，可怕的世界末日一样的日子，一切都在离我而去。爹走了，有关故乡的记忆走了，树走了，街边的建筑物、草坪、胡同，都离我而去。我怕唯一的潇也离我而去，便在大风中大声喊着：请你不要离开我！潇和我好似隔着一层真空。我上前攥紧潇的双手，怕她在不经意间也消失得无影无踪。风呼呼地狞笑着，对我扮着鬼脸，并且在我的身上乱摸。风开始解我的扣子，我的衬衫被风脱走了，一会儿背心也离身而去，我的鞋也在不安分地移动，我使劲用脚板踩着，但无法阻止它的移动，在风的作用下，两只鞋也从我的脚下像箭一般飞走了。突然，我发觉我的皮带也被忽拉一声抽走了，我连忙松开握潇的手去提正要下坠的裤子。裤子是提上了，但潇却像仙女一样在风中渐渐飘远。这下，风中只剩下孤零零的一个我了，而且只剩下裤子了。我绝望了，在我已经一无所有的时候，这条裤子又有什么用处？我解放双手发疯似的和风展开了搏斗，但风又很快便卷走了我的裤子。我现在输得一无所有，除了一个赤条条无牵挂的我。是的，我第一次承认自己败了，败得一塌糊涂，不可收拾。在绝望中，我蹲下身，大颗的泪汨汨地从指缝涌出。这些泪分别是内疚的泪、无悔的泪、坚强的泪、懦弱的泪、爱的泪、恨的泪、有原因的泪、无所谓的泪、喜悦的泪、悲怆的泪、希望的泪、死灭的泪、苦涩的泪、甘甜的泪、正直的泪、虚伪的泪、无泪的泪、为泪而泪的泪……打湿了我的全身。

哭完后，我感觉头脑清醒异常。此时，风已住，太阳也出来了，金灿灿的阳光照着我壮硕的躯体。我环顾四周，空空如也。无人也无任何花草树木或虫蛇鸟兽。我的脚下，唯有一条歪歪扭扭的小路伸向远方。我别无选择，便顺着这条小路走了下去。走着走着，我觉得孤单，便哼唱起一首歌。于是，整个荒野便有了生气，活了起来……

1995.2.13 创作

十八岁的故事

要不是那个头发花白、满脸沧桑的乞丐，我的十八岁将是另一番模样；要不是那滴饱受邪祟控制的蓝色墨水，头发花白、满脸沧桑的乞丐的十八岁肯定会有另一种结局。

好在这是一个可以倒推、无法倒退的假设。因为如果他在十八岁没有受到引诱，他就不会是乞丐；如果他没有落魄到去当乞丐，谁又会在我十八岁时给予我人生的重要训诫？

所以，我常常扪心自问：时刻发生在每个人身上的偶然事件，是不是一种深藏不露罕为人所察觉、松散而又紧密、拥有大跨度时空因果关系的必然？不论怎样，我都对那滴穿越30余年时空的蓝色墨水充满敬意，它轻易摧毁了他的一生，却意外地挽救了我的一生。但是，它的影响力会不会波及正在读这篇小说的你？

我不得而知。请各位读者自行检验和判别。

我的十八岁

当我把头颅套进林送的那件T恤时，就像被施了魔法，浑身上下散发出香水般邪恶、狂癫、执拗的浓郁气息。

林是这个消费与时尚交相呼应的时代造就的一大块质地纯正、奇货可居、价值不菲的黄金，他是每个渴望香车裘衣、奢华无度的尘世女子的绝佳配偶。林的年龄与我的父亲相当，曾有两任妻子，现在独身，膝下大小四个儿女。倘若还有美中不足的话，就是品相稍稍差强人意——被无情的岁月打磨过，被无数陌生的素手曾经牢牢地牵引过——但是在真金白银、

130

璧玉微瑕之间衡量取舍，这些似乎都不是障碍。

为了俘获我高傲的心，林在持续半年的追求中费尽心思，他送的礼物足以开一家奢侈品店：纯金项链、翡翠手镯、限量手包、镶钻挂件、明星收藏、文人字画、古董玩偶……当然，还有一捧捧气势如虹的玫瑰花。他有时在我家楼下，有时在私人俱乐部，有时径直闯到我即将毕业的大学，把这些玩意儿硬塞给我。这些礼物被我像尸骨一样码放在床下的纸箱里，既没有穿戴过，也没有炫耀过。

林的父亲去世，他从法国匆匆赶回办理丧事。一下飞机，他先风尘仆仆赶来见我。"来去匆忙，没顾上为你精心挑选礼物"，林用一双诚实的眼睛深情地看着我，"我候机时随手买了件东西，希望你不要介意。"我打开包装，是一件时尚T恤。林捏着T恤上的价格标签，有些自嘲地说，"礼轻人意重嘛！提前祝你十八岁生日快乐！"离开前，他说："等我办完家事，下次见面你就十八岁啦，希望你穿上它！"

林每次见我都会带来价格不菲的礼物和甜甜腻腻的蜜语，我不为所动，因为有太多讨好的成分，无关爱情。而这次不同，林的礼物是朴素的，说出口的话是朴实的，爱情就该这样朴实无华、素颜朝天！我第一次被他感动，决定下次见面时正式接纳他的爱。

林再次约我见面，我已经十八岁啦！这次，我依他所愿穿上了他送的T恤，并决心把自己奉献给他。

这件T恤前后印着年轻风骚女郎的全裸酥胸、香肩、粉颈及后背，风格大胆叛逆，在矫揉造作和俗不可耐中又凸显着特立独行、标新立异。穿上正合身，T恤女郎赤裸裸的身体与真实的头颅无缝对接，给人以毒药般的视觉冲击。细细端详镜中的自己，一个肉欲横流的身体搭配着一颗天真无邪的头颅，怎么看都有些失衡。为了弥补这一缺憾，我披上带卷的假发，喷上香水，化上浓妆才遮掩了些许稚气。出门时被母亲撞见了，惊得她杏眼圆瞪张口结舌，自然是一番火冒三丈威逼利诱苦口婆心唠唠叨叨。怎奈小女子伶牙俐嘴，心如磐石，才没有任由封建意识宰割和陈腐思想戕害，伸张了艺术主见，捍卫了青春自由。是啊，林常说：青春易逝，红颜易老。芳龄十八的我正值青春好韶光，春情萌动，春心荡漾。哪个女子不愿尽情展示妙龄女子的妩媚婀娜，狂热地释放激情澎湃的魅力青春，无节制地挥霍源源不绝的自由活力？

果不出所料，青春饱满的真实肉体与情色迷离的 T 恤产生了以假乱真的艺术错觉，我顿时成为街上回头率最高的明星！指指点点窃窃私语是所有路人对我着装的直观表达。这时，林打电话说来了一位重要客户，迟一点赶来。要是平常，我会立即挂掉电话，让他和他的重要客户见鬼去吧！可是这次，我十分温驯地对林说："没事，我等你！"我顺路买了厚厚一份《白领女性时尚报》、一罐"青春牌"小听可乐——当下点缀成熟女性时尚生活的有许多东西，这也是不可或缺的一部分。

我因不能及早与林分享我的新装扮而略有不快。想到与其独自在酒吧枯坐，不如在附近公园湖畔坐坐，就走进公园，在湖边一张长椅上坐下，摊开报纸浏览。每看完一大张，我就将它揉成一团，做投篮状抛向十尺开外的垃圾箱。这是我百无聊赖时常玩的游戏，像这样的距离，投中的多，失手的少。

这期报纸的时尚服饰版推荐了一款 T 恤，与我身上这件的设计风格相近。文章称巴黎时装界再兴复古之风，这种风格的 T 恤在国内大规模流行预计至少还需 6 个月。此时，我想对所有侧目的人轻蔑地说："你们全都 out（落伍）啦！"继续读下去，得知此类风格的 T 恤竟然在三四十年前就曾风靡一时——那时我还未出生，现在时尚又进入了下一个轮回。

我像吞了一只苍蝇，所谓引领时尚的潮流就是热剩饭！这简直就是肆无忌惮地利用人们的健忘和怀旧，明目张胆地通过重复和重组愚弄人们的游戏！何谈创新？何谈艺术？全是骗人的把戏！

要不是 T 恤下面只有单薄的胸衣，我真想把这骗人的冒牌时尚衣服踩在地上。并不是对林有成见，是因为我最见不得虚伪，容不下欺骗。我像受了污辱般将这张报纸揉成丑陋的一团，气冲冲地掷了出去。纸团像子弹砸进垃圾箱，又从另一侧弹了出去。垃圾箱四周还有几个没有投中的纸团，我捡起塞了进去。

湖边静静的，一个衣着污秽的乞丐在远处的垃圾箱里翻拣着。他是一只老气横秋嗅觉灵敏的流浪猫，低着头走走停停，看看嗅嗅，黑乎乎的爪子在垃圾箱里翻来拨去，然后把可以变卖的破烂塞进一个磨损得看不清质地的袋子。他低着花白的头，佝偻着腰，沿着湖边小径的垃圾箱渐渐地走近了。

他将手伸进了我丢纸团的垃圾箱，并无意间瞥了我一眼。阳光下，我摊开报纸正在看明星娱乐版。

他五十多岁，应该比林还要年轻，长得也眉清目秀。我不由得推想——他年轻时或许还是个美男子！忽然，一条愚弄人的虫子快速地钻进我的大脑——我忽地起身，丢下报纸，身体做伸懒腰状，极力舒展胸前那幅充满色诱气息的暧昧图像。乞丐抬头张望，"噢"的一声，像被蝎子蜇了般踉跄着连退两步，差点跌进身后的湖里。显然，T 恤的图像产生了强大的冲击波，击中了他没有设防的柔软而又与世无争的内心。即使如此，他还是以迅雷不及掩耳的速度将刚刚发现的一只空饮料瓶紧紧攥在手心，脸色迅速由白变红再紫，略带神经质地落荒而逃。

等他狼狈逃远后，我笑得前仰后合。感叹着青春的惊艳与苍老的自卑所搅起的巨大感情漩涡，令貌似心态平和的乞丐无地自容，恨不能天崩地裂钻进地缝。想到他刚才失态的窘相，我有些自责，或许在刹那间瓦解他毫无防备的内心的同时，已经刺痛了他的自尊。但不论怎样，这个红着脸逃走的乞丐有颇多单纯可爱之处，至少比那个不论别人是否接受却馈赠不休、未达到目的却佯装无所谓的林，活得更加真实和本色。

过了一会，我就改变了自己一厢情愿的看法——刚才逃开的乞丐又行迹可疑地折身返回了。

他是不是受了污辱前来报复？或者从穿着认定我是不良少女而起了色心？虽说光天化日，我仍然紧张得心脏突突跳个不停。我走也不是，不走也不是。起身逃走，说明心里有鬼，让他察觉我的恐惧，反倒壮了他的色胆。如果不尽快离开，附近又没有人，我一个弱女子能否安全自卫？

我的心提到了嗓子眼，眼睛也警惕地观察着。他像一个鬼鬼祟祟的无耻偷窥者，苍蝇般在我四周转来晃去，偶尔佯装无意瞥一下我，又迅速低下头。他做作僵硬的动作仿佛两股相反的力量在挣扎角逐，或者是在做一项后果严重的决定。他犹豫再三，然后像下定决心似的径直走过来——我觉得天要塌下来了，手上的报纸像脆弱的内心瑟瑟发抖，黑色恐惧笼罩着我，仿佛不测和噩运正不可避免地向我走近！

他——在十米开外停住，然后侧身挪到我面前的垃圾箱。他一定看到了我惊恐的眼神！

他惦记着没拣完的垃圾！我如释重负，拿起手边的可乐灌了两大口，透心凉。

他清理完垃圾箱，向我微微一笑。我不自然地报以笑容。他指指自己的心脏。我的双手交叉护在胸前，右手握着的可乐罐正放在心脏部位。我打哑语问他是不是让我丢弃它。他摆摆手。他不再神情紧张，还露出了发自内心的憨厚笑容。

我断定刚才只是一场虚惊，暗暗责备自己过于敏感。误认他是歹人，我心生歉意，就从口袋摸出刚才找下的零票子，对他说："喂！拿着，送你的！”

“呃……”他走到面前，感激地接过钱，一副欲言又止的样子。

我猜他要说谢谢，就先回答他：“不用谢。”

他又指指我的胸口，还是心的位置，他好似费了九牛二虎之力，从肚子挤到喉咙挤到牙齿挤到舌头挤到嘴唇，才结结巴巴地挤出两个字："魔……鬼。"

说完他像泄气的皮球，恢复到了先前的安详与平静。我突然觉得他是个有故事的人，能给人以教益，但又认为他刚才的话有诅咒的嫌疑，就不客气地回敬道："你还妖怪呢！"

“不不。”他连忙否认。

“你明明是这意思！”我故意逗他。

"它！"我无法确定他指的是我热情奔放的 T 恤，还是胸口下青春四溢的心脏，"诱惑是……魔鬼。"他终于说出了真实的想法。

"我是魔鬼？"我猛得一个激灵。"我是魔鬼！"一语惊醒梦中人！我突然恍然大悟——我一直拒林于千里之外，而这件 T 恤却像魔鬼般改变了我的想法，让我相信了林所谓的爱情。我还违背自己一贯的主张，刻意打扮成荡妇模样招摇过市而不觉廉耻。要不是站在面前的这位乞丐，我还不以为耻反以为荣呢！

真要感谢这位乞丐，他简直就是身着褴褛行走民间的哲人！我对他心生崇敬，甚至必须克制自己不唐突起身握住他肮脏的双手邀请他坐下来畅谈。

"能讲讲吗？"我讨好地问他，并向一旁挪了挪，给他空出了另一侧长椅。

他对我的谦让很不适应，看出我的诚意，才勉强坐在了椅子远端的最外沿。

"这是我一生的教训，"在我的再三鼓励下，他终于打破沉默，"只要你想听，我就一字不落地讲给你。我还从没给人讲过我的故事。当然，没人相信乞丐也会有故事。"

　　"我相信。"

　　"我坐过五年牢，但那已是三十六年前的事了。"他的故事是这样开始的，"总结我的牢狱之灾和不幸一生，对我最大的教训莫过于刚才讲给你的那句话。"

　　"诱惑是魔鬼？"

　　"是！"他斩钉截铁地说，"每个人都要经受魔鬼的考验！就像每个人的青春都绕不过十八岁……"

　　我的十八岁故事讲完了，我前面说过，足够平淡足够无奇吧！本来还有一个结局，却被临时出现的乞丐的故事涟漪搅乱了。现补充说明如下：那天我听完乞丐讲的故事，就做出了最终抉择——毅然放弃与林的约会，断绝与林的交往。当您看到这篇文章的时候，我已经将床下所有林送我的礼物悉数退了回去——只有那些失去水分的干枯玫瑰被永远丢进了垃圾堆。那件充斥着魔鬼般诱惑力的T恤也还给了林，我不愿还林时还沾染有我的气息，就认真进行搓洗，洗后变得像一团脏抹布（是不是所有魔鬼都怕清水？童话《绿野仙踪》里的西方恶女巫就是被一桶水融化了）。现在，我已经和林两讫了。

　　下面是乞丐十八岁的故事，与一件衬衫有关。他开头讲得断断续续不在状态，后来讲得十分投入又有些跑题，中间讲得不错可是心理描述过于细腻。把乞丐的故事整理出来，耗费了我一天一夜的时间。在整理时，有欢笑有憧憬有未来，也有教训、忘却和埋葬。与所有正在年轻和不再年轻的朋友共享。

乞丐的十八岁

我十七岁那年响应毛主席知识青年下乡的号召从城市来到乡村。半年后，我喜欢上了村里的姑娘秀秀——可能与你年龄一般大。她漂亮、能干、聪慧、大方。她有许多爱慕者，包括从城里来的我和小强。只不过小强的单相思众人皆知，而我的暗恋却秘不示人，与我同吃同住的小强也未察觉。

麦收时节，在暖烘烘的夏风吹抚下，所有人都看到了耳目一新的秀秀——她脱去深色外套，换了一件色白如雪的粗布衬衫。虽然一眼就可以认出是件旧的男式衬衫，但穿在她正发育的胴体上竟于不和谐中生出别样的韵致——不仅仅是因短小而露出藕节般手腕的两截袖头，不仅仅是那一排间距偏大、饱受内力折磨吱吱扭扭作响的布钮扣，不仅仅是她胸前那两个让人目眩神驰的凸起，不仅仅是她刻意遮掩却欲盖弥彰、绣在左乳部位的古怪花朵。

后来我才知道，秀秀的弟弟不慎把蓝色墨水滴在衬衫怎么也洗不掉，觉得难看就不穿了。秀秀舍不得丢弃，找出五色花线试图绣出一束花盖住墨迹。她高估了自己的女红技艺，也小觑了掩盖墨迹的难度，使设想中的美丽花朵极度失真，变形为印象派画家涂抹出来的彩色手掌。

"秀秀想男人了！"小强躺在床上，向上铺的我喷出浓浓一口烟，用十分肯定的语气说，"她大奶上绣的哪是花，明明是勾引男人的手嘛！"

"是吗？"我不愿他侮辱秀秀，又没有理由反驳。

"真他妈太像手掌了"，小强伸着自己干枯的手正反摆弄着，向前比划着，"真想把手放上去流氓一下！"

"我借你一百个胆！"我嘴上这么说，心里却幸灾乐祸地想着其他事。

小强不置可否地哼了一声。

当晚，我做了一个奇怪的梦。梦见秀秀胸口绣的不是花，也不是手，而是一只张着血盆大口的老虎。小强上前逗它，没想到老虎一跃而下，像孙悟空吹了仙气一样不断变大，然后一口吞下了小强。我被吓醒了。

第二天，等秀秀手握镰刀、挺胸抬头出现时，我不失时机地迎了上去。虽然有心理准备，但还是被她胸前那个夸张而又神似的手掌惊呆了，尤其是看到那个如同男人有力的手抓按上去的印迹，我下意识地伸展了自己垂放在空中的右手，运气似的向上提了提，好似在掂量一把烧得通体赤红的烙铁轻重。在夏日的暖风中，我五只长着纤细汗毛的手指及其手掌，像旗帜一样饥渴地大张着，每一根指节都摩拳擦掌，跃跃欲试。

我自小性格懦弱，大家都说我不像个男人，我也时常觉得自己窝囊，无法做到挺胸拔背、顶天立地。可是看到秀秀胸前那个被乳房撑起的五色手印时，我竟产生了将手按上去的冲动！这个可怕而又大胆的念头如电光火石般短暂，也让我惊出一身冷汗。伴随着刹那间的心悸，仿佛有人哗地打开一扇暗门，我猛然间窥见了那个拨人心弦、秘而不宣的秘密。

一秒钟后，我才发觉其实没有任何一扇门向我打开，也没有窥见任何值得惊喜的秘密。这只是一个比喻，一个无关痛痒的比喻，一个充满了矫揉造作、故弄玄虚的比喻！有这个比喻不会增加我一丁点的勇气，没有这个比喻也不会减少我一丁点的自卑。我仍然是那个被懦弱层层包裹的自己。作茧自缚已严重影响到我顺畅的呼吸和基本的生存，我想与自己争个鱼死网破，却又纠缠于怎么也撕扯不开的重重懦弱。这些铺天盖地的懦弱，比父母浩瀚无边、固若金汤的溺爱还要细密，比岁月日积月累、金石可镂的积淀还要致密，比心灵守口如瓶、暗无天日的自卑还要严密。要想自由舒展何其艰难！如同一枚受磁石控制的铁屑，一举一动都受制于人。

我沮丧地垂下沉重的头颅，被人生巨大的惯性和离心力拖拽着，与她擦肩而过。可是贪婪的嗅觉却放开手脚，尽情地攫取她发梢的胰子味、白色衬衫的皂角味、成熟饱满的体香味。明知那个手掌是五色彩线的功劳，可我仍然嗅出了蓝色的果浆酸味和掌心的汗液腥味。

我曾经无数次想落落大方地迎面走上前，与她无限接近，站在可以闻到她呼吸的地方与她搭讪，目不转睛盯着她高耸的胸脯，一直看到她心慌意乱，让她再清楚不过地意识到我的日思夜想痴心妄想色胆包天。我可以以她胸前的刺绣为话题切入，把小强的粗话脏话调盐加醋地讲给她，谈得投机甚至可以半开玩笑地问她能不能把手在胸口暧昧地比试一下。当然，她肯定会打开我的手，笑着骂我流氓，我就放肆地说只要能抓一下当流氓也愿意……可是，我的头像灌了铅抽了筋一样撑不起来，脚也犹犹豫豫无法控制，嘴更是找不到一个词。我绝望地看到秀秀与我擦肩而过，我再次错失了良机。

当我千般懊悔万分自责地目送秀秀的背影渐渐远去时，随后而来的小强却挡住了她的去路。无耻，我在心里骂着，又庆幸能进行近距离围观。我折回去站在小强的身后。小强像斗鸡一样高昂着骄傲的头，用色眯眯的眼睛肆无忌惮地抚摸着秀秀饱满的胸脯和高耸的乳房！秀秀明知所有站在她面前的男人都心猿意马，却故意把胸脯挺得高高，并且装出一副少不经事、浑然不觉的样子。

"看够没有？"秀秀貌似生气地问小强。

"没！"小强小心翼翼、察言观色地赔着笑脸，"嘻嘻。"

"让我过去。"秀秀一只脚站着，另一只脚做圆规在地上画圈，没有半点生气的样子。

"你衬衫上的花……蛮漂亮的！"小强随口抛出了花言巧语。

"没绣好。"

"我一看就知道是花。"

"是吗？"

"谁说不是花就瞎了他的狗眼！"小强几乎向秀秀对天发誓，他发现了碍事的我，有些厌恶地说，"高胜说绣得像手。"

我想反驳，还没来得及开口，就听秀秀神情平淡地说："我弟也这样说。"

"高胜还说……像老男人的手！"小强把"老男人"三个字说得阴阳怪气。

恶人先告状！听到小强这样当面诋毁，我气得发抖，真想上去撕烂他的嘴巴。

"比你的狗爪子好看！"秀秀对我视而不见，她不温不火地对小强说，甚至投桃报李笑靥如花。

看着情敌行云流水般实践着令我敢想而不敢做的念头，我心如千刀万剐。我歇斯底里地呵叱他：你是个流氓！可是，嘴唇只是微微张开，轻轻叹了一口气而已。声音并没有从紧绷的声带迸发而出，而像一枚钢珠"咚"的一声又砸回了心脏。

"那就让我比比。"小强断定这种笑靥是含蓄的认可和鼓励，便不失敏捷地举起那只早已烫得怕人的手掌，向她胸前的印迹半是试探半是认真地靠上去。

"想得美！"秀秀在小强的手掌快要贴上时，下意识地把双臂交叉护在胸前，明晃晃的镰刀阻挡住了小强的得寸进尺，成功化解了危机。

当情敌将手向秀秀的胸前袭去时，我的心紧紧地纠结在一起，连气也喘不上来。虽然秀秀实现了卓有成效的防御，但我的胸口突然岩浆爆发，男子汉的烈火不可抑制地烧遍了全身，我真真切切地喊出了两个震耳欲聋的字："住手！"

秀秀和小强同时被吓住了，因为在他们的记忆中，我从未高声说过话。

由于我粗暴地打断了他们的调情，秀秀生气地送我一个白眼，这真不是个好兆头。

当着秀秀的面前，小强也迅速恢复了一贯的强势，推搡着我挑衅道："你小子吃错药啦？"

"不许你碰秀秀的……奶！"愤怒使我口不择言，出卖了内心最深处的隐秘。在乡下，人们把乳房俗称作"奶"，但在大庭广众对未出嫁女子使用俗称就有粗野不敬之嫌，会令对方生气。

"不听不听！"秀秀涨红了脸。

受到秀秀的支持，小强迅速送我一记勾拳："你狗日的才想摸秀秀的奶！"

"小强耍流氓"，我捂着下巴，大声向秀秀申辩，"我刚才明明看见他想摸你奶！"

"流氓！流氓！"秀秀听到我又说出了那个粗野的词，一边捂住耳朵，一边恶狠狠地补充道："你才是流氓！"

魔鬼以一滴蓝色墨水作为道具，以青春为幌子，实现了我精神上的首次重大突围，本想得到盟友的帮助，怎奈弄巧成拙，一败涂地。刚刚释放的心灵又被关进了牢笼，无比的挫折感让我恼羞成怒，干脆一不做二不休，一个恶毒的念头张牙舞爪地横空出世！我将右手变成一把无坚不摧的凶器——为了血洗情敌的鲁莽、她的轻薄以及自己的懦弱，我一个恶虎扑食，将右掌妥帖地熨在了秀秀胸前抽象变形的五彩花朵之上！

当攻击者灿烂的笑容尚未完全荡漾开来，秀秀便制造了一记响亮的耳光，同时用镰刀背在我的脚踝用力地扫了一下。她的反击恰到好处，干脆利落。我被击倒在地。小强立即骑在我的身上，对突然出现的情敌和冒犯者给予最有力的拳打脚踢。在秀秀半真半假的"抓流氓"的哭泣声中，在渐渐围观的村民的证实下，孤胆救美英雄小强圆满完成了对一名十八岁流氓犯的抓捕。

我因流氓罪被判刑十年。由于服刑期间表现良好，提前五年释放。在狱中的日子里，我对外面的世界不得而知。当然也不会知道，由于我的入狱，秀秀迫于小强四处散播的风言风语，与小强结婚了；秀秀生了一个女孩，在第二次分娩时，母亲和胎儿都未能活着推出手术室；后来，小强带着女儿回到了城市。出狱后，我远走他乡，宁愿拾荒也不愿回到过去生活过的地方，更不愿向人提起过去。

一晃三十六年过去了，我还时常梦见秀秀。秀秀说她其实喜欢的是我，可是受了那滴饱受邪祟控制的蓝色墨水的引诱，走进了别人的怀抱。我梦见她还是穿着当年的衬衫，只是胸前的手工刺绣已经看不真切了，一会是花一会是手一会又是老虎。当然，现在它到底像什么都不重要了，你说呢？

2011.5.23 ～ 2013.11.15，四稿完

性爱狂欢

1

夕阳如血，染红了无边的森林。当西天最后一抹亮丽的余晖消失，苍茫的山峦扯起了夜的大幕。当然，幕布是依次扯将出来的，刚开始是薄如蝉翼的乳白色，接着是鼠灰色，最后才是黑漆般浓稠的夜的颜色。这每层之间也大有文章，仅仅按细密、深浅程度足以分出三六九等。暮色四合，当夏夜狂欢的鼓点响彻森林时，负责警戒的猴子才滑下高枝，将心头的巨石卸在地上——它每天监视太阳落山，同时口里念念有词，祈求火烧连天的晚霞快些散去，千万莫殃及了森林。

阿郎在心上人的闺房前绅士般单膝下跪，右掌平伸，静静地期待着美丽的姑娘与他一起散步、守夜，共度这无比美妙的狂欢之夜。他跪下时，斜阳穿透层层叠叠叶片织就的树冠照着窗棂，可是直到窗棂被月光洗白，冰清玉洁的天香才缓步走出小屋，牵起了阿郎的手。

即使是在遮天蔽日、幽暗潮湿的森林，阿郎和天香的出场仍然像灯盏照亮了四周。阿郎穿着时尚考究的晚礼服，像万众瞩目、风流倜傥的王子，他春风满面，喜上眉梢；天香身着翠绿夹袄，下配青葱长裙，脸庞白皙粉嫩，脖颈丝带飘逸……他们肩并肩走在一起，所有人都不约而同地向他们投来祝福的目光——多么般配幸福的一对迈向婚姻殿堂的新人！

酷热让整座森林及其原住居民沉浸于旷日持久的狂癫与迷醉状态，树叶疯长，根系混战，疟疾散布，毒瘴横行，欲望四溢，爱意彷徨。这是个男欢女爱的绝好季节，所有孤形单影都将结为连理，所有痴男怨女都会双栖双飞。阿郎和天香这对天造地设的恋人，正是在夏风的催生下迅速甘甜成熟的爱情硕果。

他们像两条结伴而行的鱼儿，轻盈地游弋于森林的海洋，身体像柔软透明的梦境，悄无声息地穿行于弥漫着花朵、松节油、泥土和草叶的芳香气息之中。两行并排走来的脚板踩着厚厚的陈年腐叶，每迈一步几乎都要把脚踝陷进去，但没等走出三尺，大地的轻微伤口便自动愈合，脚印已了无痕迹。空气变得黏稠，雾岚也被定格在半空，他们只消伸出舌尖就能舔到悬浮于时间长河的微甜粉末。

他们的走动搅乱了森林的空寂与平静，身前身后泛起的微小漩涡让森林原本层次分明的气息变得驳杂混乱起来。他们呼吸着身体冲撞挟裹起的空气漩涡，甚至吸进口腔还打着转儿，弄得喉咙痒痒得想笑。

2

对于优秀的猎人来说，物产丰富的森林是堆满山珍海味的仓库，随时可以一饱口福。阿郎清晨出门不久，便捕到了足够的猎物。这时，他发现树丛中有一个窈窕性感的身影，走近看是一名砍柴的弱小女子。她有一双纤细而有力的臂膀，手里握着寒光闪闪的砍刀，劳作的汗水浸湿了她洁白的额头和乌黑的刘海，身旁堆着足以修建一座房舍的新鲜柴垛……这就是天香给阿郎留下的不可磨灭的第一印象。他顿时被她的美丽与勤劳迷住了，跟着她回到小屋，献上了自己所有的猎物。

天香在砍柴时，忽然觉得爱神从树后闪身而出，用魔棒轻轻点了一下自己，自己就一直笼罩在爱的光辉之中。她猜测，一路尾随着她的年轻人或许就是自己的真命天子。她顾不上收拾好柴火，心神不定地回到自己的小屋，慌忙间竟然连门也忘了关。她躲在窗下偷偷观察，看到他英俊、魁梧、憨厚，便心生爱意。当他馈赠猎物时，她开心地接纳了。

看到女子没有敌意和拒绝的举动，阿郎趁热打铁，坐在她的门前，一首接一首唱起了情歌。

阿郎——喂！

这是森林歌手唱歌的引子，向对方通报自己的名姓，"喂"则表示接下来唱的歌曲由自己创作。阿郎为心上人唱的第一首歌是《为爱兮》：

为爱兮不眠

为爱兮爱存

为爱兮不悔

为爱兮情存

为爱兮身不存

为爱兮唯心存……

阿郎的歌声引来几个喝得醉醺醺的中年人。他们垂涎于天香的美色，在一旁嬉闹起哄，唱起了粗俗的酸曲。她迅速对这群讨人嫌的求爱者做出了粗暴的回应——将大门和窗户啪啪地关上了。她的举动激怒了中年人，他们仗着人多势众，重重地拍打门窗，甚至试图破门而入。阿郎起初好言相劝，不但未见效果，还被推搡在地。血气方刚的阿郎气得火冒三丈，攥着拳头卷入了一场恶战。男人间的争斗原本出手凶狠，如果是为了争宠夺爱，那就招招致命了。阿郎身体壮硕强健，却无法以一当十，最终被打倒在地。胜利者跨在他身上，举起斧头即将砍下时，突然一团毛茸茸的东西滚向低处，身子也趔趄着倒下。阿郎心想自己这下死了，身首异处……耳朵竟然还能听到窃窃私语，他摸摸头还在，睁开眼，自己还活着！再看身旁，刚才趾高气扬的胜利者倒在血泊中，成了一具无头尸！

提着滴血大刀的天香，像一个刷着绿色油漆的巨型铁塔竖在面前，吓得其他人落荒而逃。

3

天香不喜欢男人为了讨得芳心而争风吃醋、大开杀戒，可是残酷血腥的森林法则只承认弱肉强食，它时刻提醒你放弃所谓的理性和仁慈，时刻逼迫你听命于动物的冲动与鲁莽。在父辈的言传身教和生死洗礼下，在口口相传的祖训熏陶下，她独立、自私甚至残忍，只是在爱情的藩篱之下，才显露出本性中的率真与坦诚。

按照森林法则，失败者会被当场杀死，女性只会与胜利者交欢。胜利者有百千种胜利——权势的胜利、资产的胜利、蛮力的胜利、性的胜利……每种胜利都是赢得女性爱慕响当当明晃晃的有效凭证！对于那些不敢丝毫违背"胜者王侯败者寇"之祖训、不敢与森林法则相左的女性来说，她们会不假思索地选择当下的胜利者，即使这个男人是彻头彻尾的无赖、花言巧语的骗子、不解风情的蠢货。

天香姑娘是森林里一朵与众不同的奇葩，她浑身上下散发着理性与肉欲、浪漫与纯情的气息！她见到阿郎的第一眼就喜欢上了他，听了他的情歌喜欢又增加了三分。面对醉汉的骚扰与挑衅，阿郎没有丝毫退缩，而是单枪匹马冲上前去。此时，天香凭借女性的直觉断定——他就是那个可以托付终身的伴侣！

于是，在阿郎争斗失利的生死关头，她听从了内心无声的召唤，选择了爱情而不是强者。她舍不得让他做无谓的牺牲，便在千钧一发时秒杀了胜利者，赶跑了轻薄者，挽救了失败者。看到走出惊魂一刻的阿郎精神消沉、情绪低落，她心如刀绞。她定定神走上前，伏身把初吻印在了这个失败者苍白冰冷的嘴唇上。

初吻是天香最钟爱的珍宝之一，她一直小心翼翼地守护着，唯恐被人抢夺。在爱情随时随地绽放、性爱不受季节操控的大森林，天香竟然偏执地守卫着"一吻定终身"的可笑思想，这种观念在势利的现实世界面前显得陈旧而腐朽，甚至比某些无法割舍"处女情结"的人类有过之而无不及。正是由于她这种谨小慎微、古板酸腐的爱情观，使她在森林里一直离群索居，孤傲不驯。但是，从决定吻他的那刻起，天香就铁下心来与他共度此生了。

阿郎爬起身，拍拍身上的土，却掸不掉满身的愧疚。失败压得他抬不起头，他觉得不配赢得她的爱，她的吻更令他如坐针毡。他怅怅地转过身，准备像逃兵一样不光彩地离开。

天香——喂！

这时，耳边传来她忧郁的歌声——

青春苦短兮岁月长

守在闺阁兮等情郎

夕阳西下兮私相会

两情相悦兮蝶恋飞……

她一唱三叹，把这首名为《蝶恋飞》的情歌演绎得凄美哀婉，心碎千千节。森林里大家天生都是歌手，可这样感人肺腑的情歌难得一闻，听得他泪洒衣襟。四目相对，他们的眼神像两头莽撞而又惊恐的小兽结结实实地撞在了一起——时间消失了，森林隐去了，爱情之门訇然洞开，只留下两只心脏狂跳呼吸急促的活物！

爱的潮水在胸中排山倒海，风云激荡，久久不得平息。不知过了多少时辰，她才发觉自己的失态，既羞又嗔地白了他一眼，然后腰肢一扭闪进了小屋。这时，阿郎也想起什么似的放开脚丫跑开了——他改变主意了，在夜晚来临前，他还有太多事情要做，他不能辜负了这千载难逢的良辰美景和待字闺中的窈窕佳人。

4

他们情侣般并排走着，越是走向森林深处，路越宽岔路越少。所有指向森林深处的路都通往同一个地方，那是森林之神的居所。那里生长着一棵无比苍老而又繁茂的圣灵之树，它像神一样矗立在森林中央一片巨大的圆形草地。像所有对爱情忠诚的动物一样，他们要朝拜圣灵之树，并让它作爱情的见证。

溶溶月色照着天香洁白的额头和黑色的眼眸，没有人能说清楚是青春让爱情光彩夺目，还是爱情让青春风情万种。阿郎默默地陪着同样默不做声的天香，他们大口呼吸着对方的气息，尽情欣赏着恋人的颜容，放情畅饮着爱的琼浆，谁都不愿开口，仿佛一张口就会破坏两人之间微妙的平衡。

阿郎在心中感叹，女人真是天下最大的谜团。白天见识了天香的强悍、泼辣和决绝，可是夜里她却像换了个人，变得温柔、胆小、羞涩。这种判若两人的强烈反差是如何被她化得无影无形并得以协调统一？真是咄咄怪事！恋人性格所具有的不确定性深深震慑了他，以至于没有得到她的明确暗示，阿郎都不敢牵她的红酥手。他们迈着同样的步幅，始终保持着相隔两拳的距离。只是在跨过一截断木、一块岩石或者一段小溪时，他们晃动的身体才会偶尔挨得很近，如果调皮的风借机推波助澜，阿郎宽大的礼服衣襟就会碰触到她轻逸的长裙。如果在小径峰回路转时，他会发现两个淡淡的身影悄然交错、融合，不分你我彼此。

借着夜色的重重掩护，阿郎鼓起勇气壮着胆子，在一次伪装的无意碰触中顺势抓住了她的纤纤素手。她的手冰凉如同夜露。他后悔没有早些握住它。她的手像渴盼已久的机警藤蔓，与他的手交缠在了一起，他们十指紧扣，在身体间形成一个牢不可破的心的形状。他发现她的眼睛火种般熠熠闪光，刹那间就点亮了整片森林。顿时，她浑身上下也散发出令人心旌荡漾、心驰迷乱的肉体的气息、动物的气息、野兽的气息。

他觉得从双臂生出万千爱的触手，沿着手和臂膀相互交错攀援而上，将他们紧紧包裹融为一体。阿郎觉得有责任与爱人分享自己的一切，便打破沉默，滔滔不绝地讲起了家世、童年、少年和现在，他想把一生的话都讲给她听。她极富耐心地倾听，也偶尔简短地发表几句感想和评价。讲完了自己，阿郎就搜肠刮肚地讲起了他人的故事、趣事、轶事、逸闻。他不停地讲，好似只有借助语言才能将他摆渡到爱情的彼岸。她的话少得可怜，一副心事重重的样子，基本上避而不谈自己。每到她欲言又止的时候，他就识趣地岔开话题，拣那些能活跃气氛、开心愉悦的事讲。好在这样的事俯首可拾，一会儿她就摆脱了窘境。正当他口若悬河大讲特讲时，一只熟透的苹果重重砸在他的头上。他抬起头，停止了喋喋不休的废话——他们已经不知不觉来到了圣树前。

5

这是一株树冠巨大、枝繁叶茂、繁花似锦的合欢树，圆形草地的边缘如同刀切斧砍，比传说中的更圆更规整。树前堆满了山丘般的七彩珍宝、奇花异卉、百兽之骨、树精花蜜等等祭品。他们双双虔诚地跪下，拜天拜地拜树，然后给圣灵之树献上一块钻有双孔的骨节，这是阿郎花了整整一下午时间制作的，手上几处新鲜的伤痕就是锯齿不慎咬啮的结果。

明月当空，树影婆娑。天香给阿郎头顶撒了一把馨香的花瓣，阿郎给天香鬓角插上了一朵沾着露水的花朵。一对幸福的新人宣誓道——

你爱我吗？她问。

爱，他说，爱你一生一世。

她继续问，你愿意为我付出一切吗？

我愿意，他回答，我用我的生命起誓。

6

祭拜完毕，他们沿着圣灵之树划出的圆形草地边缘散步。森林中各类动物各色爱情在这里山花般灿然绽放。烂漫，放肆，如火如荼。这是尘世最后一片充满鱼水之乐的爱情净土。在圣灵之树无量仁慈的庇护下，任何动物可以尽情交欢，不必在性爱面前扭扭捏捏，也不必顾忌物竞天择的血腥杀戮。大家像在天堂各行其是，互不相扰。

一对发情的黑猫闪电般蹿进草地，滚成一团，野性的追逐打闹声此起彼伏。雄蟋蟀大声地鸣叫，东蹦西跳，与异性交尾时却默不做声。成群结队的萤火虫提着灯笼巡游，与另一群交汇后成双成对地离开，灯光在草叶间陆续熄灭。老虎们恩爱起来震天响地，强大的性爱能力几乎让夜晚整个森林里的动物集体失眠。一对野雉简直色胆包天，他们当着老虎的面做爱，强烈的恐惧竟然让它们的性爱高潮迭起。生性腼腆的雄松鼠与情人躲进局促的树洞，弄出可疑的窸窸窣窣的声音。母蛙用光溜溜的脊背驮着雄蛙，费了九牛二虎之力才爬进草地，她已经精疲力竭，一边喘息一边温存。蚯蚓钻出漆黑的洞穴，与同样赤裸身体的同伴深度交媾，齐心协力繁育着后代。一只蝙蝠悄无声息地划过夜空，不但没有去叼到口的美食，还有意制造了两只白蛾的邂逅，成全了一对孤男寡女，然后喜滋滋地落在了圣灵之树。两只飞行中的蚊子最为悲催，它们只顾空中快活，不小心飞出草地的边界撞进罗网，成了蜘蛛的夜宵。两只叫不上名字的昆虫像打斗般猛烈地交尾，它们挡了道又无路可绕，阿郎不得不连连请求："老兄，借过借过。"没想到它们满不在乎地回答："嗨，伙计，一起来加入吧！"……足迹所至无处不是酒池肉林般的场景。这哪是森林草地，明明是动物们的立体性爱展馆！

阿郎红着脸，给天香使了个眼色，仿佛是说："你看……多难为情。"

他们停下脚步，坐在这片爱流涌动、性爱泛滥的草地。

目睹了草地发生的一切，天香并未觉得难堪，反倒觉得这才是森林的真性情、真面目！没有铺天盖地的爱情和高潮迭起的性爱，就没有活力不绝的森林，更不会有森林的繁衍昌盛和新陈代谢。性与爱，主宰着整座森林的兴衰，它才是森林至高无上的神。

按照惯例，只要拜祭了爱神，恋人们就可以无所顾忌地接吻、打滚、爱抚、行房了。如果是别人，当丰盛的晚餐端上桌子定会一哄而上，风卷残云地胡吃海喝。可阿郎和天香是谦谦君子，面对触手可及的性爱大餐，饥肠辘辘的他们却谁都舍不得下箸品尝这第一口鲜。

越到最后阿郎越张不开口，更找不到合适的话题。在圣灵之树面前，任何甜言蜜语都变得味如嚼蜡画蛇添足。阿郎发觉天香也和自己一样处于沉默的煎熬之中，两个人的手相互紧紧握着，仿佛势均力敌的对手在暗暗角力，几乎要把手捏出水来。

他们渴望着性的交接，同时也不想心急火燎地一步跨到爱的尽头。攫取爱情最甜蜜的性爱果实固然重要，但他们更愿意最长久地静静感受爱情众星拱月的氛围，最从容地丝丝体味性爱绵长幽远的滋味。他们希望这共同拥有的美妙时刻流失得慢些再慢些，他们想抓住每一时每一分，恨不能把每一秒都劈开，劈成大树的万千叶片，自己变成青虫慢慢咀嚼。最不济也要把每一秒拉至晨露凝结的长度，在夜色的浸润中沉沉地挂在最坚韧的叶尖。

"多美丽的星空！"她把尘世的身体平放在草地上，仰望着星空。岁月的罗盘高悬苍穹，时令的指针星转斗移，一颗颗流星划过天际，擦出钻石般的光芒。

"多醉人的夜色！"他并排躺在她的身旁，侧耳听到夜发出若有若无的鼾声。

"多迷人的爱情！"她把头依偎在他的胸口。她知道，等待了一生的重要时刻即将到来。

"是的，还有爱情！"他情不自禁地重复道。

8

春宵从指尖都快漏光啦，时间已所剩无几！启明星若隐若现，预示着夜晚即将结束，天将破晓。每一个消失的星辰都在催促他们：快点行动吧，莫等白了少年头！天际每一丝增加的明亮都在催促他们：快点行动吧，莫错过了好韶光！

他们四目相对，如同电光火石、激情迸溅、岩浆滚滚。他们拥抱，滚烫的唇贴在一起不再分离。爱抚让他们浑身着火，只得扒掉衣服赤裸着拥抱在一起。他们以地为床，以天为被，与万物分享性爱。千虫低吟，百兽齐鸣，森林为之骚动；青烟袅袅，仙云氤氲，星辰为之作证。没有海誓山盟没有海枯石烂，只有阴与阳、雄与雌、天与地、上与下、爱与恨……他们用身体淋漓尽致地表达对性爱的崇拜，他们像农夫一样不知疲倦地躬身劳作挥汗如雨，他们用灵与肉的交合实践着一场惊天动地的行为艺术。生理的渴求与索取是爱的涟漪在荡漾，心灵的交融与律动是性的琴瑟和谐——让教科书上的冷静、道德等字眼见鬼去吧！让卫道士嘴里的责任、担当等说教见鬼去吧！让律法中义务、权利等条文见鬼去吧！给我们来点实惠的甜，撒点酷酷的盐，蘸点能引发高潮的辣！还有酸还有苦还有麻都各来一匙！为了这春宵一刻，引无数英雄竞折腰。

就在狂风暴雨摧樯折桨达到幸福顶峰的那刻，辛辣的感觉从阿郎心底猛地蹿出，酸涩了鼻孔。爱的疼痛彻骨入髓。他忍受着浑身被撕裂的痛楚，眼睛却充满了慈爱与向往。他愿意将自己被爱情喂饱的新鲜、甜脆、富含营养的身体，奉献在爱的祭坛，让她大快朵颐。他甚至能想到，她狼吞虎咽了一番后，会将他吃得片甲不留，末了还要把牙齿缝隙也剔得干干净净。在逐渐模糊的意识中，阿郎看到身披黑色斗篷的死神自天而降。他动了动尘世的肉身，将性爱再次推向极致，灵魂脱壳而出，跟随爱神袅袅升空。

至此，为了神圣的爱情和种群的繁衍，公螳螂阿郎用自己的方式，献出了尘世卑微的生命！

9

太阳重新升起，森林里干净如洗。夜晚偶尔洒落在草地的汁液被早起的蚂蚁舔得一干二净。爱的战场如同春梦了无痕。崭新繁忙的一天开始了，万物竞长，生机勃发。多么欣欣向荣的大千万象，多么令人心驰神往的娑婆世界！

大腹便便的天香回到闺房，一心一意地守护着腹中的胎儿，这是爱的结晶，也是阿郎生命延续和存在的证明。在漫长的孕期，她足不出户，并且拒绝一切异性的亲近。在月朗星稀的夜晚，天香才会偶尔伴着月色，用低沉的声调反复唱起那首《为爱兮》——

为爱兮不眠

为爱兮爱存

为爱兮不悔

为爱兮情存

为爱兮身不存

为爱兮唯心存……

2013.5.5 ~ 2014.3.5，四稿完

在抽筋中成长

1 进城

穆童做梦也想不到自己还有机会上学，而且是走出龙凤湾到几百里外的省城念书。

龙凤湾这个地名乍一听很是大气，其实它是八百里秦川一个不显眼的褶皱，这个褶皱里既不见龙，也没有凤，只有四处游窜的蛇蟒和飞不甚高的野雉。穆童生于斯长于斯，和大多数龙凤湾的人一样，都不曾知道山外的世界是什么模样。在穆童上学前，他的父亲——一个只有小学文化程度后来自学中医的赤脚医生，是龙凤湾最具学识的人。

穆童的学习成绩在全校一直名列前茅，而且在全省的物理竞赛上也是技压群芳，为他所在的山村中学捧回了校史上一块最具分量的奖牌。可是初中毕业后，他就因家贫而被迫辍学了。

穆童的原班主任何老师闻讯后，曾为他的复学而不遗余力奔走。何老师想为穆童争取各方面捐助，但对于贫穷的龙凤湾来说，却是心有余而力不足。何老师送了穆童一套旧高中课本，鼓励他在逆境中更要奋发图强。由于何老师仍在为他的复学而想办法，所以在后来的日子里，穆童对这份遥遥无期的复学梦始终信念如一。他一边务农一边自学，几乎将老师送他的课本翻烂。两年了，穆童并没有收到何老师捎来的片言只语。穆童到学校一打问，才知道何老师一年前就去世了，死于心肌梗死。穆童惊闻此言犹如五雷劈顶冰水浇头，愣了半天才抱头痛哭。

穆童一半的眼泪是为恩师的早逝流的，一半是为自己两年用梦想构建的空中楼阁在刹那间坍塌而淌。穆童从此变得心如枯井，万念俱灰。可是有一天，两个陌生的城里人闯进了他静如止水的生活，再次激起了他对求学梦的涟漪。

这两个陌生人一父一女，女儿叫孙楠，父亲叫孙平。他们此次是专程来拜访穆童的父亲——穆医生。穆医生是龙凤湾唯一的老中医，他用山中的草药挽救过许多人的生命，这其中就有孙平。现在已是知名画家的孙平在二十年前，还是个刚从美院毕业的毛头小伙。那时，他背着画夹来到这里，被龙凤湾秀美的风景所迷醉。一天，他在山上写生，不幸被毒蛇咬伤，多亏穆医生及时相救才死里逃生。二十年来，孙平念念不忘穆医生的救命之恩。这次有暇，便带着放暑假的女儿来看望恩人。

孙平和穆医生好似几个世纪没见面，有说不完的话。当孙平见到墙上贴满了奖状时，便问穆医生的孩子上几年级？老实的穆医生便长吁短叹起来：自己给人看了一辈子病，却没治好妻子的病，还欠了一屁股账，孩子也为此受了拖累。孙平看着怯怯站在一旁默默垂泪的穆童心里很不是滋味，便郑重其事地请求穆医生，愿带孩子进省城念书。穆医生起初不肯给他添麻烦，后来见孙平一片诚心，便欣然答应了。

父女俩本想在龙凤湾多住几日，因孙楠开学在即，只得返城。穆童也简单收拾了行李，辞别了父亲，跟着孙叔叔坐上了开往省城的长途班车。

2 杜阿姨

汽车驰出大山进入省城以后，穆童就恍如坠入了万花筒，世界丰富得不可思议：那群山般耸立的身裹光滑玻璃的大楼，那溪水般欢腾汹涌流光溢彩的人流、车流，那配有自动喷水装置、平整如砥的草坪……穆童有生以来第一次深刻体验到了现代文明对人心灵摇天撼地的冲击，这种刻骨铭心的感觉令他精神恍惚，甚至使他对养育了自己 18 年的家乡的真实性产生了怀疑。孙楠见这位比自己大两岁的哥哥对城市如此好奇，回家一搁下行李，就领着兴致盎然的穆童，不顾旅途劳顿又是进商场，又是逛公园，一直玩到天黑才回家。

孙平到家时，妻子杜丽还没下班。趁楠楠和穆童还没逛回来，孙平给老同学徐忠打了个电话，没人接。孙平便斜躺在客厅的沙发上，点着香烟，沉浸在了无尽的思绪之中。

"带穆童回省城读书"——这个念头在孙平的脑际像灵感般一经产生，便愈来愈清晰，愈来愈坚定，以至于孙平向穆医生提出这个请求时竟感觉有种水到渠成的欢畅。他觉得帮助穆童重返校园与自己在危难之际获救相比，简直不能相提并论。孙平甚至觉得帮助穆童接受良好的教育，几乎是自己义不容辞的责任，否则，对于那份沉甸甸的恩情，自己一生也难以释怀。当做出这一决定的时刻，他也自信地认为，凭自己在省城文化界的影响，找个关系把穆童这样的优秀学生送进一所学校就读应该不成问题。当时，孙平快速地将自己的朋友一个个地在心里梳理了一遍，认为让老同学徐忠帮这个忙最合适不过。这位在市一中教书的徐忠，曾自诩有此类能耐，而此次正好给他一次实践诺言的机会……另外，穆童已自修完了高一高二的课程，这次就直接上高三。而楠楠上高一，俩人还可以互相辅导，因为穆童说他英语基础不好……

杜丽推门见丈夫回来了，很是高兴，亲热地上前问长问短。才问了几句，突然发现客厅多了一个破旧的帆布包，便上前踢了一脚："这是谁的包，这么破！"

"是穆医生……不，是穆童的。"孙平本想在晚上主动将穆童来家借读的事讲给妻子，以求得妻子最大的理解，毕竟这事没有征求过她的意见。可现在，妻子倒先问起来，他一时还真不知怎样回答。

"穆童是谁？"妻子疑惑地问。

"是穆医生的儿子，"孙平想了想，觉得瞒不过她，干脆如实相告，"我带他来省城念书。"

"考上大学了？"杜丽略带惊讶地问。

"不是。是上高三。"

"那他在城里有亲戚？"

"没。"

"那他住哪儿？"杜丽显然对丈夫的回答不满意。

"就住咱家呀？！"孙平也不满意妻子咄咄逼人的提问，回答时便夹杂着些许的诘问。

"咱家？! 你简直疯了，进一趟山竟然带回个山里娃！"杜丽突然觉得丈夫出奇的冷静原来是早已预谋，便提高了嗓门。

"山里娃怎么了？用得着你这么大声喊！"孙平突然也激动了起来，为了克制自己，他弹掉了一截烟灰。

"这么大的事，你也应该跟我商量一下！"杜丽委屈地说。

"穆医生救过我的命，没有穆医生，就没有我孙平的今天……他的孩子，就和我的孩子一样！"

"你的事我可以不管，可孩子来到咱家吃喝拉撒睡，哪一样不得我操心？我一天站8个小时柜台就够累的了，回来还要侍候你们父女俩。现在又突然带回个山里娃，你存心想累死我呀！反正我不同意！"

"孩子已经来了，你看怎么办？"孙平见妻子仍然固执己见，故意摆出一副死猪不怕开水烫的架式。

"送回去！"妻子说得毫不含糊。

"不行！"孙平坚决反对。

"你不送我送。告诉你，我们商场马上要装修，凡在一月内凑不齐5万元集资款的，装修后就要下岗……"杜丽知道犟不过丈夫，便拿集资的事做挡箭牌。

"人家交咱也交。"孙平也为此事犯愁，一经提说，让他满心的不快。

"再别吹牛了。你的工资只够你一天买书、抽烟。等我下岗了，还多出一张口，到时我看你到底是顾自己还是顾别人？"杜丽分析得入木三分。

"最多不行，我把画卖掉。"孙平将罩在眼前的一团烟挥散后说。

"再别提你那破画了，谁不知道你背运了，在家待着受不了别人的指责，才记起到山里去散心，想不到你学雷锋引回来个孩子……"杜丽的话说得刻薄、冷酷。

"别说了，你能不能让我静一静！"妻子的话戳到了孙平的伤疤，他再也忍不住了，把抽了一半的烟掐灭在烟灰缸里，站起身摔门而去。

3 马跃

孙平赌气出门后，杜丽气也消了大半，冷静下来觉得自己失言，伤了丈夫的心。

不一会儿，孙楠回来了，身后跟着一个又高又瘦、面庞黝黑的大男孩，男孩的衣服有些褪色，但还整洁、干净。

"你就是那个山里娃？"不等孙楠介绍，杜丽便不冷不热地问道。

穆童点点头。

"出去玩了？"杜丽的口气依然是那么拒人于千里之外。

穆童仿佛听出了些什么，没有做出任何反应。

"妈，穆哥哥住哪里？"孙楠忙打断了母亲的盘问。

"你爸的朋友来咱家，都在书房休息。现在就收拾一下吧！"其实，杜丽见了穆童，发现他长得比自己想象的要聪明伶俐一些，虽然他孩子般的脸庞除了稚气，还有无法磨灭的憨厚，这反倒让她稍稍放下了提在半空的心，与丈夫的对立情绪也有些消散了。

孙平出门后在街头漫无目的地散步，恰巧碰见了徐忠。孙平便把送穆童上他们市一中的想法告诉了徐忠。"不是我不想为老同学帮忙，只是这事真的很棘手。"徐忠抓耳挠腮地做作了老半天才说，"若是去年，我倒是有些手段，因为我当的是班主任，接收插班生我还是有变通余地的。不巧这学期我不带班了，真是爱莫能助。"徐忠还说，"去年我们学校升学率较往年偏低，今年学校提前开了几次会，研究讨论的重点就是新生入学质量。你说的这个学生我没见过，但能想来：他都离校两年了，课程怎么能跟得上？……更何况他连个学籍档案都没有，进市一中更是连门都没有！"

曾经在孙平面前激昂文字的那个徐忠不见了，取而代之的是一个瞻前顾后、畏畏缩缩的另一个陌生的徐忠。大失所望的孙平觉得徐忠是在推诿做态，转念一想：或许他真是此一时彼一时，并非有意。徐忠见老同学手足无措的样子很是内疚，加之他许久也未与孙平聚会，便力邀孙平到家喝几盅，以补偿自己由于信口开河而惹出的麻烦。

孙平回家时已经很晚了，他在上楼梯时一脚踏空，磕破了膝盖。进门后，见家人都睡了，便和衣躺下。杜丽听到丈夫进门，佯装睡着了，当闻见满屋酒气时，猜他喝了闷酒，连忙起身照看。她见孙平摔伤了膝盖，又生气又心疼。

"昨晚睡得舒服吧！今天咱们去逛新建的钟鼓楼广场，怎么样？"孙楠知道自己离开学只有一周了，便鼓动穆童一起出去玩。

"我想看看书，怕开学了功课跟不上。"穆童觉得自己身上有一种浓厚的忧患意识，这种意识总是在他得意忘形的时候出现。

孙楠见穆童昨天还兴致勃勃，今天就对游逛失去了兴趣，觉得他真是捉摸不透，可她又不想就此罢休，"你不要扫人兴嘛，这些地方我都逛腻了，为的是让你开开眼界。"

"楠楠，昨天你领我逛了一天，肯定也累了。"

"我不累。"楠楠有些不快，"你不陪我去，我自己一个人也会逛。"

"对你穆哥哥怎么这么没礼貌？"杜丽在一旁插了一句。

"好了好了，今天我去同学家总可以吧？真是！"

饭后，孙楠一转眼就不见了踪影。穆童主动要求洗碗，杜丽急着去上班，便只得让他干。杜丽喜欢善解人意、手脚勤快的孩子。

这天，孙平把电话线从客厅扯到卧室，打了一天电话，精神也显得很颓唐和沮丧。接下来的几天中，穆童发现孙叔叔更是戴着一副愁苦的面具早出晚归，以至于四口人围在一起吃饭时气氛都有些沉闷。

一天天临近开学了，孙叔叔只字不提上学的事。穆童觉得蹊跷，但也不便催问。一天深夜，穆童隐约听见有人在低声交谈。

"穆童睡了？"这是孙叔叔的声音。

"嗯。"这是杜阿姨的声音，"孩子联系上学的事有眉目了吧！"

"这事……我把能帮上的朋友都找遍了，竟然没有一个能帮上忙！"

"那怎么办？"

"我还在想办法。"

"我看还是把孩子先送回去，等联系好了再接来……"

"那怎么行？"

"有什么不行！你也是尽力了呀。楠楠上学你也没这么操心过！"

"……"

"解铃还需系铃人，这事是你揽来的，你自己看着办吧！"

"嘘，你能不能小声一点……"

穆童再也听不下去了，他用被子蒙住头，又捂住双耳，欲哭无泪。在黑暗中，他瞪大着和夜一样漆黑的眼睛。他想，如果这时有上帝显灵的话，他一定会指着上帝的鼻子质问：你凭什么这样捉弄人！

穆童坚信孙叔叔是一个言而有信、严谨务实的艺术家。他既然有胆识把自己接到省城，肯定神通广大，有十拿九稳的把握让自己上学。所以，孙平连日来的奇怪举动并没有引起穆童的怀疑和警觉，更没有使他朝坏的方面去想。事已至此，穆童觉得仍待在这里，势必让孙叔叔难堪，何不寻个借口回家？这样，孙叔叔也可以顺水推舟而免于尴尬。想到这里，阵阵辛酸袭上穆童的心头，他快天亮时才勉强入睡。

穆童起床后，孙叔叔早已匆匆出门了，直到下午才回来。穆童将思考了一夜的台词在心中又演练了一遍，才鼓起勇气要和孙叔叔谈谈。刚要开口，便听见有人敲门。

来人是一个蓄着长发的小伙子，进门便问："孙老师在家吗？"

"是马跃来了。"孙叔叔招呼道。

"我听说您从山里采风回来了，想看看您有些什么收获，给您打电话，老是占线。这不，我只得亲自拜访了。"

穆童见来了客人，便把话咽回去，暂且避开了。

"这孩子是您新收的弟子？"小伙子看了一眼走开的穆童问。

"是山里老乡的孩子，我想在城里给他找所学校。"孙平随口说道。

"办得怎么样了？"

"嗨，别提了，上个学简直比登天还难！"孙平压低声音说。

"孙老师，您别谦虚了，这点小事还能难住您？"

"我都跑了一个星期了，腿都跑细了还没个结果。"

"果真这么难？"

"马跃，你说孙老师啥时候开过玩笑？"

162

"嗨，我还以为什么大不了的事呢！"

"好像你有什么门道？"

"不瞒您说，我有个叔是市一中的老校长，办这些事估计八九不离十。"

"哎呀，真是'山穷水尽疑无路，柳暗花明又一村'！来，喝茶喝茶！"孙平的声音高了起来。

穆童在书房里听到了他们的一席谈话，激动得跳了起来。

4 入校

一晃就到了开学时间。孙楠前一天兴高采烈地报了名，次日一大早便被欢快的闹钟叫醒，背着书包上学去了。

穆童在家待着看书，表面上不急不躁，但每天看着孙楠上学放学，尤其是她回家眉飞色舞地大讲新集体中发生的趣事，心里其实早羡慕得要死。但孙叔叔已经给他说过上学的事正在办，他就只能捺着性子等。穆童每天都见孙叔叔提着礼包早出晚归，寻思是为了自己的事，便另有一种滋味在心头。他在心中暗暗发誓：上学后，一定要好好珍惜这来之不易的求学机会，至少也要为孙叔叔争口气！

漫长的一周过后，孙叔叔乐呵呵地对穆童说："我到陈校长那里去过了，他同意接收你入校了。你收拾一下，现在就去报到！"

孙平领着穆童进了校长办公室。陈校长是一位50岁上下的老头，秃顶，面容慈祥，却不乏威严。陈校长和孙平先打了个招呼，便开始询问穆童详细的学习情况。穆童一五一十地作了回答。当陈校长得知穆童初三曾在省上物理竞赛中夺冠时，高兴地说："你入校后，可要发挥你的特长哟！不久，高三有一次全国性物理竞赛，你可要把握好机会！"说完，陈校长从文件夹中取出一份入学通知书，让穆童填完后，挥笔在通知书的上方写道：

江老师：

　　该学生分配在你们三(1)班就读，望接纳。

最后签上自己的大名，递给穆童说："好了，你现在可以去报到了。江老师在教学楼的语文教研室。"末了，还和蔼地拍了拍穆童有些单薄的肩。

穆童捧着通知书，像捧着圣旨来到语文教研室，里面只有一位戴眼镜的中年女老师正在批改试卷。穆童轻轻走上前去："请问……江老师在吗？"

"我就是，"老师抬起头看了穆童一眼，问，"有什么事？"

"江老师，您好。"穆童连忙递上了通知书，"我叫穆童，陈校长让我到您这里来报到。"

江老师接过通知书，从上到下细细看了一遍，然后看看照片，再看看穆童，细致得有些像公安人员办案。

"你叫穆童？"江老师终于开口了。

"是。"

"从山里转来？"

"是。"

"以后你就是三(1)班的学生了？"

穆童被问得莫名奇妙，但还是大声地回答："是！"

"好。"江老师推推眼镜架，然后像例行公事一样说道："我先给你讲一下学校的制度，我们学校对学生要求很严，不能迟到、早退、旷课，当然，更不能打架斗殴。凡是打架斗殴的学生一律开除，这条很重要，你要牢记……"

穆童不喜欢江老师的说教，好似自己是山里孩子便蛮不讲理毫无修养似的，但他还是忍住了，说："江老师，我一定严格遵守学校各项制度，做一个守纪律的好学生。"

"你知道守纪律就好。"江老师见穆童一副认真的样子，便不再多说了，而是翻出打印好的花名册，在最末一行添上了"穆童"两个字。

下课铃响了，上完课的老师们陆续回来了。一个扎有两条长辫的女孩也跟着老师们进了门，她先用奇怪的眼光瞪了穆童一眼，然后才问："江老师，试卷判完了吗？同学们都急着想知道分数呢！"

"我只批改了一半，从这一半可以看出同学们考得不理想。陶敏，你把试卷抱回去发了，先让同桌互相批改，明天上课我再一道道讲。"

"好吧。"女孩把堆放在桌面的试卷整好后又问，"江老师，还有什么事吗？"

江老师刚要说没事，瞥见一旁的穆童才改口道："这是新来的同学，把他带回班里，安排在后面的空位上。"

陶敏抱起试卷，一边朝教室走去，一边问他叫什么名字。

陶敏一进教室，同学们便大呼小叫起来："班长，我得了多少？"

陶敏没做回答，而是跨上讲台，将试卷堆在讲桌上，然后指着站在门口的穆童，对同学们介绍道："这位是刚转来的新同学，叫穆童，请同学们用热烈的掌声欢迎他。"

教室里响起了稀稀落落的掌声，穆童显得很狼狈。掌声未落，后排便有一个冒失的尖细嗓门喊了声："一看就是个乡巴佬！"

同学们一阵哄笑。

"苟谊，"陶敏厉声喝道，后面一颗探得老高的头忽地缩了回去。"你不要欺负新同学好不好？！"

穆童在墙角的空位上还未坐定，前排的一个男孩便转过头来，操着刚才起哄的尖细嗓音说："我叫苟谊，爱开玩笑，请多多包涵。"

一会儿，苟谊又热心地转过身，递过来一张试卷，说："这是你同桌的，你先改着吧。"

穆童见试卷上歪歪扭扭地写着：赵亚东。

穆童和同学们正在专心致志地批改试卷的时候，不知谁在他的桌面重重地拍了一掌，将他吓了一跳。他的面前站着一个胖得生出双下巴的同学。

"嗨，你是谁？是不是走错门了，怎么坐了我的位子？"胖子虎视眈眈地看着穆童，好似偷了他什么东西似的。

穆童猜出他就是自己的同桌赵亚东，便强压怒火，一言不发地给他让出足够大的位置。

赵亚东气乎乎地落座后，见穆童手中有试卷，便踢了一下苟谊的屁股："我的卷子呢？""你的同桌正帮你批改呢！"苟谊忙不迭地回答。

还没等穆童开口，赵亚东便一把夺走了试卷，将穆童手中的钢笔都拨到了地上。

穆童弯腰在桌下捡笔。起身后，看见同桌酱红着脸，用手指着他的鼻子："谁叫你在我的试卷上面乱写乱画！"说着，粗暴地将穆童改了一半的试卷揉成一团，掷在地上。

穆童想不到同桌竟如此不可理喻，气得脸色发青。自己刚刚坐进教室仅几分钟，就受到如此多的戏谑、刁难和羞辱，实在忍不住了，嘎嘣嘣攥紧了一双青筋暴露的铁拳。

"赵亚东，你没写作业，刚被老师批评了，却把火发给别人，你简直太不讲道理了！"又是陶敏的声音。

"穆童，别生气，有话好好说，我替他赔礼道歉了！"苟谊劝着穆童。

"亚东，你怪不上同桌，班主任让互相批改的。"苟谊又在另一边劝，并将揉成一团的试卷展平在赵亚东的桌上。

"赵亚东，你必须向同桌道歉！"陶敏用不容置辩的口气命令道。

刚才猖狂一时的赵亚东愣住了，他真不知该如何收场，但他还是红着脸，有些尴尬地拍了一下穆童的肩，说："不知者不为过，算我不对，行了吧？"

穆童那双做好了出击准备的拳头，在同桌的道歉声中悄悄松开了。

5 点名

穆童回家后躺在床上，回想起当时在教室与同桌剑拔弩张、一触即发的一幕，脊梁骨里冷风习习。无法设想，当时倘若没有陶敏和苟谊及时站出来阻止了事态的发展，自己真不知会干出怎样荒唐的蠢事！

今天是入学的第一天，为了这一天，自己不知偷偷洒了多少泪，孙叔叔连日来为此事四处奔走，消瘦了许多。而自己意气用事，险些毁了自己的前途。这时，穆童才觉得班主任对有关纪律的强调并非过分，而是太轻。否则，自己怎么可能一进教室就将江老师的教导忘得一干二净，险些铸成大错！

第二天上学，孙楠便多了一个伴。孙楠骑着自行车上学，穆童不会骑也不坐车，而是把书包夹在后车架上，和骑车的孙楠并排练晨跑。

上午最后一节是班主任的课，上到一半时，门被推开了，踱进来七八个头仰得老高的教师。江老师朝走在最前面的瘦削中年老师谦卑地点了点头，便退下了讲台。瘦老师背着手踱上讲台，将手中的文件夹搁在桌面，用犀利的眼睛扫视了一下课堂，乱哄哄的课堂顿时变得鸦雀无声。江老师和后面进来的老师窃窃私语，声音小得似乎在演哑剧。

"现在开始清点人数。"瘦老师慢条斯理地打开夹子，念道："苟谊。"

苟谊正忙着收拾桌斗的武侠书，冷不防有人点他的名，大吃一惊。他神情仓皇地站起身，将屁股下的板凳弄出刺耳的声响。

瘦老师抬起头，瞪了苟谊一眼，继续念道："陶敏。"

"到。"陶敏响亮地答道。江老师示意被点名的人暂时出去，离开教室。

这时，赵亚东悄悄凑过来问穆童："喂，你在高主任那里挂号了没有？"

"挂什么号？"穆童不懂他在说什么。

"怎么？你没挂号？"赵亚东有些不信，但马上又诡秘地说，"这下你可惨了！"

"为什么呢？"穆童更加糊涂了。

"我给你说，讲台上站的是学校的教导主任，姓高。高主任拿的是全校学生的花名册，不论是新生还是插班生，若没有在上面登记，都会被清除出去。你如果是通过人情进校的，这次便凶多吉少了，你没见今天这阵势，几乎所有能来的学校领导都到齐了……"赵亚东正说着，便听到叫他的名字，连忙应了一声，起身走了出去。在快出门时，他还意味深长地回头看了穆童一眼。

不论赵亚东是否危言耸听，但这阵势足以让穆童的心变得忐忑不安。穆童明白自己是凭关系进来的，只是在江老师的花名册上登记过，并不知高主任还有个什么花名册。

"陈校长是一校之长，他介绍进来的学生高主任恐怕干涉不了吧！"穆童在内心宽慰着自己。当他并没有在拥进教室里的校方领导中发现陈校长的时候，不禁又有些慌乱。

"高峰。"

又有一个戴眼镜的学生走了出去。

高主任不紧不慢地念着人名。他将头稍微抬了起来，这样既不影响他念名单，也不妨碍他一抬眼便能验证那个起身的学生。

被叫走的同学越来越多，空下的座位也越来越多。但穆童一直没有听见自己的名字。

穆童这时真想找个老鼠洞钻进去，可是渐渐空出的座位却将自己不合时宜地凸现出来。点名的声音由于教室的空阔而不必太大了，但高主任念得似乎更起劲了。聚集门外的学生叽叽喳喳像一群自由的鸟儿，他们好奇地围在窗外窥视。穆童在这倒计时般的点名中心乱如麻，像上了刑场的囚犯，听凭处置。

当高主任终止念名的时候，穆童抬头吃惊地发现自己好似一个睡过了头的观众，大梦初醒时发觉戏院里已是曲终人散。其实那样也倒罢了，最要命的是穆童面对的是一双因好不容易才查出问题而兴奋眩晕的犀利眼睛。

"你叫什么名字？"高主任在高出地面三十公分的讲台上，居高临下地盯着穆童。

"穆童——"穆童拖着掩饰不住的颤音说。

"把书包收拾一下，跟我到教导处……"高主任说这话的时候，穆童心里"咯噔"一下，果真应了赵亚东的话。

这时，站在一边的江老师连忙上前在高主任耳边嘀咕了几句。

"好吧，"高主任缓和了一下口气，然后草草地挥了挥手说，"继续上课。"

高主任领着老师们扬长而去。穆童愣愣地站在原地，一副失魂落魄的样子。江老师远远地摆手让他落座，穆童才双腿一软，瘫在桌前。

接下来，穆童就对江老师继续进行的讲课充耳不闻。他只依稀记得赵亚东在回到座位后对他说了一句："我刚才为你捏了一把汗，真悬！"

放学后，穆童是最后一位走出教室的，他像惊弓之鸟，需要暂时的恢复。

"穆童？"一位戴着高度近视镜的男孩挡住了他的去路，有些试探性地叫了他一声。

穆童觉得面前的男孩有些面熟，但一时又想不起来。

"呀！真是你！"但又几乎同时，他俩都惊奇地认出了对方。

真是高峰！穆童不相信似的揉了揉眼，"想不到咱们竟会在一个班！"

原来，穆童和高峰在初三时参加全省物理竞赛上有一面之交。没想到三年后，他们会成为同班同学。

"你是陈校长介绍来的吧！"他们像老朋友般聊了片刻后，高峰问。

"你怎么知道？"

"随便说说。"高峰岔开话题，"对了，明天学校要举行物理竞赛，我还得回家复习备战呢！"

"明天……物理竞赛？"

"对！但这并不是谁想参加就能参加的，每个班只有三四个名额！"

"有你没有？"

"那当然了，还能少了我物理课代表！"高峰有些卖弄地说。

"我……我可以参加吗？"穆童惴惴不安地问他。

"这……"高峰迟疑了一下，然后无不惋惜地说："咱班的名额都满了……"

穆童并没有多想能否参加物理竞赛的事，因为自己甚至连正常的上课都朝不保夕呢！

6 和好

"穆童，你的来头还真不小哩！"穆童刚进教室，赵亚东便像开记者招待会般大声嚷起来。

"我又怎么把你惹下了？"穆童对同桌昨日险些酿成灾难性后果的挑衅仍心有余悸。

"好同桌，俗话说'远亲不如近邻'，你就别损人了。昨天我又不是没道歉，你还想让我给你下跪不成？"赵亚东笑嘻嘻地说。

"这叫不打不相识嘛！"苟谊不失时机地套用了一句武侠书上常讲的话。

穆童并不是那种记仇的人，听了同桌讨好的言词，还有苟谊既雅也俗的话，露出了微笑。两人的嫌隙瞬间便雪化冰融。

"我终于打听到了你的底细。"赵亚东恢复了刚才的神秘。

"我的底细？"穆童也来了兴趣，"你说说看。"

"你是通过陈校长才进来的，是不是？"

"谁说的？"穆童真佩服他的消息灵通，但转念一想，问道："是高峰告诉你的？"

"你告诉他了？"赵亚东突然警觉地问。

"他猜的。"

赵亚东在耐心地听了穆童与高峰的结识与相逢的故事后，赵亚东对他低声忠告："你以后离那家伙远些。"

穆童不明白赵亚东和高峰之间有什么隐秘的矛盾，使他们如此敌视。

过了一会儿，赵亚东又寂寞难耐似的与穆童搭腔："我听说你获得过物理竞赛大奖？"

穆童作为插班生，不希望引起同学们过多的关注，所以在给赵亚东讲自己与高峰的认识时并没有提及获奖之事，现在赵亚东问起，便不好再含糊其辞，才淡淡地说："那都是过去的事了。"

"啧啧，真不错。"赵亚东赞叹道，"我看这次学校的物理竞赛选拔赛第一也非你莫属了。"

"我是想报名参加的，可高峰说咱班的参赛名额已经满了。"穆童一不留神又说出了高峰的名字。

"我才不信他的鬼话呢！你稍等片刻，我亲自给你查查。"说完，赵亚东一阵风似的走了。

上课预备铃响之前，赵亚东满面喜色地回来了，他说："我到教研室问过了，参赛人员名单还没报上去，估计仍在咱们物理老师那儿。我下午抽空再给你打听打听。"

"果然不出所料，名单在郑老师那儿。我把你的有关情况给郑老师大讲特讲了一番。郑老师说名额满是满了，但他会向学校建议，酌情考虑的。怎么样，事成之后可别忘了谢我哟！"赵亚东在放学前又给穆童带回了可喜的情报。

7　课堂上

穆童急切地盼望着上郑老师的物理课。一来他还没见过郑老师，二来郑老师在他的课堂上有可能宣布参赛人员的最后名单。可是上课铃已响过五分钟了，郑老师仍不见来。

物理课代表高峰等不急了，刚走出教室，就远远见郑老师腋下夹着一摞资料匆匆忙忙地赶来了。

"对不起，我又来迟了。"郑老师站上讲台，抱歉地对同学们说，"我好不容易才找全这些资料。"

穆童觉得郑老师和自己心目中魁梧、英俊的物理老师相比，简直有天壤之别。郑老师个矮，加之有些胖，显得更矮了。头发蓬乱不整，相貌本应不丑，但要命的是长了满嘴参差不齐的黄牙，而且有两颗不安分的大门牙伸了出来，破坏了最基本的美感。郑老师穿了一身颜色搭配不协调的西装，没扎领带，而且白衬衫最上面的一粒扣子丢了，可笑地张开着，露出衣领上浅浅的汗迹。总之，郑老师留给穆童的第一印象是不修边幅，一点都不像个教书先生。

"今晚，学校要进行物理竞赛"，郑老师说，"我先将咱班参加竞赛的同学名单宣读一下。"

穆童屏气细听，有高峰的名字，但没有自己，他有些失望。

"刚才点到名的几位同学请做好准备，我预祝你们取得好成绩，争取代表学校去市上比赛。为了鼓励这几位同学，今天我专门讲上几道较难的题，不参加比赛的同学听听也能开阔思路……"郑老师开始滔滔不绝地讲开了。

虽然穆童不能参加比赛，但他还是很认真地听讲。他发觉郑老师不注重形象，但讲课是一流的。所举的几个例题，都极为典型。郑老师对每道题，分别用不同的方法给予分析解答，使穆童大开眼界。但是，最后一个力学习题穆童总也琢磨不透，于是，他拿起笔，伏在桌上演算。他论证再三，结果显示郑老师讲错了。

穆童发现这一错误后，不知哪里来的勇气，主动站起来陈述了自己的观点。

"怎么会呢？"郑老师显然对学生的唐突有些反感，"这些都是我很早以前就整理出来的习题，不可能有错的。"

"我发现您少分析了一项……"穆童固执地要继续说下去。

"你的答案是多少？"郑老师直截了当地问。

"和您的结果一样，但是……"穆童还要细叙，却被同桌拉了个趔趄，几乎跌倒。

"既然结果一样，还有什么好说的。你只是用的另一种算法，又怎么能断定我的这一种算法不对呢！"郑老师或许并不喜欢学生打断他的讲课。

他忽然又调转话头："你是不是新来的学生？"

当郑老师通过穆童复杂的表情证实了这一点时，便对着这位初出茅庐的学生毫不客气地说："听说你初三在全省得过物理竞赛奖，但你应该明白现在不是初中，而是高三，并且是在我的课堂。当然，这些题只是讲给参赛同学的，其他人不想听尽可以趴在桌上睡觉……现在，我不讲了，大家自己看书好了！"

郑老师最后干脆收拾了讲义，扬长而去。

这下，教室就像开锅的粥沸腾开了。同学们不约而同地都向穆童投来了敌意的目光。赵亚东在一旁也火上浇油地说："你太狂妄自大了，郑老师可是省级优秀教师，课讲得呱呱叫，你怎么能胡乱说郑老师讲错了呢？我当时拉你，你还不坐下。这下，你休想指望参加竞赛了。"

接下来是花老师的英语课。花老师刚从外院毕业，人长得小巧玲珑，戴一副秀气的金丝眼镜，讲起话来像英语发音一样悦耳、温软。花老师对学生从不发脾气，但调教"捣蛋生"的点子很多，所以，一向自由散漫的赵亚东在花老师的课堂上也不敢掉以轻心。

事就这么凑巧。上一堂刚出了乱子的穆童，这堂课第一个被叫起来读课文。穆童起身后支吾了半天，也没读出一句来。

"怎么，这位先生不好意思？"花老师用英语打趣道。

同学们都被逗笑了。

"快读呀，真急死人！"赵亚东在一旁催促着。

"我真的不会读呀！"穆童也急得满头是汗。

"真笨。读不了就回答'对不起'。"赵亚东指点着。

"I'm sorry."穆童红着脸说完这句简单的句子便坐下了。

"请起。"花老师打算对这个敷衍了事的学生进行追根究底的询问，

"你能说说自己为什么连这么简单的课文都不会读吗？"

"我……"穆童羞得无地自容。

在花老师的逼问下，穆童不得不说了实话："我以前没上过高中！"

教室里一片哗然。

"我自学了高一高二的所有课程。英语由于我没听过课，所以只会写，不会发音，或者说是发音不准。但是，我在努力学习！"穆童说这些话时，教室里一片安静。等他说完，又是更大的哗然。

花老师维持了一下课堂纪律，让穆童坐下，开始了课文的领读。

上晚自习前，高峰对穆童说："找支笔，和我们一起去考试。"

"没有我呀！"穆童以为高峰在嘲弄自己。

"啰嗦什么？要去就去，不想去拉倒，反正我已经通知到了！"说完，高峰便甩给穆童一个冷冷的背影。

8 批评

"穆童，班主任让你到办公室去一趟。"陶敏叫住低头只顾走的穆童，"本来江老师昨天就要找你谈话，怕影响你参赛，才没叫。"

陶敏把"谈话"两字念得稍重，穆童听出了弦外之音。

"昨天的考试感觉如何？"穆童进了办公室，江老师才漫不经心地问。

"成绩没出来，我也说不准。"穆童说得很谨慎。

"你这孩子真不懂事。"江老师叹了一口气，将眼镜摘下，用镜布擦了擦，然后戴上说："郑老师是多么认真负责、具有敬业精神的好老师啊，而你第一次上他的课，就公然和他争辩……"

江老师显然很激动，她顿了顿，然后大声地问："你知道自己昨天参加比赛是谁给你争取到的吗？"

"是郑老师。"江老师自问自答。"学校对这次物理选拔赛很重视，竞争也很激烈。在你入校前，各班都初步确定了参赛人选。郑老师得知你的情况后，向教研室做了汇报，要求额外增报一名学生。教研室起初没有批准。你在课堂上气走郑老师后，他还到教导处求情，为你争取了一个名额。另外，我还听同学反映你在入校第一天就跟同桌吵架，影响很不好。你才入校几天，就给我弄出这么多乱子，如果全班同学都学你这样，我看我这个班主任就没法当了。"

郑老师为自己争取参赛名额的事，要不是江老师亲口所说，穆童真难以相信。同时，穆童在心里也暗暗叫苦，不知谁将自己的一举一动都向班主任做了汇报。

"穆童，你要时刻牢记：你所在的学校是市上的重点中学，而你只不过是个插班生。按照市上年初下发的文件精神，我们这里是不接收高三插班生的，也就是说你没有资格在我们这所学校就读。当然啦，你不捣乱，没人会提这些旧文件。但是你要明白，你来这里读书是多么得不容易！我作为高三(1)班的班主任，不希望由于进了一名插班生，而使整个班级纪律下降，代课老师无心讲授……"

穆童觉得班主任把一切罪责都推到自己身上，有些愤愤不平，但他没有争辩，他认为在此时守口如瓶是明智的选择。

一会儿，办公室的一位男老师对江老师说："现在几点了？我看该去开会了。"

江老师看了看手表，对男老师说："徐忠，你等一下，我马上也去。"

江老师讲了许多也似乎有些累了，便草草结束了训话："你上午就别去上课了，在这里仔细反省。另外，再写上两份检讨。一份留我这里，一份下午送郑老师。我去开会，你就在这里写。"

江老师走后，穆童取出笔，开始琢磨着如何写检讨，因为他压根就没写过这类"命题作文"。

"哈哈，你原来躲在这儿摇笔杆子呀！"

穆童听出是赵亚东在戏谑自己，连头也没抬。

"别不好意思嘛，我知道是写检讨。"赵亚东说得很洒脱，"这一招是江老师的'常备武器'，我可是深受其害呀！"

"检讨怎么写？"穆童知道赵亚东谙于此道，便"不耻下问"。

"这太简单了。"赵亚东见穆童满脸真诚，便恨不得将肚里的经验全部抖出来，"检讨讲求'假''大''空'。也就是：说自己犯的错误越假越好，说自己对错误的认识越大越好，说对自己的处理越空越好……"

穆童想不到赵亚东对此有如此深的理论研究，在心底里叹道：真是大千世界，学问无处不在。最后，赵亚东还想强调关于写检讨的个人风格问题，但被急不可耐的上课铃声打断了。

"我差点把正事给忘了。"赵亚东出门后又折身回来，说："你和高峰物理考了个并列第一！"

9 表扬

赵亚东气喘吁吁地坐进教室，听郑老师说这节课专讲昨晚的物理竞赛题时，后悔不迭：早知道和穆童再多说说话，谁稀罕听这些给物理神童出的难题！

"怎么？穆童今天没来上课？"郑老师见赵亚东身旁空着的座位问。

"江老师叫去了。"陶敏站起来回答。

"噢。"郑老师顿了顿，然后用洪亮的声音向同学们说："今天，我要表扬穆童同学，表扬他的好学精神！对于知识，我们要学会吸收，但是，在吸收之前，更应该先学会鉴别！我们要善于向权威挑战……对于物理这门学科，如果人们只是良莠不分地埋头演算，既使是真理撞破了你的脑门，你也不一定认识……

"好了，下面我给大家先讲竞赛中的一道力学分析题，这个题的类型与我上次辅导的例题如出一辙，而我却讲错了。在此，我将正确的和错误的解法对照着讲……"

郑老师这种公开向穆童同学道歉的举动，让在座的同学大受感动，就连一向吊儿郎当的赵亚东也听得热血沸腾。而苟谊只恨自己没把录音机带来录下这些，好让穆童亲耳听一听。穆童因这事也够冤的。

江老师开会回来了，手里拿着一份有关秋季校运会的通知。

江老师将穆童写的检讨看完后，留下了一份，将另一份递给穆童，"这份你得亲自交给郑老师。"

"还有什么事吗？"穆童见江老师欲言又止的样子，问道。

"开会的时候，陈校长顺便提了一句物理比赛的结果，"江老师清了清喉咙，故作严肃地问，"你知道自己考得怎样？"

"并列第一。"穆童回答得丝毫不爽。

本想卖关子的江老师愣了一下，然后对穆童摆了摆手说："你……你回教室去吧！"

穆童怏怏地回到教室，突然发现同学们都用莫名其妙的眼光打量他。赵亚东此时也变成了一只讨厌的蚊子，附在他的耳边嗡嗡地说了个没完没了，以至于正在上课的数学老师好几次有意放慢了讲课速度。

穆童心不在焉地听完同桌讲的有关郑老师道歉的前前后后，并不怎么相信。下课后，穆童从呼拉围上来的同学们口中再次证实了事件的真实性，他觉得有些眩晕，不知是幸福还是感动。当穆童的手触及口袋里那几张轻描淡写、尚未交出但又不能不交的检讨书时，就像碰到了一团炽炭，燎得他心慌意乱。

下午，同学们围着体育委员赵亚东，高声议论着该报秋运会上哪个项目。穆童默默地坐在桌前，思考着何时去给郑老师交检讨。

"穆童，你傻坐着干嘛，还不赶快报名，要不然都报满了！"赵亚东催促着。

"这又不是去参加物理竞赛，你急啥？"高峰不冷不热地说。

"某些人没受表扬，是不是不好受？"赵亚东针锋相对。

"人家要报自己会报，用不着别人操闲心！"高峰也不示弱。

"穆童，报就报！报100米短跑！我早上见你跟在你表妹的自行车后面，跑得比兔子还快！"赵亚东一边鼓动穆童，一边拿笔便填开了。

"既然这么能跑，还有个5000米长跑没人报，何不一并报上？"高峰激将道。

"怎么样，穆童？"赵亚东试探道。

"别争了，"穆童被吵得心烦意乱，便胡乱说道："你看着办！"

"好样的——就再报个5000米！"赵亚东得胜似的笑了起来。

10 郑老师的家

要不是同学们那极富夸张的表情和难以置信的叙述使那堂原本平淡无奇的物理课显得扑朔迷离，穆童肯定早就把检讨送到郑老师手中了。正是由于郑老师这出人意料的道歉，倒让穆童犹豫不决，一直挨到下午放学才一个人悄悄溜进学校的教工楼。

在楼门口，穆童碰见和江老师同在一个办公室的徐忠老师，便上前打问郑老师的宿舍。徐老师古怪地笑了笑说："二楼，门口摆满煤球的那家就是。"

在二楼，穆童一眼便寻见了那个门口堆满乌黑煤球和垃圾的郑老师的家。穆童在门口听见里面传出熟练的切菜声，他略一迟疑，但还是鼓起勇气喊了声："报告！"

"进来。"切菜声停了，传出郑老师的声音。

推门后，穆童被眼前的情景惊呆了。郑老师的家里一片狼藉，破旧的沙发上落着一层白沙般的灰尘，床上有两个四五岁光景的孩子在未叠的被子上打闹，滚成一团。靠墙的大立柜上嵌了半块打碎的玻璃镜子，残缺的一半露出里面凌乱的内容。围着蓝色碎花围裙的郑老师正半蹲在一个砖头垒起的简易案板前，一手按着湿淋淋的菜，一手握着明晃晃的菜刀。小屋里由于做饭，弥漫着厚重的水汽，但借着窗外的夕阳，却将窗户上的红"囍"字耀得鲜亮不已。

"郑老师……"穆童许久才从局促而凌乱的现实中超脱出来，记起自己的来意。

"随便坐吧，"郑老师腼腆地笑了笑，说："家里很乱的。"

穆童又看了看沙发和床，想坐又没敢坐。

"郑老师……我来把检讨交给您。"穆童把一句话竟说得磕磕绊绊。

"谁的检讨？"郑老师熟练地切着菜，连头也没抬。

"我的。"穆童见郑老师对此事不感兴趣，才放下心来。这样，倒显出自己先前的惶恐是多么地可笑。

"你又没错，检讨什么？"郑老师一边说，一边慌忙去揭滚沸的锅盖，但饭还是溢了出来。于是，一股焦糊味又充斥了房间。

一会儿，饭熟了。郑老师将锅端下，说："穆童，一块儿在这里吃晚饭。"说完，又忙着倒油炒菜。

穆童看到郑老师手忙脚乱的狼狈样，心里酸酸的，他本来已准备了好些道歉的话，现在已经显得多余。他悄悄地将攥在手中的检讨又塞进口袋，说了声：

"郑老师，真对不起您，打扰了。"便匆匆奔下了楼。

穆童走出学校时，已灯火阑珊。穆童摸出检讨，撕成碎片，狠狠地砸在路旁熊猫垃圾箱的脑袋。他也不知道为什么要生那么大气。

第二天，穆童问同桌："郑老师的妻子是干什么的？"

"不知道，反正和他离婚了。"

"怪不得他的家乱成一团。"穆童恍然大悟。

"郑老师太忠于教育事业了，所以，妻子才和他离了婚。"赵亚东用混乱不堪的逻辑回答，并画蛇添足般地引经据典，"这叫'鱼和熊掌不可得兼'。"

穆童突然觉得说这句话的赵亚东简直令人作呕。

11 发奋

接下来的日子，穆童对学习孜孜以求、分秒必争的顽强精神才逐渐显露出来。上课、上自习必不用说，就连吃饭、上厕所，都好似有人给他卡表一样紧张得不行。贪玩的赵亚东因了同桌的潜移默化而变得安分守己。在穆童无形的榜样下，同学们都使出浑身解数去学习。高三(1)班的班主任江老师在听到代课老师异口同声的称赞后，也恍然发觉自己班里已悄悄掀起了学习的热潮。

郑老师怕穆童因初战告捷而得意忘形，便及时打了预防针：这次获胜算不了什么，倘若不再加把劲，市上的比赛将不容乐观。穆童心里有数，他谦虚地说："我一定好好复习，从零开始。"

当然，穆童也不敢丢下英语。面对升学，英语是他最没有把握的课程，说得难听些，也不能老扯班上的后腿呀！穆童在英语学习上的好学，连孙楠这个极富耐心的小老师都被搞烦了。一天，孙楠把自己听流行音乐的双卡录音机提了过来，并送他一大包磁带，让穆童跟着英语教学磁带练习发音。

"这些都是你买的？"穆童如获至宝地问，"值很多钱吧！"

"我有一位同学家里开了间磁带店，我从她那里复制来的。"孙楠说。

12 校运会

不知不觉便到了学校一年一度的秋季运动会，穆童将参加 100 米短跑和 5000 米长跑两个项目的角逐。

运动会开幕式刚结束，穆童便听到广播通知："高三男子组，100 米预赛，第一次点名：001 号……"

胸前别着 001 号号码布的穆童立即起身活动。他觉得广播里的声音很熟，朝主席台一看，是两个女孩在播音，其中一个竟是孙楠。

这时，赵亚东和苟谊笑嘻嘻地走上前来，他们一个抱了套运动服，一个拎了双跑鞋。

"赶快换上吧。"赵亚东说，"'人靠衣服马靠鞍'，这双带钉刺的跑鞋能使上劲，希望你给咱班争口气。"

穆童会心地笑了笑。他记得江老师在赛前的动员会上无奈地说："体育是咱班的弱项，高一、高二都是全级最后，我不指望今年能超过年年得第一的 (3) 班，只要不再得最后就行！"

短短的跑道两侧已被同学们围得水泄不通。穆童在其中并没有发现有多少熟悉的面孔。

"砰"发令枪响后，运动员们便像一排出膛的炮弹挟着风，裹着欢呼，直冲终点。

穆童觉得自己的双腿像一台潜力无穷的加速机，越跑越快，以至于以绝对优势首先撞上红线后仍余兴未尽。

一过终点，穆童发觉同学们像从地下冒出来似的将他英雄般团团围住，就连几个一直未搭过腔的女同学也大方地凑过来，叽叽喳喳向他表示祝贺。赵亚东更是兴奋，他抱起穆童抡了一大圈。

由于穆童的"开门红"，使全班士气大振。据赵亚东侦察的消息：在第一天的总积分中，高三 (1) 班位居全级第一！

第二天最引人注目的无疑是高三男子组 100 米决赛了。

决赛的选手们都换上了运动服和跑鞋，个个全副武装，毫不含糊。穆童心里犯嘀咕，但看到全班同学几乎倾巢而出，连班主任也站在了跑道旁时，又信心倍增。枪响后，穆童不顾一切地加速。他用余光发现在另一条跑道上，一名选手快如黑马，自己总落后他两步，他一路追赶，直到终点也没有缩小他们之间的差距。

穆童跃过终点，由于巨大的惯性，迎面撞到了躲闪不及的围观同学身上。

当赵亚东和苟谊喜形于色地一边一个搀起穆童，并祝贺他成功的时候，穆童懊丧地说："只得了个第二！"

"祝贺你！"江老师也高兴地走过来问候，"你只得了亚军，但这已不容易了。因为第一名是 (3) 班的体育生，受过专业训练呢。"

穆童这才开心地笑了。但他走着走着，觉得脚踝疼得钻心。

"可能是到终点时崴了脚。"穆童心里想着。

5000 米长跑是校运会最后一个项目，安排在比赛的最后一天下午，所以参加完 100 米短跑的穆童在这段时间可以休息一下，使受伤的脚尽快恢复。可是快临近比赛了，穆童的脚却没有恢复，甚至肿得更厉害了。同学们都认为穆童是无法进行比赛了。

"咱班以微弱优势暂居第一"，赵亚东在查看了总积分表后，忧心忡怵地说，"如果(3)班的体育生在5000米中夺冠，咱班就会以0.5分之差，屈居总分第二……"

"（3）班的体育生夺冠是肯定的。"苟谊说，"但怎么能让咱班的总分保住第一名？"

"这，你得问他。"赵亚东有些不自然地指了指坐在一旁休息的穆童。

"我？"穆童愣住了，不知道发生了什么事。

"你说话怎么吞吞吐吐，东拉西扯的！"江老师被赵亚东也搞得丈二和尚摸不着头。

"5000米是最后一个项目。只要咱班的选手坚持跑完全程，既使是最后一名也可以拿到1分，就能反败为胜，夺得全年级总分第一！"赵亚东终于道出了原委，坐在角落的穆童听得一清二楚。

"咱班这次赢定了！"江老师觉得胜券在握，然后大声地问，"谁报了5000米？"

同学们面面相觑，只见穆童吃力地站起来回答："我！"

江老师一愣，骄傲的笑容凝固了。

"哪壶不开你提哪壶。"陶敏气愤地对赵亚东说："你没见穆童的脚都肿成什么样子了，还用这种话激人家！"

"生命第一，比赛第二。"苟谊插嘴道，然后对穆童讨好地说："你说是不是？"

"江老师，我的脚不碍事，活动活动能跑的。"穆童站起身，斩钉截铁地说，"最多跑不下来走下来！"

"痛快！"赵亚东得意开了，"这才像我的好兄弟！"

"穆童，要量力而行。不能硬拼，反正已经是第二名了……"赵亚东等人护送穆童进场时，江老师嘱咐道。

裁判见穆童有脚伤，让他主动退出比赛，因为全程要12圈半，并非儿戏。穆童坚持说，当自己脚力不支时会自行退出的。于是，比赛正式开始了。

在跑第一圈时，穆童便明显被拉下一大截。但穆童仍然面带微笑，信心十足。

"怎么样，我说穆童能跑下来的嘛！"赵亚东见穆童步伐均匀，得意地说。

"你当时为啥不报名？"有人问。

"我太胖了。"赵亚东双手叉在粗笨的腰上说，"而且，我一听见枪响就发抖，哪还能跑呀！"

"别那么乐观，还有 11 圈呢。"有人提醒。

三圈后，穆童的脚开始隐隐作疼，他咬紧牙关，一步步向前跑着，尽量不让同学们发现自己的不适。同学们见穆童越跑越慢，怕他放弃，便在他途经班级所在区域时，大声地为他加油。

第一名已经轻松地超过了穆童整整一圈，穆童认出是 (3) 班的那个体育生。此时，他已经咬牙跑了五圈。他一心只想着坚持，坚持，再坚持。这时，有几名选手可能见取得名次无望，便陆续中途退出了，而落在最后的穆童却没有半点后退的迹象。

在第七圈时，穆童的脚伤痛得他面色发白，冷汗淋漓。这种疼痛又逐渐扩大到其他部位。最后，他甚至觉得小腹也剧痛不已。为了缓解这种疼痛，他不得不又放慢了速度。他知道路还长着，越到最后越不易坚持。他不敢停步，停一次就会有第二次、第三次……甚至丧失斗志。

到第九圈时，由于腿部抽筋，穆童扑倒在地。他挣扎着，却没能爬起来。全班学生都惊得站了起来。只见他第二次从地上艰难地支起身子，又踉踉跄跄地跑开了。

当同学们看见双膝已经磕破、胸前的衣服也沾满灰尘的穆童再次经过班前时，他们用旋风般强劲的掌声欢迎着他。穆童觉得有这么多同学的目光注视着自己，用意志支撑着自己，自己又怎么能够轻易倒下？

接着，第一名又超过了穆童第二圈。一会儿，锣鼓大作，光荣的桂冠被体育生捧走了。穆童想再跑快一点，但双腿已不听使唤了。他只能以步行的速度前进。

当倒数第二名选手跑过终点后，宽阔的大操场上就只剩下穆童一个人了。而且还有一圈半。于是，全校师生的目光都落在了这个满胸尘土的瘸着腿的运动员身上。

这时，孙楠清晰的声音通过广播再次回荡在操场，回荡在穆童的耳边："现在播送高三(1)班的广播稿：《穆童，加油！》。我班穆童同学为了班集体的利益，带伤参加比赛。虽然在漫长的5000米比赛中落后了，但他没有灰心；虽然因为剧痛跌倒了，但他却爬了起来；虽然他争不到名次，但他却是胜利者！穆童，加油吧！我们永远支持你……"

或许是孙楠动情的朗诵打动了人心，或许是穆童顽强的拼搏精神感染了人，每当穆童途经某个班级时，都会听到这个班级的同学报以经久不息的掌声。穆童听到这些来自陌生同学们的无言鼓励，泪，已在不知不觉中淌了下来。是的，此时穆童的心中充溢着巨大的幸福感，这是自己从未体验过的感受。

在仅剩下最后半圈的时候，锣鼓声再次响起，并且敲得铿锵有力，震彻操场。同学们都情不自禁地站了起来，围聚在最后一段的跑道旁。

"终于就要到达终点了！终于就要成功了！"穆童也是欣喜若狂。

突然，穆童脚下一乱，又绊了一跤。有几个围观的女孩吓得齐声尖叫。再也看不下去的赵亚东拨开人墙挤进去，上前要扶穆童起来。穆童挣脱了赵亚东的搀扶，爬起来，向终点摇摇晃晃地冲去。

穆童在夹道欢呼的人群中艰难地跑过时，感觉不到孤独和疼痛。

当他终于撞到为他专门绷起的红线时，再一次扑倒在地，但他心里清楚：这次，我们赢了！

13 意外

穆童在校运会上为高三(1)班立了大功。可是由于脚伤，穆童一下赛场便被架进了医务室。

医生诊断穆童脚伤并无大碍，回家安心休养几天即可。可是即将面临第二轮竞赛的穆童怎能安心？他就给自己开了一服中药，服用后，竟很快便可以上学了。

回到教室的穆童又恢复了往日不苟言笑的模样。他埋头苦读的韧劲，让人怎么也联想不到他就是几日前那个在校运会上"出尽风头"的男孩，现在的他还和当初一样普普通通，一样默默无闻。由于自身的努力，穆童学习成绩进步很快。当碰到不懂的问题时，同学们也都乐意为他耐心讲解。穆童看到同学们已经接纳了自己，幸福的暖流便走遍了全身。

一天，江老师把穆童叫进了办公室。

"穆童，这段日子你感觉习惯吗？在学习时思想压力重不重……"江老师第一次这样关切地询问他的学习情况。

"我知道和同学们还有很大的差距……"

"我问的不是这些"，江老师连忙打断他的话，"我是问……你对于物理竞赛的看法。"

"江老师，是不是我哪里又做错了？"穆童被问得莫名其妙。

"不，不，你没犯错误，我只是想了解你的学习……学习情况。"江老师起身倒了杯水，递给穆童。

穆童受宠若惊地连忙站了起来。

"穆童，你进校那天我就告诉过你，我们这个学校是很讲求升学率的。你呢，是个插班生，基础差，偏科现象也很严重。为了使你的各科成绩在高考时不致失衡，而痛失上大学的良机，我作为经验丰富的班主任觉得很有必要和你谈谈……"

穆童听到这里，心里咯噔一下。浓重的阴云自天边涌来。

"穆童，你和高峰同学在上次的物理竞赛中发挥得都不错，我对此很高兴。但现在有一个矛盾，就是全校只有一个参赛名额。到底去谁呢？我考虑再三，也觉得很棘手，于是把你私下叫来商量，因为我要为你的前途着想。"

穆童觉得江老师讲得毫无道理，参加竞赛和参加高考同为检验学习的手段，怎么会变得水火不容，不可得兼呢？

"既然你和高峰俩人只能去一人，那么必定要有一个人弃权。"江老师见穆童没有打断她的讲话，便继续道，"我是这样考虑的，你是插班生，当时参加竞赛是临时决定的，没有经过学校的正式研究讨论，这是其一；你的其他课程成绩平平，很需要努力才行，你应该把花在物理竞赛上的大量时间分给其他不优秀的课程，这是其二；另外，介绍你进校的陈校长由于出了一些问题，当然啦，也势必或多或少地会影响到你，这个因素也姑且算作第三种理由吧。相对来说，高峰同学学习扎实，老师们对他的印象也很好，并且一直担任班干部，也不像你牵扯插班的事，所以，我认为你应该好好权衡一下利害关系。"

穆童终于听明白了江老师讲这一席话的真实意图，更从她反常的举止中窥见了她的言不由衷。

"穆童，我还是希望你能珍惜这次求学的大好时机，早早为来年的高考做准备，而不是被眼前一些虚无缥缈不切实际的东西所诱惑。当然啦，最后主意得你拿。我不多说了，你回去好好想想，我明天等你的回话。"

穆童回到教室后，仍百思不得其解：自己和高峰既然互为对手，为什么江老师不先动员高峰放弃比赛？真是为我着想吗？插班生就低人一等吗？高峰参赛对江老师有什么益处？为什么高峰要和我争参赛资格？是否还有比比赛成绩更重要的东西？江老师为什么向着高峰？高峰果真如赵亚东说的那般可恶？江老师说陈校长出了什么问题？对我又会有什么影响……穆童越想脑子越乱。

穆童其实并未想着非去参加这次比赛不可，但江老师如此一说，反倒激起了穆童的逆反心理，他不但要争取参加这次比赛，还想为自己争一口气。

为了让穆童更好地应对竞赛，郑老师送给他一些复习资料，鼓励他抓紧时间进行强化训练。郑老师认为穆童的优势是基础扎实，随机应变的能力强；而高峰解题速度快，但思维不是太活。两个人只能说各有所长。

郑老师的话鼓舞了穆童，他再次将精力投入到紧张的复习之中，竟忘了江老师正等着他的回话呢。

最终，还是江老师把他又"请"到了办公室。

"穆童，你想清楚了没有？"江老师劈头就问。

"我……"穆童与其说不知如何回答，不如说是拒绝回答。

"如果你同意的话，就在这张纸上写：鉴于自己偏科严重，怕影响学业，现自愿放弃物理竞赛……"江老师一副深思熟虑的口吻。

"不，我觉得我应该试一下，"穆童无法接受班主任这种残酷的建议，"而且我也信心十足！"

"你……"江老师没想到面前这个学生竟这样顽固不化，脸都气歪了。

"是的，我想试一试！"穆童再次补充道。

第二天，学校为穆童和高峰专门出了一套题，让两个人答。结果仍然是穆童获胜。

"我知道你经得起一切考验。"郑老师在分数公布后，拍着穆童的肩说。

头天晚上，狂风大作。第二天地上落了一层黄叶，天边堆满了沉重的云块，气温也骤然降了许多。哦，秋天将尽了。

江老师走上讲台的时候脸色铁青，她将镜架装模作样地向上推了推，郑重其事地从讲义夹中取出一页纸："在今天上课前，我想给大家宣读一份文件。这份文件是上学期的，这学期上级又转发了下来，足见上级对这份文件的重视……"江老师顿了顿，抬眼看了穆童一眼，然后念道，"第一条，……凡是重点中学一律不准招收插班生……"

坐在课桌前的穆童突然像被雷劈一般，五脏六腑都被撕成了碎片！

14　雨遁

当穆童迈着灌铅的双腿走出教室的时候，不堪重负的云朵开始将雨滴抛下。豆大的雨粒在闷热窒息的天地之间横冲直撞，同时发出尖厉的啸声，划出雪亮的刻痕。

这场以迅雷不及掩耳的速度展开的大雨，以它密集厚实的雨丝，织就了一层让视线无法穿越的障碍。

站在雨中，穆童觉得自己是一头孤独的困兽，无处奔突。是的，没有人能帮助他再合情合理地回到教室了，而这场似乎早有预谋的雨倒给他不体面的逃遁提供了一个难得的机会，这无情却又多情的秋雨啊！

走出校门的穆童回过头来突然觉得刚刚走过的这段路程是那么的不可思议：既漫长，又短暂；既接近，又遥远；既熟稔，又陌生……穆童愈来愈觉得自己的思维已陷入了病态的幻觉之中：目之所及都成了虚的、假的道具。雨是假的，学校是假的，校运会是假的，自己是假的，老师和同学是假的，英语课文、物理习题、竞赛……统统都是假的。当然，手中提的这个装满了书本的书包也应该是假的，他真想把这些已经沦为垃圾的东西一股脑儿倒出来，用火点着，化成一堆黑灰！

远离学校的穆童成了一具没有灵魂的行尸走肉。他拖着僵硬的双腿，走在笔直宽阔的被雨水冲刷得漆黑油亮的柏油路面上，面无血色。

雨仍然疯狂地下着，浇在头顶的雨水没完没了地贴着他的发梢淌下，此时的穆童已全身湿透！

穆童不知道自己是否已经哭红了眼圈，但他可以确信：在收拾好书包从教室走出前是没有流泪的，甚至坚强得不曾泛过一星泪花。穆童从来都是坚强的，他不愿在人前落泪，而在雨中，在有着慈母情怀的雨中，他又怎能压抑住内心的痛苦和伤悲呢！穆童在心里一遍遍地祈祷着：啊，雨呀，下吧，再大些吧，冲刷干净一切虚妄的念头，让痴人说梦般的求学统统见鬼去吧！我不需要它们，因为它们带给我的只不过是无穷无尽的伤害！

渴望上学而又屡屡不能如愿的穆童感到心力交瘁。他虽然无法猜度对那些此刻正坐在明亮教室的学生来说，上学算不算难事，但他确信他们至少是幸运和幸福的。他们没有亲身体验过那种被拒之门外的感觉，就无法相信在学校自由自在地学习竟是一件让人身心愉悦的快事。于是，他们迟到、早退、捣乱、逃课，并不珍惜这宝贵的分分秒秒。

穆童在不知不觉中已经走到了城郊，看见了农田。再往前走，竟是一座大桥。

雨小多了，上升的云朵使天宇宽阔了许多。穆童的坏心情被长距离行走带来的疲倦冲淡了好多。穆童走上水泥浇注的大桥，听着桥下震耳欲聋的水声，看着不断上涨的翻滚着白沫和杂物的波涛，心里掠过一丝恐惧。它是怎样的一种力量啊，在空中飞舞时是那温柔而雪亮的雨丝，当汇成这滚滚波涛时却这般怒不可抑，它们在行进时不安分地打着旋儿，翻着浪儿，那偶尔溅起的浊浪向空中伸出一双双攫取的手，好像随时在迎接和等待着什么。

穆童来到大桥一段被车撞出缺口的护栏处坐下来，打开书包，从书中撕下几页未被浸湿的纸，叠了几个难看的纸船，丢下大桥，然后伸长脖子看纸船在泱泱大水中忽上忽下，直至融进烈马般暴烈的浪涛之中。穆童此刻真想变成一只纸船，纵身跃入河水，他相信那将会是悲壮而绝美的一跳。

穆童不会游泳，他只是愣愣地看着河水。河水仍在不断上涨，那骇人的响声已灌满了双耳。

正在穆童发呆的时候，一个驼背的老者上前轻轻拍了拍这个全身精湿、魂不守舍的年轻人，他用苍老的声音说："孩子呀，你还年轻，以后的路还长着呢！起来吧，别犯傻了。该回家了，回家去吧！"老人不由分说地牵着穆童的手，带他远离了桥，远离了那个不用跨越便可以纵入河中的缺口。

穆童知道老人把自己当成那种动不动就寻死觅活的孩子了。但他在离开老人前，还是向那位可爱老人深深地鞠了一躬。他不知道自己为什么要这样做，好像内心已经认同了老人的那种猜测。

回到桥头，他没有按原路返回，而是拐上了一条不必经过学校仍能回家的环城路。

这个曾经在校运会上英姿飒爽、在物理竞赛上独占鳌头、现在却被无辜开除的插班生，走在宽阔的环城路上，羞愧难当。他觉得自己仿佛就是在城里四处招人讨厌、被人讥笑、受人冷落的乞丐。

环城路上车来车往，人来人往，却没人理睬这个浑身精湿、面带忧伤的男孩。穆童心想：如果这时有人愿意停下他匆匆的脚步，问一句你为什么面带忧伤，他愿意从头至尾讲给他听，不遗忘任何一个细小的情节。可是没人停下来，甚至没人愿意多看他一眼。他们好似都很忙，就像那快速滚远的与潮湿路面倾轧而发出咝咝响声的橡胶轮胎一样。

不知又走了几个小时，穆童终于发现了回家的路。如此长途的跋涉，已累得他精疲力竭，但他还是用意志支撑着向家走去，就像在校运会上坚持走向终点。当时是多么惊心动魄和感人至深啊，那么多的同学站起来为他欢呼，为他喝彩……

华灯初上，放学回家的孩子随处可见。穆童和他们一样，同是背着书包回家，心态却迥然相异。看着他们无忧无虑、天真活泼的神态，穆童既羡慕又嫉妒，甚至不怀好意。他真想冲上去拦住他们，大声地质问：你们，你们为什么能上学，而我却不能？

雨后的街市并没有受到天气太大的干扰，照样是霓虹灯闪烁，人头攒动。透过巨幅的玻璃大窗，穆童看见超级商场里灯火通明，货物堆积如山，而且店里都开足暖气，以至店内玻璃橱窗的内壁凝有细碎的水珠。餐馆、酒店、浴脚屋、网吧的门前装饰得更是气宇不凡，与一旁停满的各色华贵名车交相呼应。在解放十字路口，只有一家国营书店哗啦啦放下了卷闸门。

由于饥饿，由于困乏，更由于周身湿衣的浸渍，穆童觉得寒意阵阵，嘴唇冻得发白发青，上下牙床的冷战止也止不住。穆童想歇口气，便在关了门的书店门口的台阶上坐下。穆童蜷起双腿，像猫一样蹲在那里，瘦弱而又可怜。他把书包架在膝头，交插的双臂拥住书包，将下巴抵在书包的高处，淡然地看着繁华的街市。

书店隔壁是一家挂着"解放路音像店"招牌的小店铺。店门前的墙上贴满了港台以及大陆歌星的宣传画。店铺不大，顾客也不多，柜台里塞满了各个时期流行过和正在流行的磁带、CD和VCD盘。刚才穆童之所以来到这里，就是远远循着招徕顾客的音乐而来的。穆童不喜欢听流行歌，当然对那些红歌星的生平背景、艳情轶事也不感兴趣。虽然有同学对此很热衷，甚至为一名歌星耳后的红痣是什么形状而发生口角。想起这些，穆童的嘴角闪过了一丝不易察觉的微笑。听了好几首歌的穆童在这些充满情呀爱呀哥呀妹呀的哼哼唧唧中昏昏欲睡。可能是坐在柜台里的女孩穷极无聊，接下来的好几支曲子放到一半都给换了下来。不久，一曲未终又停了。接着便传出翻找磁带的声音。

"哥，我放在抽屉里的那盘钢琴曲咋不见了？"是柜台里女孩的声音。

"你自己慢慢找嘛！"一个尖细的声音在店的里间回答。

这时，穆童突然有些想念他的同桌赵亚东，还有那个胆小怕事的苟谊。虽然他们初次留给他的印象不好，但后来的种种却让人感动。他还想起了值得尊敬的郑老师——家庭残缺却矢志教育……

突然，一架钢琴弹奏出了几个组合绝妙的音符。穆童一惊，像触电了一般。在听到这几个音符的刹那，穆童仿佛已经于闪电照耀下的黑暗中目睹了一双青筋暴起、充满活力、激情和自信的手指，按下了黑白相间的琴键，然后音符才蹦跳而出。紧接着，穆童觉得自己的耳膜已经不再感应除了这琴音之外的其他声响了。他觉得这流畅的琴音像一条河，不是那种柔弱无骨、平静无波、不温不火的清水河，而是像今天见到的那种咆哮着、怒吼着、野性十足、放荡不羁、震天撼地的洪水河！

穆童再也坐不住了，他站起身，走进店铺。柜台前的女孩用浅浅的微笑迎接着这位大哥哥般的顾客。但当女孩看见他正沉浸在优美的旋律之中，便没有打扰他。

穆童第一次发觉音乐竟有如此震撼人心的力量。随着钢琴曲的跌宕起伏，自己的心也随之上下波动，好似自己就是那个技艺娴熟的演奏家，正如痴如醉地沉浸于幸福无比的演奏之中。此时此刻，所有的怯懦、所有的颓丧，以及所有的不快都被这音乐所带来的巨大冲击波推到了九霄云外。他心无杂念，专心谛听，直到乐曲圆满地结束。

穆童好似接受了一次灵魂的沐浴，一天中所有的郁闷此时都已烟消云散，化为乌有，他迫不急待地上前问道："刚才你放的是什么曲子?!"

"贝多芬最著名的《第五交响曲》，也叫《命运交响曲》。"女孩见他听得认真，便接着讲了下去，"贝多芬是十八世纪德国著名的钢琴演奏家。他是一位音乐天才，你刚听到的这只曲子是他在中年创作的。在此之前，他的双耳已经失去了听力，这种变故对音乐家的打击是致命的，但他并没有因此而终止对音乐的执著追求，而是和病魔展开了殊死搏斗。他说，'我要紧紧扼住命运的咽喉'。最终，他在让人难以想象的情况下写下了一系列交响曲，而你刚才欣赏到的就是被世人推举为最具震撼力的《第五交响曲》……"

在女孩说以上话的时候，穆童一边仔细听着，一边接过女孩递上的磁带翻看。他看到封面有一个头发蓬松得像一团火的人，身穿礼服，右手握着指挥棒，两只手臂高高地翘着。画面中的人物面容冷峻，双眉微蹙，但双眸中露出一种坚毅和睿智。

"这盘磁带我买了。"穆童毫不犹豫地说道。

"这——"女孩有些迟疑，"这盘包装已经打开了。"

"我不嫌。"

"可是我也只有这一盘呀!"女孩倒有些割舍不得。

"你叫穆童吧!"女孩突然眼睛一亮。

穆童吃了一惊，问："你怎么会知道我的名字?"

"校运会上，你可出尽风头了!"女孩的赞美之辞溢于言表，"只要你喜欢，就送给你吧!"

"这，这怎么能行呢?"

"拿着吧，我哥还和你是同学呢!"

"你哥?"

"对呀，我哥叫苟谊。"

穆童听到这个熟悉的名字后，又再次跌进了现实的冰窟。他神色慌张地离开了音像店，走了很远，才发现手中仍紧紧握着那盒磁带。

15 出路

杜阿姨看见浑身湿透的穆童没精打采地进了家门，一声不吭地进了自己的小屋。一会儿，录音机被打开了，播放的不是英语教学带，而是一支乐曲，很是惊讶。

孙楠正在自己的房间做作业。放学后一直不见穆童哥的影子，正在纳闷，忽听他的房间竟传出熟悉的贝多芬《命运交响曲》，连蹦带跳地去瞧。

而此刻的孙平与穆童一墙之隔，正在闭门做画。为了确定一幅画的基调，他犹豫不决。前一段时间，孙平的一组作品受到美术界的批评，说画得太单薄太秀气太妩媚，没有精神没有骨气没有内涵，不大气不厚重不凝练，甚至有的说他的作品像是美院刚毕业的小女生画的。孙平开始并不以为然，当众口一词时方大受打击，以致心灰意冷。孙平觉得自己在艺术表现技法上刚刚有所突破，不但无人喝彩，反而招致众人的责难，感到很委屈。经过反思，孙平也意识到同行们的批评并非空穴来风，但如何才能大气、厚重、凝练呢？经受挫折的孙平为此几乎伤透了脑筋，一直难以突破自我。今天，他将自己关在画室，抽了一天的烟，踱了一天的步，洁白的画布上仍未曾落墨。当满腹忧伤的杜平听到穆童一回来就将录音机开得山响，满肚子的火升腾起来，他真想一脚踹开房门，让穆童关小音量。但他听了一会儿，竟有一种困兽逃出牢笼的轻松感。孙平凭经验认定这是灵感袭来时的征兆，于是，他迅速准备好画纸、笔墨，他要迎接这久未光临自己的灵感之精灵……

"穆童哥，你怎么才回来呀！"孙楠推开穆童房间的门问道。

"我……出去转了转。"

"你的衣服全湿了?"孙楠对着坐在桌前傻听录音机的穆童说。

"今天的雨真大。"穆童这才意识到自己的迟钝。

"可放学的时候雨已经停了呀!"

"噢……是吗?"穆童不知如何搪塞。

"不会是逃学了吧?"孙楠打趣地问。

"怎么会呢!"

"对了,从哪里搞到的这盘磁带?"

"买的……可是,没花钱。"穆童真说不清自己是怎样得到的这盘磁带。

"恐怕是女朋友送的吧!"孙楠不无戏谑地说。

"是解放十字路口的一个开音像店的朋友送的。"

"噢,知道了。"孙楠恍然大悟,"是苟娟她哥吧!我替你翻录的英语带就是苟娟帮我录的。苟娟对音乐懂得很多,如果你见了她,她会给你讲好些音乐知识……"

孙楠聊了一会儿便去写作业了,穆童换了衣服,倒在床上伴着音乐想心事。他同情贝多芬,也同情自己。他觉得渺小的自己和伟大的贝多芬颇有些同病相怜。贝多芬痴迷音乐却失聪了,而自己好学却失学了。贝多芬失望过,但最终没有绝望,而自己正处在困顿的低谷,还尚未从打击中挺立起来。自己被学校开除了,这是事实;自己热爱学校渴望知识,这也是事实。被无情地拒绝于学校的门外,这的确让人难以接受,但是至少还有一道更宽的门向自己敞开,那就是谁也堵不住的知识殿堂的大门!即使被学校开除一千次那又有什么关系呢?并没有谁能真正阻止得了一颗好学的心啊!

穆童此时想到了家乡,但他现在无颜回去,因为自己并没有实现父母乡亲们寄予的殷殷期望。接下来，他打算在城里先学会自立，在经济上，在人格上。自己已经年满18周岁了，是该为自己的美好未来而奋斗了！明天就去劳务市场找一份工作，再苦再累都不嫌，等挣到钱了再买好多好多书来读，或许还能给家里每月再寄一些……穆童越想越美好，越想越光明，以至于激动得辗转反侧，身体烫得像烙铁。

他决定在晚饭时，将这个大胆而又充满挑战意味的想法告诉孙叔叔，既然已经覆水难收，他或许会同意自己的想法。

晚饭桌上，穆童一直插不上话，因为灵感大发的孙叔叔终于大彻大悟般找到了突破失败的契机，高兴得话如泉涌。这个好运来自穆童带回的那盘磁带，所以，孙叔叔一边对穆童的勤奋、懂事赞不绝口，一边不停地给他的碗里夹大块大块的鸡肉。

"我明天不去上学了。"在孙楠收拾碗筷的时候，穆童终于有机会对孙叔叔说。

"为什么？"孙叔叔大吃一惊，然后关切地问道："是哪里不舒服吗？"

"没有。"

"是不是在学校有人欺负你？"杜阿姨也忙问道。

孙平见穆童仍是摇头，便接着猜，"或者是老家有什么事？"

"都不是。"穆童觉得被孙叔叔和杜阿姨追根问底是件难堪的事，但他还是硬着头皮用几乎低得像蚊子在哼哼的声音说，"我……我被学校开除了！"

"开除！"杜阿姨和孙叔叔几乎是异口同声地尖叫起来。

顿时，屋子里和谐融洽的气氛一扫而空，变得沉闷不堪。杜阿姨大惊失色，孙叔叔面色铁青，而在厨房洗碗的孙楠失手打了一个瓷盘，发出瓷器碎裂时特有的声音。

"孙叔叔，"穆童没料到局面会这样糟，也想不出应该怎样劝说，"我想好了，上不成学，我可以在城里打工，我要自立……"

"胡闹！"孙平大声地呵斥道，手臂在空中用力地挥了一下，好似在驱赶从穆童口中吐出的幽灵。穆童从孙叔叔的呵斥声中听出了他未曾有过的愤怒。

孙平在客厅里大步地走了几下，想说什么又将话咽了回去，气汹汹地进了卧室，并将门"砰"地摔上。

杜阿姨瞪了穆童一眼，也悄无声息地跟着进了卧室。孙楠正在收拾盘子的碎片，穆童走上前刚要解释，孙楠也像躲瘟神般一闪身，进了自己的房间。穆童独自站在宽大的客厅，客厅静得让他觉得心跳的声音是那么的巨大。

穆童走进自己的房间，蒙着被子抽泣起来，大颗大颗的泪再一次从眼里心里释放出来。半夜，他突然感觉到闷热，热得人窒息，便将被子蹬在一边，一会儿又冻得发抖，朦胧中又找不见被子。后来，穆童便在忽冷忽热中晕了过去。

16　病中

……穆童神差鬼使地回到了那座大桥的缺口处。桥下浊浪排空。突然，不知谁从后面用力推了他一把，穆童掉进了水中。河水深不可测，河岸也遥不可及。他奋力地挣扎着，大声地呼救着，桥头的人们却视而不见，仍然慢条斯理地继续着悠闲的散步。穆童对他们处事不惊的"绅士风度"倒吸一口凉气。突然，他发现一条小船破浪而来，小船是那样地丑陋不堪，竟有些像自己叠的纸船。他费了好大劲才游近小船。刚爬上船，他便双眼一黑，昏倒在甲板上……

雪白雪白的屋顶，是穆童苏醒后首先映入眼帘的东西。他又向四周看了看，才发现自己正躺在医院的病床上，而且左臂还挂着一支吊瓶。这时，他才意识到掉进河中纯属幻境。

孙楠见穆童醒来，激动得大叫起来。很快，赵亚东、苟谊、陶敏便出现在穆童的病床前，将他围在中间，站在外围的还有孙叔叔和杜阿姨。

"你昏迷了整整一天一夜，我们都吓坏了。"陶敏做出一副惊魂未定的样子。

穆童认为自己是孤独和无助的，但大梦醒来竟见到有这么多人在自己昏迷不醒时为自己牵肠挂肚，沧桑的心像被温暖的熨斗熨过一般舒坦。

穆童依依不舍地离校时，赵亚东和苟谊一前一后追了出来，可是突如其来的大雨又将他们赶了回去。下午放学后，苟谊在解放路口见到失魂落魄的穆童，当时他浑身精湿地坐在自己家磁带店门口，后来又进去了一会儿，苟谊见他那副模样，便没了勇气上前相认。

次日，苟谊将所见说与赵亚东，他俩都觉得有必要去看看穆童。陶敏见他俩神色诡秘地说着什么，上前问明了实情，也痛快地表示结伴同去。

孙叔叔家没人，邻居说一家人都去了医院。他们又匆匆赶到医院，才知是穆童生了病。

穆童看到他们，眼里的亮光一闪，但他还是有气无力地说："只是感冒而已。"

"感冒也要好好治。"他们几个忙不迭地回答。

他们只说了两三句诸如天凉了、流感来了的话，便都没话可说了。这时，苟谊终于忍不住说了一句："昨天郑老师还问起你呢！"

"别提学校的事了，"赵亚东觉得苟谊真是哪壶不开提哪壶，赶忙把话题岔开，"穆童，你什么也别想，先把身体养好！"

"我挺得住！"穆童最后在同学们和他告别时说。

赵亚东出了病房，对孙叔叔表情严肃地说了些什么。孙叔叔一边认真地听着，一边大口大口地吸烟，以掩饰自己的震惊和愧疚。

孙平从赵亚东的叙述中得知：穆童被开除的主要原因并非因为他"表现不好"，而是有另外的、不为人知的背景。为了把事情搞个水落石出，孙平在送走穆童的同学们后，便和老同学徐忠取得了联系。

"我知道你是为穆童被开除的事而来的。"徐忠见孙平夜半来访，一下便猜出了他此行的目的。

"没错，老同学！"孙平也开门见山地说，"我想了解一下穆童到底做了什么错事，才被学校开除的？"

"嗨，这事……怎么说呢？"

"徐忠，我又不是外人，你怎么变得这么婆婆妈妈的？难道你还不信任我不成？"见徐忠一副为难的样子，这更激发了孙平刨根究底的兴趣。

"怎么会不信任你？只是……唉，事已至此，说出来也无妨。"徐忠犹豫再三，还是将所了解的情况对孙平合盘托出。

……陈校长是从部队转业调进学校的。他性格耿直，得罪过一些人。高教导主任就和他在许多问题上有分歧。前不久，有人写匿名信，诽谤陈校长贪污受贿。上级派人查了一通也不了了之。陈校长因年事已高，便借机退了下来。现在，学校的负责人其实是高主任。穆童是陈校长推荐入校的，而现在陈校长又退了下去……

"你的意思是说高主任公报私仇，借故将穆童开除？"孙平问道。

"当然不排除这种因素，但这绝对不是主要原因！"

"你是说还有其他原因？"孙平觉得这一切真是太扑朔迷离了。

"穆童在离校前是不是一直在为参加市上的竞赛做准备？"徐忠反问道。

"是啊。但这与竞赛又有什么关系？"

"据我所知，穆童参加的不是普通意义上的竞赛，其中包含着许多优厚的待遇!"

"待遇?"

"是的，历届在此类全国竞赛中夺得一等奖的，许多重点大学的免试录取通知书就会雪片般飘来，任你选择!穆童的物理成绩十分优秀，他的参赛势必会威胁到一同参赛选手的入选几率。而和穆童竞争的学生又恰恰是学校高主任的侄子……"

孙平听到这里，大脑"轰"的一下一片空白，他怎么也料想不到，神圣、清静的校园也有如此阴暗的事情!

"以上这些我只是信口胡说，没有半点真凭实据，你只能作为参考，当不得真。"徐忠说完后，没忘了将这一席话又推得一干二净。

徐忠的一番话，和赵亚东的猜测不谋而合。为此，孙平又拨通了马跃的电话。

"可是我叔叔已经退了呀!"此时的马跃也犯难了。

"不一定非得回原学校。"孙平便退一步说，"其他的学校——普通中学也可以，只要能让孩子顺利地参加完高考。"

"我的叔叔有一位老部下，现任市教育局副局长。虽然许久不联系了，我尽力而为吧!"

"我过几天要进山采风，这次去的时间可能要长些。"孙平最后说，"穆童的事就让你多费心了。"

"好吧，我尽力去办，但不敢给你做保证。"马跃诚恳地说。

17 检查团

一连几天，整个学校变得鸡犬不宁。一会儿打扫卫生，一会儿检查评比……直到一天校门口挂起了"热烈欢迎上级领导莅临我校参观指导"的大红横幅时，同学们才找见了谜底。

高主任鞍前马后陪着一帮上级领导跑得不亦乐乎。以市教育局吴副局长为代表的队伍在大略检查了校园之后，踏进了高三(1)班的教室。学生们正在安静地上自习，吴副局长煞有介事地看了几名学生的作业后，发现最后一排有一个空位，便问高主任："上高三了，怎么会有学生旷课？"

"没有。"站在一旁的江老师连忙回答，"原来有一名学生，后来退学了。"

"退学了？"吴副局长疑惑地问，"难道这样的重点中学也不满意？"

"不，不是，"高主任又接过话茬说，"是我们把他辞退了。"

"为什么？"吴副局长不以为然地问。

"是，是基础太差。"高主任结结巴巴地回答。

"基础太差，势必会影响到升学率。"吴副局长意味深长地说，"你们学校这几年的升学率可是有所降低哟！"

高主任点头连连称是。

转了一会儿，吴副局长好像记起什么似的说："刚退休的陈校长是我的老上司，前不久还介绍了一名学习不错的插班生，是不是真的？"

"是的，"赵亚东迫不及待地起身回答，"他还在学校的竞赛中得了第一名呢！"

"嗯，果然是个好苗子。"吴副局长并没有批评赵亚东的唐突，他继续对高主任说："我希望你们作为学校领导，要多培养人才、珍惜人才。是不是？"

"是，是。我一定照办！"高主任像鸡啄米一般点着头。

吴副局长走出高三(1)班教室的时候，赵亚东发现高主任跟在后面掏出手绢擦额头的虚汗，他心里有一种复仇的快感。

18 返校

当穆童颇具喜剧色彩地重新走进教室的时候，在赵亚东的带动下，同学们像欢迎凯旋的战士一样鼓起了掌。

江老师连忙制止了这种带有煽动性质的起哄，然后在讲台上对重新归位的穆童草草说了诸如"既来之，则安之"的开场白。不少同学都发现江老师在说这些话时表情很不自然。但是，赵亚东注意到全班只有一人对穆童的归来表现出前所未有的冷漠。他就是高峰。

当高主任笑容可掬地送走吴副局长后，并未听到一句对学校的正面评价，不禁纳闷。高主任心里清楚，对学校的评价，就是对学校领导的评价，更何况是陈校长退下之后，自己大权在握的重要关头。按理说，上级领导在此时来检查工作是不会没有目的的。领导会或多或少或好或歹给底下露点风，好让下面有个心理准备，结果却令他大失所望。吴副局长为什么守口如瓶？是不是对我的工作不满意？当高主任静下心来回想与吴副局长的谈话时，他突然发现了一个被忽视的重要话题——穆童的退学！

顺着这个发现再按图索骥，他感到了事情的严重性：穆童肯定大有来头！或许就是吴副局长，甚至吴副局长的上级的意图，要不然陈校长当时怎么会顺利让他入校？吴副局长也不必兴师动众地亲自过问了！

高主任越想越窝囊，好似捅了马蜂窝般坐立不安。他想：要不是侄儿高峰的苦苦哀求，我怎会狠心将那么出色的学生借故撵走呢！高峰学习不好，但争胜心强。他知道自己各科平平，便孤注一掷，专攻物理。他只要在高三的全国物理竞赛中脱颖而出，就不必去挤那独木桥了，重点大学的大门将向他网开一面。多年来，高峰为了实现被免试特招的梦想而处心积虑，满以为自己将在不久的一天来一个鲤鱼跳龙门般的巨变。怎料想半路杀出个程咬金，穆童的到来让曾是手下败将的高峰惶恐不已。当他得知这个插班生已辍学两年、并且也无缘参加学校的选拔比赛时，还暗自庆幸过一阵子。但郑老师在紧要关头据理力争，竟让穆童参加了选拔。虽然两人此次成绩相当，但高峰在内心已失去了自信。

高主任眼看着侄儿因来了一个插班生而自卑、沉沦，心急如焚。高峰也不会轻易让自己多年的努力付诸东流。为此，他们便推出了一系列不可告人的计划。于是，年迈的陈校长下了台，穆童也被轻易地拒之门外……高峰再一次"死而复生"。参与此事的还有江老师，江老师是民办教师，一干十几年都未转正，高主任给她正帮着办转正手续，刚刚有个眉目，所以高主任也不怕江老师会不加权衡就将此事抖落出来。

如此这番之后，身为学校领导的高主任为自己的所作所为感到耳红心跳，但一想到这关系侄儿的一生时，倾斜的心理天平又恢复了平衡。他觉得时间会抚平一切。但怎料平地又起惊雷——吴副局长又插手这件事，并且让人摸不透底细。高主任思来想去，最好还是招穆童返校，否则后果不堪设想！

高主任把此事说与江老师时，江老师为难了半天："这泼出去的水，怎么……怎么好收回来呢！"

高主任便说："你看着办吧！"

"学校通知你下午务必赶到郑老师办公室，商议代表学校参加市上比赛的具体事宜。"陶敏在电话中给在家度日如年的穆童带来了这个振奋人心的好消息。穆童在听到这个消息后愣了一会儿，接着便嘤嘤哭了起来，让孙楠和杜阿姨也感动地抹了几把泪。

郑老师对再次出现在他面前的穆童说："离市上的竞赛只有一周了，我觉得让你去心里才有谱。"

穆童休养在家时，杜阿姨将伙食弄得很好，也不再让穆童干洗碗之类的活了。孙叔叔外出采风前也叮嘱穆童耐心等待，如果实在不行再另做打算。穆童对重新入学不抱希望，但他珍惜一切学习的机会，一天也没拉下课程，甚至上学后，发现自己自学进度比学校还略快一些。

入校一周内，郑老师几乎抽出所有的课余时间来辅导穆童，甚至让他搬到自己宿舍的写字台上学习。郑老师将写字台上凌乱的书报一股脑儿堆放在屋角，用抹布将灰擦净。这样，他一边给孩子做饭，一边还可以手握滴着热汤的勺来解答穆童的疑问。在这很短时间的相处中，穆童对郑老师又有了更进一步的理解，也更敬佩他了。

一周紧张的强化训练后，在郑老师的陪同下，穆童走进了考场。

经过漫长的等待，穆童蔫头蔫脑地走出了考场，郑老师感到很吃惊。

"对不起，郑老师。"穆童用牙咬着嘴唇，低着头说，"我可能让您失望了。"

19 实验

第二天穆童情绪稳定后，郑老师让他凭记忆将竞赛题重做了一遍，除了几个占分不大的实验题做得不够理想外，其他题并没有多大失误，于是郑老师心里的石头才算落了地。

"不要担心，这次题出得太刁，你能做到这种程度已经不错了。"郑老师勉励他，"我建议你在实验操作上再多下功夫——这次竞赛便暴露了你这方面的欠缺。"

郑老师把物理实验室大门的钥匙交给了穆童，让他一有空就做实验，这样不但可以提高实验操作能力，也能强化记忆，巩固所学知识。于是，穆童常利用晚自习独自去实验室学习。

高峰怎么也料想不到伯父为了保住他的乌纱帽，竟置侄子的前途于不顾，将侄子的劲敌——穆童——再次"请"回了教室。高峰知道这一切都是由于那次该死的、似乎带有"秘密使命"的检查，令做贼心虚的伯父几乎吓破了胆。高峰虽然窝火，但也无可奈何，因为自己做的一切毕竟都是些不可告人的事情。

当穆童再次走进教室时，同学们热烈的掌声犹如一阵助燃剂，蓦地点着了高峰内心压抑了许久的恨的烈火。高峰更看不惯郑老师对穆童的那种亲密劲，他想："我高峰才是为你鞍前马后操心的物理课代表，更何况我为讨好你不知为你干了多少如买煤、买面、收发作业、板书习题的事。"高峰越想越生气，便有意疏远郑老师，以期引起他的注意。郑老师这时候哪有心思琢磨这些，对课代表的变化浑然不觉，这倒使多心的高峰在心里大叹了一番人情冷暖。

一天晚自习时，花老师突然来收作业。收齐后点来点去发现差一本，便问："谁的作业本没交，请举手。"竟无人举手，同学们都说交了。

"如果不举手，我一查名单就明白了。"花老师的"威胁"仍没有起作用。

"插班生没交。"高峰眼一亮，终于有了发言的机会。

"请穆童站起来。"花老师对插班的穆童记忆深刻，便心领神会地问道。

"他没在。"赵亚东这才想起自己的同桌没在，"他去物理实验室做实验去了。"

"不会做可以抄嘛，也没必要躲起来！"高峰阴阳怪气地说，他认定穆童是怕交英语作业才避开的。

"你别诬赖人好不好！"赵亚东听见高峰大放厥词，气就不打一处来，"我明明看见他做完了。"

"不要空口乱讲，做完了你就交出来！"高峰也不示弱。

"交就交！"赵亚东低头去找同桌的书包，桌肚竟是空的，一时没了词。

"有本事赶快交出来，别让花老师等急了。"高峰得意劲十足，他看见穆童在自习前将塞得鼓鼓囊囊的书包背走了。

"高峰，你小子敢打赌的话，我这就去实验室……"赵亚东几乎是咬牙切齿地说。

"算了算了，"花老师制止了这两位同学莫名奇妙的争论，"回头让穆童把作业补交来就行。"

赵亚东一直把穆童作为自己的表率，学习他的刻苦和认真。加之他俩同桌的地利，自己的学业也有了很大进步，他不能容忍别人诽谤和攻击穆童，更何况他觉得高峰在同学面前公然奚落自己很是丢脸。赵亚东随后对苟谊说："高峰太张狂啦，我发誓要收拾他！"苟谊说："我看他也一百个不顺眼，这事包给我了！"

其实，正如赵亚东说的那样，穆童将英语作业早写完了。在来实验室时，他觉得将一大堆物理资料张张扬扬地抱来不如把书包背来，却没想到自习时会收作业。现在，他正在专心致志地做电学部分的实验。

穆童觉得学校对生物、化学实验挺重视，物理实验则逊色多了。大多由教师在课堂做最简单的演示便罢。物理实验室很少有人去，里面的仪器许多因久置不用，给实验结果带来了较大误差。在实验时需要一截导线，他找了半天才寻见，还竟然有残损，表面的绝缘物质被老鼠啃掉了不少。

由于这次实验对电压要求较高，穆童便在电源上又安装了一台变压器，以增大电压。实验前，他再一次检查了各处的连接，觉得一切正常才按下了电键。不知何时，两根裸露着的铜导线叠在了一起。刹那间，一道刺目的光亮，伴随着可怕的噼啪声，像一条游龙沿着导线飞快地燃烧起来。穆童被这突如其来的意外吓住了，但他立刻意识到如此高压会造成的严重破坏力，便抓起一根木棍打落了将要蹿进变压器的导线。变压器没有受损，但实验室的灯却在刹那间灭了。他慌张地走出实验室，竟发现从未停过电的学校一片漆黑。教学楼和教工楼的阳台都有吵嚷的人在互相打问这突然停电的原因。

穆童意识到自己闯了大祸：由于自己不慎，致使电路短路，电流巨增，熔断了学校配电室的保险丝。穆童立刻将刚发生的一幕告诉了郑老师。郑老师让穆童先回教室，就当什么事也没发生。

走近教学楼时，穆童听到同学们在黑暗中大声地吵闹、起哄，却看不见一点亮光。于是，他又折回去，在校门口的小卖部买了好几把蜡烛和一匣火柴。进了教室，穆童摸索着点亮了一支蜡烛，然后又引着第二支……于是，每张桌面都有了一支闪着红红的黄黄的火苗的蜡烛。教室在片刻间便静了下来，同学们又重新投入到忘我的紧张学习中。其他班见高三 (1) 班教室里鸦雀无声，并且烛光一片，便有人跑去买蜡。一会儿，学校附近商店里的蜡烛便被抢购一空。

高主任手持电筒，急匆匆找来了电工和郑老师，让他们赶快去查看到底是哪里出了故障，自己深一脚浅一脚地向教学楼赶去。他心里早就乱成一团麻了：在这黑灯瞎火之际，那些调皮的学生真不知又会捅出什么乱子呢！当高主任来到教学楼下准备撕破嗓门"督阵"的时候，抬眼却看见建筑宏伟的教学大楼里，各班的教室都透射出温暖的烛光，学生们早已恢复了平静。

20 阴谋

穆童一晚都未睡实，次日课间便忐忑不安地去找郑老师。

郑老师和江老师并排出了会议室，像刚散会的样子。穆童想避开，但江老师远远看到他后，隔很远就高声喊道："穆童，你再次给咱班和学校争了光!"

穆童诧异地看着江老师,用一双求助的眼光看着郑老师。郑老师高兴地说:"会上刚刚宣布你在市上竞赛中得了第一名。"

"我还以为考砸了呢!"穆童也露出了许久以来难得的笑容。

等江老师走开后,穆童压低声音急切地问郑老师:"昨晚的事学校怎么处理的?"

"没事没事。"郑老师轻描淡写地摆摆手。

穆童听郑老师如此一说也就放心了。

江老师在走开时仍然对刚开的会议记忆犹新:高主任大发其火,将郑老师批评得狗血喷头,作为老师在实验时竟这样掉以轻心,险些酿成火灾。更为严重的是耽误了几千名学生的多少时间!要不是他的得意门生穆童得了大奖的好消息使高主任怒火降了降温,否则这会真不知会延长到什么候……

穆童和孙楠一般是各自回家的,但今天他想尽快将好消息告诉孙楠,便早早来到校门口等她。

"喂,你认识不认识高三(1)班的高峰?"有人拍着穆童的肩问。

穆童转过身,是一个小青年,嘴唇上留着几根稀疏而参差的胡子,光头,一双小眼睛滴溜溜正打量着自己。

"你找他干嘛?"穆童警觉地问。

"你认识?噢——找他……我是他表哥。"青年笑嘻嘻地回答。

"你等一会儿,他快出来了。"穆童焦急地在放学的人流中找孙楠,也找高峰。

一会儿,高峰的身影闯进了他的视野。他看见高峰朝他瞥了一眼,却没发现站在一旁的他的表哥,穆童便喊了声:"高峰,有人找!"

有几名同学回头看了穆童一眼又走了,只有高峰远远地盯着他,"有什么事？"

男青年连忙拨开人群，大步向高峰走去。高峰竟然对他的这位表哥视而不见。

男青年蛮横地逆着人流挤到高峰面前，不由分说就揪他的衣领："你小子借钱不还，难道还想赖掉不成！"说着便动手动脚起来。见有人打架，好奇的学生们一忽拉围上来看热闹。

高峰被人莫名其妙地揪住衣领，他的直觉告诉他——这是穆童的报复！而自己已经钻进了穆童蓄谋已久的可怕圈套。

穆童见事态升级，赶忙去叫学校的警卫。

正当高峰手足无措、六神无主的时候，突然看见人群外几个匆匆赶来的门卫，便壮着胆子大呼救命。高峰由于紧张，连"救命"二字都喊得让人不寒而栗。

男青年还没揍高峰几下，见匆忙赶来穿警服的门卫，便知趣地松开了手，和气地说："没啥事，闹着玩的，闹着玩的。"末了，还和高峰像好朋友一样拥抱了一下，阴森森地问："是不是？"

男青年在开溜之前，恶狠狠地对高峰威胁道："今天算你走运，你小子以后再狂，我揍扁你！"

敢怒不敢言的高峰真是气急败坏，见身边竟并排站着穆童，便咬牙切齿道："咱们走着瞧！"

穆童一时真懵了：高峰怎么了？我叫来门卫，让你免受皮肉之苦，你却以怨报德？真是不可理喻！

"就你能！"回家的途中，有人冷不防用拳头捅捅他的腰。

穆童没回头就听出是苟谊。

21 误会

没想到下午刚到校，穆童便与高主任狭路相逢。

"你就叫——穆童？"高主任拖着官腔问。

高主任与他打招呼，令穆童暗暗吃惊，转念一想：是不是他知道了昨晚停电事件的原委？

"你去把江老师叫到我办公室来，你也来。"高主任用生硬的口气说。

穆童跟着江老师进了高主任的办公室，发现高峰也在。接下来，高峰便理直气壮地站起身，对江老师说："江老师，今天我要让您知道中午放学时在校门口发生的一起恶性事件。事情是这样的……"

当高峰添盐加醋地讲完事件的经过后，还煞有介事地补充道："我承认自己和穆童有矛盾，但我想不到他会用这种卑鄙的手段来解决我们之间的摩擦。江老师，您认为这样的学生配在我们这个团结的班级再待下去吗？"

"你怎么能做出这样的事呢！"江老师不分青红皂白地批评道，"上午刚表扬了你，就飘飘然了？就可以不必受纪律的约束了？我作为班主任，即使有市教委的人保你护你，我也有权开除像你这样道德败坏、不可救药的学生！"

当江老师再次提起"开除"这个让穆童伤透了心的词语时，不啻于给他未愈的伤口又撒了一把盐，穆童一肚子的委屈涌上心头，眼泪也不争气地簌簌流了下来。

"请相信我，我不认识那个青年……"穆童几乎泣不成声地解释道。

"我看你真是不见棺材不落泪！"高峰见穆童还想狡辩，就说："我可以叫门卫来做证。"

一会儿，高峰兴冲冲地将门卫带来了。门卫一见穆童便指着他说："就是他，不会错的。"

高峰为自己叫来的证人喜形于色。

门卫接着对高主任说："今天中午，多亏了这名同学，你们得好好表扬他才行！要不是这位同学及时通知我们，高峰同学真不知会被校外青年打成什么样子呢！"

听了这话，高主任、江老师以及高峰，都惊呆了！他们一时都不知该如何收场。

"如果没什么事我就走了。"穆童见水落石出，便抹干眼泪出了高主任的办公室。

当着江老师的面，高主任为自己听信一面之辞而羞愧得无地自容。上午获知穆童获奖后，他立即与吴副局长通了电话，讨好似的做了汇报。但放下电话才几个小时，侄儿便来哭诉了自己被打的经过，高主任火冒三丈，发誓这次对穆童决不手软，便寻思着来个对证。谁能料想到搬起石头砸的竟是自己的脚。当他毫无颜面地送走江老师和门卫后，见高峰像泄了气的皮球一样蔫头蔫脑地站在一旁，忍不住大发雷霆："混账！以后你再到我面前提穆童半个'不'字，我先开除你！"

22 发言

当穆童在市上的物理竞赛中一举夺魁的消息传出后，全校师生为之振奋。由于期中考试逼进，各班便争相提出了向穆童同学学习的口号，营造学习气氛。

看着同学们有条不紊地进入了各科的复习，整天抱着物理题又写又算的穆童便捺不住性子，看开了其他科目。一天，郑老师发现穆童在自习课上看的不是物理书而是英语书时，生气地说："你明明知道全国性的大赛迫在眉睫，你却在这里看闲书！"

"这不是'闲书'，是功课！"穆童纠正道。

"你现在应该明白自己的身份和所负有的使命——你现在代表的不仅是你，而是整个学校，甚至是整个城市！我现在不允许你看除了物理之外的其他任何书籍。我一会儿和江老师商量一下，为了不使你分心，建议学校让你不必参加期中各科的考试。话又说回来，你只要在全国获奖，不知有多少大学都会到学校来抢着要你！"

　　"我不稀罕被人要，我要凭自己的真才实学去竞争，去报考！"穆童坚定地说。

　　"这有什么不一样吗？"郑老师说，"你参加全国比赛难道不是通过一层层选拔和竞争脱颖而出的？"

　　但是，等郑老师走后，穆童又悄悄拿起了其他课本。是的，他不想错过任何一次证明自己的机会。自进校以来，他在学习方面下了常人难以想象的功夫，克服了重重困难，现在到了检验和收获的时候，自己怎能轻易放弃呢？他知道要参加期中考试，肯定在学习时间上与全国竞赛的复习有所冲突，但穆童觉得自己有能力协调好其间的关系。他不但要参加期中考试，而且要考个好成绩。他要用成绩来证实自己这几个月来的努力，证实自己能经得起考验，当然也不怕考验。

　　期中考试来临的时候，虽然江老师已同意穆童可以免考，但他还是信心十足地走进了考场。两天考下来，感觉一直良好。第三天下午，也就是最后一门英语考试时，突然腹痛不已，以至于疼得他连笔都握不住。监考的花老师见穆童脸色煞白，冷汗直冒，问他怎么了。当花老师得知他生病时，劝他先去医务室看病，但穆童还是想坚持考完全场。

　　一阵疼痛之后，穆童已是四肢无力了。他请假去厕所，上吐下泻，折腾得他头晕眼花，涕泪长淌。他无力地蹲在那儿，缓了一口气。当他再次起身时，因大脑供氧不足而双眼一黑，栽倒在地。过了不知多久，穆童感到额头和胳膊肘有些痛。一睁眼，才发现自己正躺在厕所的地板。痛的地方或许是倒地摔在水泥地面的部位。

"幸好正在考试，无人发现。"穆童起身时还庆幸无人看见自己的"丑态"。他用冷水洗了把脸，又重新返回考场。就这样，他硬撑着考完了全部的科目。

当郑老师批评穆童太倔犟，不该分散精力参加此次中考时，为时已晚了。穆童表面上"认罪"态度积极，心里却觉得自己没有做错。

期中考试成绩很快就出来了，穆童名列全年级第五！

同学们都傻眼了——穆童在这么短的时间内取得了如此大的进步！在周一的班会上，同学们都怂恿穆童讲一讲自己的学习秘诀。

盛情难却，穆童在同学们雷鸣般的掌声中走上讲台。他环视了一下教室说："其实……我真没有半点学习秘诀之类的东西。如果硬说有的话，或许就是踏踏实实地面对每一道要解的难题，直面每一次挫折。"

"我是个来自山里的插班生。我自卑过、怯懦过、退缩过、失败过，经过不少波折后，我变得坚强了、坚定了、进取了、信心更足了……这些变化到底依靠的是什么？我现在才意识到：靠的是比别人更多的努力和付出！

"可能是由于我曾经拥有的坎坷求学经历，使我强烈地意识到能够不受干扰、专心致志地学习是多么美好而又开心的一件事！因此，我珍惜每一天来之不易的求学日子，并尽量把它利用好。即使某天我再次失去了求学的条件，我想我也不会虚掷光阴，我肯定会更加努力地用知识去充实和丰富自己的内心世界，只有这样，我才能心安理得。

"在此，我只想对在座的每一位同学说：珍惜和利用好你的每一次稍纵即逝的求知的机遇，你将变得富有和强大！"

穆童的发言朴实、诚恳，引起了同学们深深地思索。

23 被抓

当穆童将获奖的消息带回家的那天，孙平也风尘仆仆地采风归来，一同分享了穆童的喜悦。

孙平此次采风，也大有收获。当他从乐曲中悟到了阴柔与阳刚互为依存的道理后，一种前所未有的创作欲望激励他要立刻动身去山里。投入大山的怀抱，他的灵感接踵而至，以致他夜以继日地创作，回来时头发像野草般蓬乱在头顶，胡子也黑茬茬一片，人消瘦了，但眼中却闪烁着前所未有的激情和冲动。

孙平的几位知音闻风而来。当他们目睹了孙平仿佛一夜间便画出这么多刚柔相济的优秀作品时，个个拍案叫绝。一时间，孙平宽敞的会客厅和画室里人满为患，前来参观拜访的同行络绎不绝，赞美之辞几乎比过去批评的言辞还多十倍。朋友们建议孙平搞一次画展，并预言会引起轰动，在他几十年的艺术生涯中留下辉煌的一笔。孙平也觉得未尝不可，便投入到紧张的画展筹备工作之中。

穆童在历次竞赛中过关斩将，战绩不凡，本该春风得意，但他明白全国性的竞赛在即，自己只能快马加鞭，丝毫不敢懈怠。郑老师也时常提醒他：在这次重要的赛事中，你面临的是来自全国各地的优秀选手，藏龙卧虎者不乏其人，因此决不能掉以轻心。当然，此等大事穆童岂会小觑？他对任何一次或大或小的考试都准备充足，决不仓惶上阵，并且有百战不殆的顽强斗志。面对即将到来的竞赛，穆童暗下决心：我一定要像贝多芬一样紧紧扼住命运的咽喉，用自己的实际行动报答父亲的拳拳之恩、乡亲们的培育之恩、孙叔叔一家的厚爱之恩以及郑老师和所有关心他的同学们的师生情谊……

本届全国物理竞赛考点竟然安排在穆童所在的城市，考点在本市二中，全国其他省市的选手都云集这里。郑老师说："你此次竞赛已经占了地利

216

优势，免去了旅途奔波。"竞赛安排在周末，恰好与孙平的画展是同一日。由于距市二中不远，郑老师让穆童那天自行前往。郑老师让穆童从解放路口的电信大楼乘车，并再三叮嘱："记牢考试时间是下午 2:30，你得及早到场。"穆童说记住了，不会忘的。

这天，孙叔叔一家都去忙画展的事了。穆童从家提早一个多小时就出发了。

漫步在阳光明媚的大街上，他做了一个深呼吸，以调整情绪，让紧张运转了几个月的大脑做片刻的休整。走着走着，一种源自内心的幸福感像兴奋剂般被推进了他的血液，畅流在他的每一根微小的血管。他突然觉得自己的生活是多么的美好啊！充满了机遇，也充满了挑战！虽然有许多事不尽如人意。

不知不觉，穆童就来到了解放路口，抬头看了看悬在电信大楼楼顶的巨钟，觉得时间还早，便顺路到不远的"解放音像店"去看看，或许苟谊还在呢。

穆童远远看到苟谊站在店门口，正和人交头接耳。这人竟是上次揍高峰的那个光头。

不知苟谊说了句什么，那青年像上次对待高峰那样，提起苟谊的衣领："你还欠我 100 元，想赖掉不成？"

"我不是给你了吗？"苟谊尖着嗓门嚷道。

"100 元就想打发我替你卖力，想得倒美！"男青年恶狠狠地说。

穆童此时已来到了他们的面前，苟谊看到他时脸红了，但他还是生气地对那青年说："开始说好的这个价呀！"

"你小子听着，你再不赶快交出 100 块钱，我可就把这事反映到你学校。"男青年得意地说，"我可不怕被学校开除呀！"

"你敢！"苟谊愤怒不已。

原来打高峰是苟谊雇人干的，没想到最后受雇者却又借机敲诈。穆童在心里报怨苟谊："你好糊涂，怎能如此鲁莽行事，不计后果呢！"

苟娟见有人欺负哥哥，杏眼圆睁地出来和男青年理论。男青年哪能说得过伶牙俐齿的苟娟，便将苟娟推推搡搡，直到她被绊倒在水泥台阶上。

苟谊见妹妹被推倒在地，突然变得像一头发怒的狮子，飞也似的扑到街边的花丛，摸出半截砖头向自知理亏、想溜之大吉的青年狂奔而去。男青年见势不妙，并没有抱头逃窜，而是从腰间抽出一把明光闪闪的匕首，那表情简直是穷凶极恶。

苟谊不知哪来的勇气，迎着匕首冲了上去，与男青年打在了一起。围观的人群霎时像炸窝般散开了。穆童也顾不上许多，连忙上前制止。这时，男青年一下将苟谊摔倒在地，眼看着他手中的匕首就要刺向苟谊的胸口。苟谊手上的砖头早被甩到了一边，他双手正吃力地撑着男青年握刀的手臂。穆童踢压在苟谊身上的男青年，却踢不开。而匕首正一寸寸地接近体力不支的苟谊。

"砖，用砖！"有人提醒穆童。

穆童来不及考虑，拾起砖头就用力扣在了男青年的光头上。"卟"的一声闷响，男青年身子晃了一下，手中的匕首轻轻地落在了苟谊的前胸。苟谊一翻身，男青年栽倒在路边，殷红的血从他发青的头上冒出。

"打死人了！打死人了！"不知谁喊了一句，围观者"哗"的一声作鸟兽散。

苟谊上前握了握穆童的手，含混地说了句："谢谢你救了我。"穆童听出苟谊压抑不住的内心恐惧。

看着倒在血泊中的光头，穆童怎么也想不起来在刚刚逝去的几分钟内自己到底干了些什么！这个人为什么躺在这里一动不动？他怎么会是我杀的呢？……他被这些简单的问题折磨得头脑欲裂。

回过神的苟娟说："不管咋说，先送他上医院，救命要紧。我去拨急救电话。"

218

拉着笛声的救护车很快到了，当几个人七手八脚地将男青年抬上担架抢救的时候，电信大楼上的巨钟重重地敲了两下。穆童一愣，才记起考试的事，就对苟谊说："时间不多了，我得马上去考试，考完我到医院找你们。"说罢，便匆匆赶往赛场。

考试铃响了，仍不见穆童的影子，在考场门口望穿秋水的郑老师在心中大呼不妙。10分钟后，满身血迹的穆童才跌跌撞撞地跑了来。郑老师还以为穆童出了车祸，但见他完好无损，顾不上细问，连拉带拽地引导穆童进了考场。

由于赶得太急，穆童坐定后大汗不止，以至于弄污了试卷。刚才的一幕对他刺激太大了，他怕自己在考场上思想抛锚，影响正常的答题，便用意志克制住自己，不放逸思想节外生枝。这一招果真顶用，穆童很快便进入了状态。

当穆童再一次沉浸在由于攻克一道道试题的堡垒而获得巨大快乐时，他忘记了那令他心神不安的十字路口、音像店、争吵、光头、砖头、匕首、鲜血以及围观的人群和救护车。现在，占据他大脑的唯有一道道试题、一步步推演和一行行数据。

考试进行到一半的时候，考场外响起了响亮的警笛声，接着是一阵争执和吵闹，其中似乎还夹杂着郑老师激动的声音。不少考生耐不住好奇，不停地向窗外张望。穆童没有抬头，因为此刻，答好每一道题是他心中至高无上的事情。

考试铃响了，穆童也顺利做完了最后一道题。当他的视线从桌面的试卷再次抬起时，只见两个全副武装的警察闯进了还未收齐试卷的考场，径直走到穆童的面前，"咔"地给他带上了明晃晃的冰凉镣铐……此时，穆童终于明白了那回荡在考场外刺耳的警笛是为自己鸣响的。

24 保释

昨天是孙平在省美术馆举办个人画展的第一天，为了了解评论界对他作品的褒贬，他天一亮就买了份早报，在文化版的"信息长廊"里找有关画展的消息。终于找见了，仅仅二百余字，颇多赞赏。孙平心里的焦虑顿时烟消云散。他趁着兴致，快速浏览了整张报纸。在本地新闻版上，他看到这样一条新闻："赛前殴斗，赛后被捕——警方快速出击，两小时即告捷"。孙平饶有趣味地读了下去，当他读到"经查，犯罪嫌疑人穆童系本市一中高三学生，现已被我公安机关抓获，案件仍在进一步审理之中……"时，不禁纳闷：一中到底有几个穆童？

孙平怎么也没往自己家的穆童身上去想。可他又突然惶恐起来：穆童昨天说是去参加比赛，可至今也未见他。孙平以为穆童昨夜去同学家聚会，因太晚没有回来呢，加之自己办画展忙得不可开交，也没在意，穆童竟出了这么大的事！

果然猜测不虚。班长陶敏打来电话，大略说了穆童被警察抓走的经过。听物理老师讲，穆童考试迟到了，身上有血迹。老师以为他出了车祸，见他完好无损，没多想就拉他进了考场。考到一半时，警笛大作，几名警察要进考场抓人。郑老师得知抓的竟是穆童时，为了不影响他正常的考试，便求他们比赛结束再抓不迟。费了许多口舌才……本来昨天就想通知穆童的家人，却因周末无法与家长取得联系。焦急的郑老师挨了一夜，直到周一才见到江老师。这些都是江老师亲口说给陶敏的。

孙平的好心情又被穆童的事扰得乱七八糟：听话而又好学的穆童怎会闯下这样大的祸端？这下学没上完，却要进监牢，让我怎样给他的家人交代？

孙楠不到放学时间便回到了家。当她见到父亲面前的那张报纸怒不可遏，抓起来撕了个粉碎。她显然已经读过报上的消息了。

"这些狗屁报道！"孙楠气愤地说，"全部是鬼话。我的同桌苟娟给我讲了事情的前前后后，穆童哥当时是迫不得已的，而这些记者却捕风捉影，歪曲事实！"

孙楠将苟娟的经历原原本本地告诉了父亲。杜平听后大为惭愧：自己都四十好几的人了，还这么容易被谎言所戏弄。总认为自己是那么了解和信任穆童，但遇事又总是怀疑他，这算不算是对山里孩子的偏见……孙平觉得自己得好好反省一番。

这段日子，苟谊像变了一个人似的，不再胆小怕事。他一会儿来到学校，将事情经过反映给学校领导；一会儿跑公安局，录口供，录证词，为穆童洗刷罪名。

学校领导高主任、物理老师郑老师、班主任江老师也都赶到公安局，要求保释穆童。公安局要求必须由其家属或监护人出面才能保释。孙平赶到公安局，将穆童保释了出来。有几位做追踪报道的记者向孙平等人进行了采访，孙平说："今天的早报我看了，很是震惊。不实报道已经侵犯了当事人的权利，给当事人及其家属造成了极大的心理压力。我作为当事人的监护人，不希望再出现类似不实的报道，否则我将对其提起讼诉。"

孙平的讲话果然奏效，接下来的报道客观、公正地反映了穆童自卫事件的真相。至此，已被传得沸沸扬扬的"凶杀案"才水落石出。

25 回家

当穆童被保释出来的时候，像大病了一场，病恹恹提不起神，身心憔悴。一回到家，他倒头便睡。

一连几天，穆童都昏昏沉沉，睡眼惺忪，似乎有睡不完的觉。杜阿姨嘴上说这样大睡几天也好，省得清醒时想不开，但心里也老打鼓：可千万别睡傻了！

孙平知道一切发生得太突然了，便尽量不让人打扰穆童。当同学们来看望他时，孙平也都婉言谢绝。

穆童回顾几个月来短暂的求学，真是悲喜交加。他不知自己为什么竟如此不幸。他觉得上帝（世上若真有上帝的话）存心在捉弄他，像一个淘气鬼在逗弄一只小蚂蚁，让他不能有片刻宁静。他从来没有放弃挣扎，也从来没有停止过反抗，而现在，他觉得自己伤痕累累，心力交瘁，已无法再承受来自外界对他的攻击、诋毁以及中伤了。他知道自己永远都是坚强的男子汉，是好样的，但他现在也仍然认为自己无愧于这些，只不过他已不愿为了博得旁人对他如此的评价而做作地生活着。他觉得自己正在远离做作，而接近一种更为真实、自由、达观的生活境界。

在历次竞赛中拔得头筹，又刚参加完全国竞赛，虽然结果尚未揭晓，但他的心愿已圆。是啊，他用自己的勤奋证实了自己的实力。他不想上什么大学了，因为贫困的家庭也无法承担那高昂的费用。他并不认为自己的想法愚蠢，而是恰恰相反。期中考试的结果已证明他完全有资格配戴重点大学的校徽。知道了这些，他也就知足了。穆童并不在乎这些无足轻重的结果——包括全国性竞赛的名次，他只在乎过程，那必须用心力去锻造的漫长而又艰辛的过程！此时的穆童在抵御住这一切或大或小的打击之后，想好好地休养休养，就好像经过大风大浪的颠簸之后，还需要有风平浪静的甜美祥和来抚慰。

穆童突然特别渴望回到家乡，这是一种强烈的叶落归根的感受。他想回去看看亲人们，看看养育自己长大的山山水水。在自己美丽而又没有任何伤害的龙凤湾，那里的空气可以清浊肺，那里的山泉可以疗伤口，那里的花可以培精气，那里的草可以祛心疾……

这天，穆童很早就起了床，将自己的小屋收拾得一尘不染。杜阿姨见他正在整理他早先带来的旧帆布兜，心里还一喜：他又终于振作起来了。早饭时，孙平见穆童精神状态出奇地好，自己话也多了。三句话不离本行，他说的都是自己的画展。

穆童听得很仔细，也很开心。末了，他才有机会插话："孙叔叔，杜阿姨，我想回家……去看看家人……我想他们了。"

"就是，离家都几个月了，哪能不想家？"杜阿姨附和着说，但话锋一转，"再忍一忍，等快过年吧"。

"穆童哥，听说比赛成绩快下来了，等知道后回家，心里也不搁事。"孙楠说。

"谢谢您们的好意，我真的要回家去了……"穆童说完，只是埋头吃自己碗里的饭。

谁也没想到穆童说走就走。孙楠上学去了，孙平上班去了，接着，杜阿姨也买菜去了。杜阿姨买菜回来后忙着做午饭，以为穆童还在小屋，便没打扰他。等孙平回家吃午饭时去叫穆童，才发现他的房门虚掩着，没有人，房里收拾得干干净净，桌上留有一张便条：

　　孙叔叔、杜阿姨、楠楠：

　　　　我回老家去了，谢谢你们在这几个月来对我无微不至的照顾。

　　　　　　　　　　　　　　　　　　　　　爱你们的穆童

　　　　　　　　　　　　　　　　　　　　　　×月×日

孙平知道穆童真的走了。

穆童背着旧帆布兜，在电信大楼下等车。他看见解放音像店的门开着，便忍不住走了过去。在店里的可能是苟谊的母亲。

"阿姨，苟谊现在怎么样了？"穆童有些心虚地问。

"你就是穆童？"苟谊的母亲竟能猜出是他。

"真对不起，我……"穆童不知道如何表达自己的愧意。

"我应该谢你救了我儿子呢！"苟谊的母亲握着他的手激动地说。

"苟谊上学去了？"

"昨天刚去。"苟谊的母亲慢吞吞地说，"学校只给他了个警告处分。"

穆童也只是轻轻"噢"了一声。

"你上哪里去？"

"我回家。"穆童说，"我有话想让您转告给他。"

"你就说吧。"

"让他代问同学们好。另外，这里有两封信，让他交给郑老师和江老师，说我会记住他们的……"穆童哽咽着说不下去，不等道别，就转身跑开了。

穆童再次坐上了长途车，只不过这次通往山里。看着车窗外繁华的都市像一个个斑斓的幻影向后退去，内心激动不已。他觉得自己像做了一场漫长而又短暂、真实而又虚假、有趣而又痛苦的白日梦，好在这一切都过去了。

26 喜讯

当老师和同学们得知穆童已经回老家时，都感到很突然。他们还以为穆童身体恢复后会重新回到课堂里呢！而他却义无反顾地离开了他所热爱的班集体。

由于繁重而又紧张的学习生活，穆童在同学们心目中一天天被淡忘了，只有赵亚东有时对着空了一半的桌面愣愣地发呆。

半月后的一天，高主任突然收到一大堆信。他先拆开第一封信，抽出一张大红喜柬：

×× 省 ×× 市 1 中负责同志：

贵校学生穆童在全国物理竞赛中以优异成绩夺得第一名，特向贵校表示祝贺。

颁奖大会定于本月底在京举行。特邀贵校负责人及指导老师陪同穆童同学前来领奖。

全国物理竞赛筹办委员会

×月×日

高主任又打开了另外一些寄自不同大学的信，内容都大同小异：

××省××市1中负责同志：

获悉贵校学生穆童以优异成绩获全国物理竞赛第一名，先向贵校表示祝贺！

我校是全国知名的理工院校，历史悠久……拥有较强的教学实力。我校经研究决定，愿意免试录取贵校学生穆童为我校新生，并承担该生在校期间的所有学费。

××大学

×月×日

读罢来信，高主任激动得合不拢嘴。他立即用广播通知郑老师和江老师火速赶到自己的办公室来，有重要事情需要传达。

正在上课的江老师和郑老师不知发生了什么事，手里捏着粉笔头心急火燎地赶来了。他们看了来信，也都激动不已。江老师惊喜之余，也不无惋惜地说了穆童已回老家的事。

高主任听后沉默不语，在办公室踱了两圈，然后对江老师说："离进京开会还有一段日子，你周末可以安排几名学生去穆童老家告诉他这个好消息，并负责带他返校。下午，我开全体教职工大会，讨论有关将穆童的事迹写入校史的具体事宜。"

工作分下去后，高主任也没忘了把这个消息汇报给市教委的吴副局长。

27 表态会

市一中是一个拥有近百年历史的学校。该校有一个惯例：每年年底都要将当年的成绩载入校史。快到年底了，高主任将材料整得八九不离十了，只有"风采之星"这个栏目一字未动。因为一年来学校并没有涌现出特别优秀的教师或学生。穆童在市级比赛中得了第一名，高主任并不是不知道。他也考虑过选用穆童，但转念一想，这学生入校时间不长，闯出来的乱子却不少（这些都是高峰和江老师透露给他的）。这些姑且不提，最主要的原因是由于他的身份。倘若是正式学生，仅凭市级获奖一项就可以敲定入选了。这次，穆童给学校爆了个大冷门——已经好几年没有学生为学校争得如此大的殊荣了，高主任打算将穆童浓墨重彩地写进校史的"风采之星"。

但思维缜密的高主任又觉得自己有些太独断专行了，还没有征求各位教师的意见啊，他们才最具发言权。是啊，穆童是个插班生，这一点自己可以争取改变；倘若穆童留给教师们的是不好的印象，那自己也将爱莫能助。尤其是前不久他被公安机关逮捕的消息在整个校园，以至社会都被炒得沸沸扬扬，虽然现在已有定论，但事件的负效应却不可小觑。于是，在表态会上，高主任认为自己必须想个妙方，尽量让教师们不反对他的提议。

下午，学校的大会议室坐满了教职工。高主任清了一下喉咙，然后对着麦克风说："大家或许都已经知道我校高三(1)班穆童同学在全国物理竞赛中夺得冠军的好消息了。这是我们1中的光荣和骄傲！今天，我请大家对穆童同学平时的作风发表自己的意见，希望大家踊跃发言。当然，这些发言最终将决定穆童同学的事迹是否选入我校今年的校史。现在大家随便谈谈吧！"

会场上接下来静悄悄一片。

"江老师，"高主任见有些冷场，便说，"你是穆童的班主任，你先说吧！"

江老师不知为什么，脸涨得通红，她努力镇定了一下，声音还是有些颤抖："我很……惭愧。我作为穆童的班主任，说实话，批评得多，鼓励得少。回想起我对他的批评，我觉得许多地方掺进了对插班生的偏见和不信任。面对他取得的一次次成绩，我经过深刻反思，认为评价一个学生不应该被外在的一些假象所迷惑，而应从他的实际行动中去寻找……我认为穆童完全有资格被载入校史。同时，他的某些地方，也确实需要咱们在座的个别教师去反思和学习！"

教师们对江老师的自我剖析报以热烈的掌声。江老师在说最后一句话时颇有意味地看了高主任一眼，高主任心里一惊，但又很快恢复了常态，和其他老师一同鼓起了掌。

"我是穆童的物理老师。"郑老师站起来，"通过和穆童同学时间不长的接触，我发觉他是一个有极强求知欲的学生。有不少同学和老师都认为他之所以考出好成绩是因为他有天赋。错了！他其实是个很普通的学生，这是我从他做过的一本本练习册上看出的。他取得的成绩都是勤奋给予他的回报……"

"我也说几句，"是花老师，"我同意郑老师的观点。我在第一次给穆童同学上课时，发现他英语基础极差。后来，我发现他交来的作业本换得很勤，我翻到前面一看，呀！他额外又做了许多的练习。他的勤奋感染了我，我便把他凡是做过的作业都批改了一遍。几个月下来，穆童同学用了三个作业本，而大多数同学连一个都没用完。这些事，我还是第一次将它说出来……"

接下来，数学老师、政治老师……都做了很好的发言，他们没有料想到这个普普通通的男孩，竟然牵动着这么多老师诚挚的心。

发言的气氛之热烈是空前的，也是高主任没有料想到的。

"有这么多老师都对穆童同学的事迹做了很高的评价，我都被感动了。看来全体教职工的表态是一致的。"最后，高主任总结道，"但是我想，老师的评价毕竟是老师的，我认为江老师最好在班上也做一个类似于今天这样的表态会，让同学们各抒己见，发表自己的观点。如果高三(1)班全体同学大多数也通过的话，穆童将成为今年市一中唯一的'风采之星'入选校史。"

一直坐在高主任身旁的语文教研组组长徐忠记录下了老师们的发言。

江老师回到教室，对同学们说："穆童同学在全国获了大奖，为咱校争了光。学校打算将咱班穆童同学的事迹写入校史，请同学们举手表决：同意的，请举手！"

江老师看见同学们都齐刷刷地举起了右手。那一只只雪白的掌心，像一面面坚定的旗帜。最后，江老师的眼光落在了高峰的身上。高峰连忙低下头，他将手偷偷放在了桌面，但是没有举起。当高峰再次抬起头时，他看见了江老师那鼓励的目光，便缓缓地，像嫩芽拱破土层般伸起了手臂，展开了掌心，同样变成了一面坚定的旗帜。

"好！"江老师情不自禁地叫了一声，不知是为穆童，还是为高峰，抑或是为自己。

28 尾声

周末的清晨，空气十分地清新。

在约定的时间里，陶敏、赵亚东、孔楠都到齐了。刚要出发，苟谊也远远地赶了来。

于是，在班长陶敏的带领下，几个人有说有笑，朝长途汽车站的方向快步走去。他们要去龙凤湾接穆童同学返回校园……

1992.5.14 ~ 2003.12.10，六稿完

灵性的光耀　探索的魅影（代跋）

刘峰是我结识的文学青年中品性纯正的一类。我极喜欢而且敬佩的就是这样的年轻文友。这类朋友中有不少意识纯净性情却忠厚而略带拘板，或是思想平庸缺乏锐气的老好人。刘峰却是纯真热情而机敏乐观，又不乏独家见地的思想与灼灼闪耀的才华，还有峥嵘丰茂的文采。这是我近日读了他的中短篇小说集后的总体印象。

刘峰是很早（大约 15 年前）就让我记住的一位笑嘻嘻的小青年，那时候的《拘谨的思索》，就像他的长相，朝气蓬勃，稚气未脱，用周至人的话说，"娃相没变"，但足显初生牛犊的赳赳天性。《旁之边兮》可见现实生活中无所不在的眼光与独自冷静的思考。《包家山纪事》是直面现实的描写、议论与抒情。在时光、时代与个人生活前行的步履中，笑嘻嘻的刘峰内藏勃勃雄心，我欣喜而欣慰，刘峰是一个潜质很深的有定力的作家了。

我很佩服的评论家李星曾说：一个作家写的短篇小说的水平，可以代表他后来写长篇小说的水平。当然，这是一个大致规律，不是绝对定律。这话在会上引起了争议，但是大多数人认可了这个判断。说这话的用意是鼓励青年作家重视写短篇小说。我读刘峰即将出版的小说集，确实，兴趣盎然。显然他的阅读借鉴不凡，不少篇目，以叙述为基调的语境，表现的题旨是很难一眼望穿的。《鹰》《南墙》《幻灭》等大部分篇章具有现代探索的色彩，看似荒诞不经，却含有难以言说的意味。《性爱狂欢》是当代命题下的神话传说，以假设为条件的社会环境提供了很大的想象空间，让浪漫的笔触自由舒展，人物的极致心理与夸张动作尽可能地异乎寻常。

一对异性在特殊条件下相爱并在特殊的场合度过新婚之夜，动物性与人性同在的夫妇生活，确实相当特别。但不论是怎样的一个故事，都在表现一种爱情观婚姻观乃至人生观，都是在刻画人物。对于写成的这个结局无可厚非，但是我想，如果在高潮中再起波澜，一对情侣感情升华后明知故犯，双方决心打破戒律，结局凄凉悲壮，可能会更加感人一些。这个短篇呈现了小说的魅力，它不光是思想认识意义的表达，主题之外，如万象森列的浩瀚、生物竞长的峥嵘、繁衍求存的蓬勃，给人一种奋发图强的激励。这就是好小说有深度感悟生活亦体现作者艺术素质的地方。《戏迷》基本是常见的写法，也表现常见的人生思索，却在情景设置与剪裁方面美妙精到，一层弥漫的诗意让题旨朦胧有趣。《城中村纪事》是一组人物速写，很见作家功力，寥寥数笔让人物性情毕现，小小段子皆有深藏的命意。中篇《在抽筋中成长》是地道的老实笔墨，讲述一个来自山区的天才少年在都市中学的遭遇。天才少年注定要在平庸的人群中连遭不幸，熟悉的校园生活作者写起来处处逼真生动，但如此细致展开，也就显示了此种写法的弊病，故事虽有波折而余味不足。刘峰的正义感、悲悯情怀、入世的急切、救世的热望，都可以从这些不同样式的文本中明显呈现。我强烈感到他笔下的诗意几乎篇篇笼罩，这是一种风格，见天性见才情，一些作家很难做到的。

虽然我看到一个青年作家的作品有不少地方超过了我这个老朽，但也应该冒着"以己昏昏，使人昭昭"的风险，自不量力地指出他作品的一些不足。我觉得一个志存高远的作家，应该有写大作品的意识，周至话叫"吃大馍"。我想起路遥、陈忠实、蒋子龙，他们的中短篇成名作，分别是县委书记、村支书和厂长，这些拿事人关键时期决定许多人的命运。直至今日，领导干部以及各界精英，他们往往成为人们目光的聚集点，他们身上折射的社会问题更复杂更剧烈。因而可以说，写重大的社会现象、深刻的时代命题、深藏的精神呼应，与写怎样的人物，关系极大。这样的人物，这本书中是少了些。有不少生产第一线、身经大场面、阅人处事较为复杂的生活经历，又有阅读视野的广阔、各种文体的尝试，刘峰以后上更高的台阶，极有可能。一个有定力的作家，不在乎一时一事，不在乎眼前沉浮，笑嘻嘻的刘峰有这样的聪明、这样的品位、这样的人格，值得我们期待。

一管之见，运笔匆匆，不知刘峰以及读者诸友以为如何？

2015 年 5 月 11 日于乡下朗然斋

（张兴海：副研究员，中国作家协会会员，周至县文联名誉主席，长篇小说《圣哲老子》获第二届柳青文学奖）